신곡

천국편—단테 알리기에리의 코메디아

La comedía di Dante Alighieri—Paradiso

세계문학전집 **152**

신곡 천국편
단테 알리기에리의 코메디아

La comedía di Dante Alighieri—Paradiso

단테 알리기에리

박상진 옮김 · 윌리엄 블레이크 그림

민음사

차례

신곡 천국편   7

옮긴이 주   295
작품 해설   348
작가 연보   366

일러두기

1. 이 책은 단테 알리기에리의 *Divina commedia*를 완역한 것이다. 번역과 주해를 위해서 이탈리아어 판으로는 움베르토 보스코(Umberto Bosco)와 조반니 레조(Giovanni Reggio)가 주해를 단 판본(*Divina commedia,* Firenze: Le Monnier, 1988. 초판)과 주세페 반델리(Giuseppe Vandelli)가 주해를 단 판본(*Divina commedia,* Milano: Ulrico Hoepli, 1928. 1979년 21판)을 참고했다. 영어 번역판으로는 마크 무사(Mark Musa, *The Divine Comedy,* 3 vols., Penguin Books)와 만델바움(Allen Mandelbaum, *The Divine Comedy,* Bantam), 덜링과 마르티네스(Robert M. Durling & Ronald L. Martinez, *The Divine Comedy of Dante Alighieri: Inferno*(vol. 1), *Purgatorio*(vol. 2), Oxford University Press)의 번역 주해본들을 중복 참고했다.
2. 본문에 나오는 주는 모두 옮긴이에 의한 것이다.
3. 외국어의 한글 표기는 가능한 한 현지 발음을 따랐다.

1곡[1]

모든 것을 움직이시는 그분의 영광은
온 우주를 가로지르며 빛나지만,
어떤 부분에서는 더하고 어떤 부분에서는 덜하다.   3

나는 그분의 가장 밝게 빛나는
하늘[2]에 있었다. 거기서 내려오면 누구든
잊거나 말할 수 없을 것들을 난 보았다.   6

우리의 지성이 그 바라던 목표에
가까워지면서 기억이
따라갈 수 없을 정도로 깊이 가라앉기 때문이다.   9

이제 내 마음에 보물로 간직한
하늘의 거룩하고 성스러운 영역은
내 노래의 줄거리가 될 것이다.   12

오, 위대한 아폴론이여! 이 마지막 임무를 위해 나를
당신의 재능과 당신이 사랑하는
월계관을 받을 그릇으로 만들어 주소서!³⁾   15

지금까지는 파르나소스의 한 봉우리로 충분했지만,
이제는 둘을 지니고 이 앞에
남은 겨룸터로 들어가야 하나이다.   18

나의 가슴에 숨을 불어넣어 주소서.
마르시아스⁴⁾를 그 몸의 칼집에서 뽑아 내며 굴복시키던
그때의 놀라운 힘을 주소서.   21

오, 신성한 힘이여! 당신을 빌려
그 높은 곳을 내 정신에 새겨 넣었건만,
그 그림자만이라도 그릴 수 있게 해 주소서!   24

그러면 당신의 기쁜 나무⁵⁾로 오는 나를 볼 것이며
이 값진 책과 당신의 도움으로 가치를 드높일
푸른 잎으로 월계관을 쓸 것입니다.   27

시인들의 아버지시여! 황제나 시인의 승리는
인간의 잘못된 욕망이며 부끄러움이기에
월계관을 쓴 적이 거의 없습니다.   30

그렇기에 누군가 그런 목표를 이루고자 할 때

페네오스의 잎은 기쁨에 젖은
델피의 신⁶⁾ 안에서 새로운 즐거움을 키울 것입니다.⁷⁾   33

작은 불씨 뒤에는 큰 불씨가 따라 나오는 법이니,
내 뒤에 더 좋은 소리로 기도가 나와
치르라⁸⁾로 하여금 화답하게 하소서.   36

세상을 비추는 등불은 여러 지점에서
사람들 앞에 솟아오르지만, 그중 네 개의 원이
세 개의 십자가로 교차하는 곳에 떠오르는 때가 되면,   39

그 등불은 더 행복한 별들과 함께하며
더 행복한 길로 가고, 그렇게 세상의 초를
따뜻하게 데워 제 모양에 더 가까이 인장을 찍는다.⁹⁾   42

이러한 길이 저기는 아침, 여기는 저녁이 되게 했다.¹⁰⁾
우리의 반구는 어둡지만
반대편 반구는 하얗게 빛날 때,   45

베아트리체는 왼쪽을 향하고 돌아서서는
눈을 태양으로 쳐들었다. 독수리라도
태양을 그렇게 정면으로 쏘아볼 수는 없었을 것이다.   48

마치 순례자가 집으로 돌아가려 하고,
내려오는 햇살이 반사광을 만들어

간절히 되돌아 올라가려 하듯이,   51

그녀의 행동은 내 눈을 통해 내 정신으로 번져
행동을 일으켰다. 그래서 나도 우리의 습관을 넘어서서
태양을 정면으로 바라보았다.   54

그곳은 원래 인간을 위해 만들어진 곳이라
이 세상에서 안 되는 일이라도
그곳에서는 넉넉히 허용되는 것이다.   57

오랫동안 바라볼 수는 없었지만, 나는 분명
도가니에서처럼 이글거리는 불똥이 튀어나오고
빛이 번쩍거리는 태양을 보았다.   60

어느덧 태양이 태양에 포개지는 듯 보였다.
마치 전지전능한 그분께서 하늘을
또 다른 태양으로 꾸며 주신 듯했다.[11]   63

베아트리체는 그곳에 있었다. 그녀는
영원한 바퀴들을 똑바로 바라보고 있었다. 나는
이제 태양으로부터 시선을 옮겨 그녀를 바라보았다.   66

내 마음에 움튼 느낌. 그것은 마치 어부
글라우코스가 해초를 먹고 바다의 신으로
변신할 때의 느낌과 같은 것이었다.[12]   69

인성을 초월한다는 것[13]은 말로 설명될 수 없으니,
하느님의 은총으로 경험할 때까지는
방금 든 글라우코스의 예로 족할 것이다.[14]   72

오, 하늘을 다스리시는 사랑이시여! 그대의
빛이 나를 들어 올렸으니, 오른 것이
내 안의 맨 나중 창조인지는 그대가 아십니다![15]   75

그대를 갈망하며 회전하는 위대한 하늘이
그대가 조절하고 맞추신 조화로
나의 정신을 사로잡았을 바로 그때,   78

나는 태양의 불꽃들로 활활 타오르는
거대한 하늘을 보았나이다. 세상의 모든 비와
강이 흘러들어도 그렇게 넓은 호수를 만들지 못하리오.   81

이 새로운 빛과 소리가 드러나자 나는
왜 그들이 나오는지 이유를 알고 싶은 열망에
사로잡혔다. 그렇게 강렬한 느낌은 처음이었다.   84

내가 나 자신을 보듯 나를 보고 있던
그녀는 동요하는 내 정신을 가라앉히려고
묻기도 전에 말을 시작했다.   87

"그대는 쓸데없는 생각으로

자신을 둔하게 만들어 그대가 볼 수도
있었을 것을 보지 못하고 있군요.   90

아직 세상에 있다고 생각하는 듯한
그대여, 번개가 내리치는 것도 그대가
천국으로 오르는 것처럼 빠르지는 않을 거예요."[16]   93

미소를 지으며 던지는 몇 마디 말에 나는
금방 빛과 소리에 관한 의혹을 벗었지만
또 다른 새로운 의문이 들었다.   96

"방금 지녔던 의혹은 이제 풀렸지만,
이런 가벼운 몸체들[17]을 내가
어떻게 넘을까 하는 의문이 생깁니다."   99

그녀는 내 질문을 듣고서 측은한 표정으로
한숨을 지었다. 그리고 헛소리를 하는
자식의 말을 듣는 어머니처럼 나를 바라보았다.   102

"이곳에서 모든 것들은 분리되어 있으면서도
하나의 질서를 따르니, 이는
하느님을 닮은 우주의 형상이지요.   105

거기서 하느님의 숭고한 피조물들은
영원한 힘이신 하느님의 자취를 봅니다. 그것이 바로

우주가 지향하는 목표랍니다.   108

창조된 모든 것들은 이런 질서 속에서
저들의 원천으로부터 적절한 거리를 두고
저들의 위치를 유지합니다. 이렇게   111

피조물들은 존재의 광활한 바다를 가로질러
다양한 항구들로 퍼져 가고, 그러면서도
제각기 자기의 본능을 지키고 있어요.   114

이 본능은 달을 향해 불을 가져가고
피조물의 심장을 움직이는 힘이 되며
세상을 묶어 하나로 만드는 본능을 말합니다.   117

그리고 이성을 지니지 않는 피조물뿐 아니라
지성과 사랑을 지닌 피조물들도
그 본능의 활의 당겨진 힘을 체험하지요.   120

그처럼 이 모든 질서를 관장하시는 하느님의 섭리는
빠르게 돌아가는 원동천을 감싸고 있는 하늘을
그 빛으로 언제까지라도 고요하게 만듭니다.   123

언제나 행복의 과녁에 똑바로 화살을
당기는 활의 힘에 실려 우리는 미리
운명 지어진 곳으로 날아오릅니다.   126

그러나 흔히 형상이 예술가의 진정한
의도를 반영하지 않고
질료가 말을 듣지 않는 때가 있는 것처럼,　　　　　129

하느님의 피조물도 진정한 목표를 향해
날아갈지라도 때로는 빗나가는 힘을 받아서
경로를 벗어나기도 하지요.　　　　　132

하늘로 올라야 할 빛이 땅으로 떨어지듯이,
거짓된 욕망에 휘둘린 원초적 충동은
사람을 몰락시킵니다. 그대는 이제　　　　　135

이상하게 여기지 마세요. 그대가
날아오르는 것은 산에서 밑으로
흘러내리는 물과 전혀 다르지 않아요.　　　　　138

그대가 중력에서 벗어났는데 아래에 머문다면,
그것이야말로 살아 있는 불빛이 세상에서
웅크리고 있는 것처럼 이상한 일이지요.”

그리고 그녀는 시선을 하늘로 향했다.[18]　　　　　142

2곡

내 얘기를 간절히 듣고 싶어
여러분은 조각배를 타고
노래하며 항해하는 내 배를 뒤따라왔구려.　　　　　　　　3

깊은 바다로 들어서지 말고
해안을 볼 수 있는 지금 돌아가시오.
나를 잃고 길도 잃을 수 있으니.　　　　　　　　　　6

나는 아무도 지나친 적이 없는 바다를 항해하려 하니,
미네르바가 영감을 불어넣어 주고 아폴론이 이끌어 주며
아홉 뮤즈가 큰곰자리를 가르쳐 준다오.　　　　　　9

여러분 중 몇은 천사들의 빵을 찾아
일찌감치 목을 길게 빼어 여기서 살아도
여전히 더 굶주릴 텐데,　　　　　　　　　　　12

다시 잔잔해질 물결로
나의 뱃길을 따라 깊은 바다로
여러분의 배를 몰아도 좋겠소.   15

콜키스를 향해 깊은 바다를 건넜던 영웅들도
밭을 가는 농부가 된 이아손을 보고서
여러분만큼 놀라지는 않았을 것이오.[1]   18

하느님의 나라를 향한 타고난
끝없는 갈망으로 우리는 눈이
하늘에 닿는 것처럼 빠르게 나아갔다.   21

나는 베아트리체를, 베아트리체는 하늘을 보고 있었는데,
활이 과녁을 겨냥하고 시위를 떠나
공중을 나는 시간보다 더 짧은 사이에   24

신비한 힘이 나를 온통 사로잡는 곳에 와 있었다.
그 힘이 무엇인지 알고 싶은 나의 갈증을
이미 다 알고 있는 그녀가 나를 향해   27

아름다운 만큼이나 기쁜 낮으로 말했다.
"우리를 첫 번째 별[2]로 오르게 하신
하느님께 감사하는 마음을 가다듬으세요."   30

그 별을 보니 햇살을 받은 다이아몬드처럼

현란하고 단단하며 반짝거리는 구름이
우리를 감싸는 것 같았다.   33

이 영원한 천상의 진주가 우리를 제 안에 들이는
꼴은 물이 빛을 받으면서도
갈라지지 않고 온전한 것과 같았다.   36

나는 몸이었기에, 그리고 여기서는
한 차원이 다른 차원을 공유할 수 없듯
몸이 몸으로 들어갈 수 없기에,   39

우리의 본성과 하느님이 합쳐지는 길을
보여 주는 그 본질이 보이기를
더 뜨겁게 갈망할 수밖에 없었다.   42

여기서 우리가 믿는 것은 거기서 보일 것이니,
인간이 믿는 제일의 진리가 인도하는 대로,
증명된 것이 아니라 스스로 명백한 것이다.   45

"나의 여인이여! 인간 세계에서 나를 들어 올려
이곳까지 오게 해 주신 그분께
온 마음으로 감사를 드립니다.   48

그러나 말해 주세요. 세상에서 보이는
달의 표면에 난 검은 자국들은 무엇인지요?

사람들은 카인의 얘기를 하는데 말입니다."[3]   51

그녀는 잠시 빙그레 웃다가 대답했다.
"감각의 열쇠가 열지 못하는 곳에서
인간의 판단은 잘못된 결론만 낳지요.   54

놀라움을 일으키는 화살이 분명 그대를 찌르지는
않을 것 같아요. 이성이란 감각 뒤에 머물며,
그 날개가 짧다는 것을 그대는 아니까요.   57

그런데 그대는 그 이유가 뭐라고 생각하는가요?"
"다르게 나타나는 이것은
짙고 엷은 물질이 빚어 낸다고 봅니다."[4]   60

"그대 말에 반대되는 나의 얘기를
잘 들어 보면, 그대의 믿음이 깊은 오류에
빠져 있다는 것을 똑똑히 알게 될 거예요.   63

여덟 번째 하늘은 수많은 빛[5]들로 환한데,
달과 마찬가지로 그 빛들은 그 성질이나 양에서
서로 다른 모습으로 보입니다.   66

그것이 짙고 엷게 되었다면 그것은
그 모든 빛들이 유일한 덕을
많거나 적게 혹은 똑같이 나눈다고 보아야 합니다.   69

그러나 그대는 하느님께서 다양한 덕들을
다양한 작용 원리에 따라 내리시는
가능성을 배제하고 있어요.   72

달에 찍힌 어두운 자국들이 오직
농도의 차이 때문에 생긴 것이라면, 그것은
이 유성의 어떤 부분에 햇빛을 막는 물질이 없거나,   75

아니면 고기에서 두껍고 얇은 부분이 있고
책 속에 있는 책장들이 쪽마다 다르듯이,[6]
그런 단순한 차이가 있는 것일 테지요.   78

첫 번째 경우로 보면, 달은 태양을 완전히 가릴 수
없을 겁니다. 일식 중에도 빛은 투명한 무엇에
스며들듯 나타나야 하지만, 사실은 그렇지 않아요.   81

자, 그대가 말하는 두 번째 경우를 따져 봅시다.
그것이 잘못임을 내가 증명한다면
그대 생각은 그릇된 것이 되겠지요.   83

농도가 낮은 부분이 빛을 반사하지 않는다면,
이는 농도가 더 높은 어떤 물질은
길을 막는다는 의미겠지요.   87

제 뒤에 납을 숨기고 있는 유리를 통해서

햇살이 구부러지고 색깔이 반사되는 것도
다 그런 이유일 겁니다.   90

그대는 이렇게 말할 거예요. 빛이 반사되는 건
맞지만, 반사된 빛은 더 멀리 뻗어 나가기
때문에 더 희미해진다고. 그러나   93

이런 반론쯤은 그대가 원하기만 한다면
인간의 기술의 원천인 실험으로
금방 물리칠 수 있어요.   96

거울을 세 개 들고서 그중 두 개를
그대로부터 같은 거리에 양쪽으로 두고
그 사이로 세 번째 거울을 당신 정면에   99

멀리 두고 나서 그것들을 바라보세요. 그리고
당신 등 뒤에 불을 켜 한꺼번에
세 거울에 비치게 하고 어느 거울에서 반사된 것이   102

그대에게 돌아오는지 살펴보세요. 가장 먼 곳에 있는
빛이 다른 두 거울에 비친 빛보다 그 양에서는 약하지만,
성질에서는 다를 바가 없다는 것을 관찰할 겁니다.[7]   105

그렇다면 뜨거운 햇볕이 내리쬐는 속에서
눈[雪]이라는 실체가

그 본래의 흰색과 차가움을 포기하듯이,   108

그대의 지성도 깨끗하게 포기되겠지요.
나는 이제 아주 반짝거려서 그대 눈에는
별처럼 초롱초롱할 진실을 보여 주겠어요.   111

하느님의 평화가 깃든 가장 높은 하늘은
계속 돌아가는 몸체 하나를 품고 있는데, 그 힘은
자체를 포함한 하늘의 모든 진수들을 감싸고 있어요.[8]   114

수많은 별들을 거느린 그다음의 하늘은,
그 하늘과는 다르지만 또한 그 하늘에 포함된
많은 본질들을 통해 그 힘[9]을 퍼지게 합니다.   117

그렇게 또 다른 하늘들은 가지가지 색다른
모양을 지니면서도 가장 높은 하늘의
원래의 특성을 줄곧 유지합니다.   120

이렇게 우주의 조직은 그대가 보듯,
단계별로 진행하지요. 즉
위에서 힘을 받아 밑에서 작동합니다.   123

이제 내가 가는 길을 잘 봐 두고
그대가 찾는 진실을 찾아가 보세요. 그래서
그대 혼자서 건널목에 이르는 방법을 알아 두세요.   126

거룩한 하늘들의 운행과 힘이
축복받은 원동자들의 숨을 받아야 하는 것은
망치의 기술이 대장장이에게서 나오는 것과 같습니다.　　　129

수없이 많은 등불들로 아름답게 빛나는
하늘은 그 깊은 얼의 자국을 남기고
그 이미지의 인장을 스스로 만듭니다.　　　132

그대들의 먼지 속의 영혼이
그대들 몸 구석구석에 퍼져
갖가지 기능을 다 하듯이,　　　135

이 위대한 지성도 별들에게 제 능력을
골고루 나누어 퍼지게 하고 동시에
그 지성 자체는 일체를 유지하지요.　　　138

여러 덕들이 그들이 키우는 풍요로운 몸체와
여러 가지로 맺어지듯이, 그대 안의 영혼도
그대와 여러 갈래로 섞여 있습니다.　　　141

즐거운 본성에서 나오는 이 얽힌 덕이
축복받은 몸을 만나 빛나는 것은
행복이 살아 있는 눈을 통해 빛을 내는 것과 같지요.　　　144

짙고 엷음에서가 아니라 바로 이 덕에서

우리가 보는 빛의 그러한 차이들이 나옵니다.
이것이 덕에 따라 어둠을 주기도 하고

빛을 주기도 하는 형상의 원리입니다."[10]   148

3곡[1)]

한때 사랑으로 나의 젊은 가슴을 뜨겁게 했던
저 태양[2)]은 아름다운 진리의 부드러운 모습을
논박과 증명으로 내게 나타내 보였다.   3

나는 내 오류와 그녀의 지혜를
이해했음을 보여 주기 위해
말하기에 필요한 정도로만 고개를 들었다.   6

그때 바로 눈앞에 하나의 장면이 나타나
거기에 정신을 파는 바람에
잘못을 시인하려던 생각을 잊고 말았다.   9

반질반질하고 투명하게 닦인
유리나 말갛고 잔잔하여
바닥이 보일 정도의 웅덩이에   12

우리의 얼굴 윤곽이 희미하게 비칠 때면
하얀 이마 위의 진주가 우리 눈에
그렇게 선명하게 들어오지 않는 것처럼,   15

뭔가를 어렴풋이 말하려는 얼굴들을 나는 보았다.
사람과 샘 사이에서 사랑이 불타오르던 것과
반대되는 착각에 나는 빠져 들었다.[3]   18

나는 그들이 거울에 비친
모습들인 줄 알고 그것이 누구의 이미지인지
보려고 몸을 뒤로 돌렸다.   21

그러나 아무도 보이지 않았다. 나는 다시 나의
상냥한 길잡이의 광휘로 눈을 돌렸는데,
그녀는 거룩한 눈에 미소를 지었다.   24

"그대의 순진한 반응에 내가 웃는다고 해서
놀라지는 마세요. 그대는 진실을 아직
그대 발로 버티고 서서 세우지 못하는군요.   27

헛된 망상을 지닐 때 그러듯, 그대는 반대로 가고 있어요.
그대가 지금 목격하는 것은 진짜 실체들입니다.
서원을 어겼기 때문에 여기 모습을 나타내고 있지요.[4]   30

그들에게 말해 보세요. 들어 보고 그들의 말을 믿으세요.

그들은 하느님의 진실한 빛으로 그득하고,
그것이 그들의 발길을 돌리게 하지 않도록 하지요."   33

나는 말하고 싶은 마음이 가장 커 보이는
영혼에게 몸을 돌려 마치
마음을 누르지 못하는 사람처럼 말을 꺼냈다.   36

"축복받은 영혼이여! 영원한 삶의
빛 속에서 맛볼 때까지는 결코
알 수 없는 달콤함을 즐기는군요.   39

당신이 누구시며 당신의 운명이 무엇인지
기꺼이 말해 주신다면 나는 정말로 행복하겠습니다."
그러자 그녀는 눈에 웃음을 가득 지으며 말했다.   42

"그분의 궁정 전체가 그분을 닮기를
원하는 것처럼, 우리의 사랑은
올바른 요청에 문을 잠그지 않아요.   45

나는 살았을 때 동정녀 수녀였어요.
당신이 기억을 잘 더듬어 본다면
이렇게 아름다워진 나를 알아볼 수 있지요.   48

맞아요. 난 피카르다⁵⁾예요! 난 지금
가장 느린 하늘에서 축복을 받아서

다른 축복받은 자들과 함께 있어요.   51

오직 성신께서 원하시는 대로
향하는 우리의 소망은
하느님의 질서에 맞추면서 기쁨을 얻지요.   54

이렇게 낮은 하늘에 있는 것은
우리가 스스로 맺은 서원을 소홀히 하고
어느 정도로는 저버렸기 때문이지요."   57

"당신의 얼굴은 참으로 놀랍게도
묘사할 수 없는 성스러운 뭔가로 빛납니다.
당신 모습은 기억과 달리 많이 변했어요.   60

그래서 금방 기억나지는 않지만,
당신께서 하신 말에 힘입어
당신의 얼굴을 불러내기가 더 쉬워졌습니다.   63

당신들은 여기서 참으로 행복해 보이는데,
그분을 더 많이 보고 그분의 사랑을 더 많이
받고자 하늘의 더 높은 자리를 바라는가요?"   66

그녀는 부드러운 미소를 지었다. 다른 영혼들도
함께 미소를 지었다. 그녀는 사랑의
첫 번째 불길[6]로 타오르는 듯 보였다.   69

"형제여! 하늘의 사랑으로 우리는 의지를 가라앉히고
오직 우리가 가진 것만을 바랄 뿐,
다른 것은 탐하지 않습니다.   72

우리가 더 높이 오르고자 원한다면,
그런 우리의 소망은 우리를 이곳에 배치해 두신
그분의 의지와 맞지 않을 거예요.   75

사랑이 무엇인지 잘 생각해 보세요. 그러면
그러한 부조화는 이 천국의 하늘들에서는
있을 수 없다는 것을 알 거예요.   78

이곳에 있다는 것은 사랑 안에 있는 것이니까요.
이런 축복받은 상태의 본질은
하느님의 의지 안에 거한다는 것이지요.   81

그래서 하느님과 함께하는 의지 외에는 어떤 의지도
없습니다. 이렇게 우리가 이곳의 전역에 걸쳐
층층이 존재하는 것은 그분의 의지를 따른 것입니다.   84

우리의 평화는 그분의 의지 안에 있어요.
그분이 창조하시고 자연이 만드는
그 모두가 모여드는 바다와도 같습니다."   87

그제야 최고의 은총의 빛이 같은 밝기로

동등하게 비추지는 않아도, 하늘에서는
어느 곳이나 천국이라는 것을 이해할 수 있었다.　　　90

그러나 한 가지 음식에 배부르면
다른 음식에 구미가 당기고
이것에 감사하면서도 저것을 찾는 것처럼,　　　93

나는 그녀가 끝까지 서원을 이루지 못하여
완성하지 못한 옷을 입고 있는 이유를 알고 싶었다.
내 말과 행동이 그런 바람을 드러냈다.　　　96

그러자 그녀가 말했다. "한 여인7)이 완전한 삶과
위대한 덕으로 이 하늘로 높이 올랐어요.
인간 세상에서 그녀는 죽을 때까지 신랑과 더불어　　　99

자고 일어나기 위해서 수녀의 옷과 너울을
정하고 따르게 했지요. 하느님께서는 스스로의 뜻에 맞는
사랑의 서원은 모두 받아들이신답니다.　　　102

어린 소녀 때부터 나는 그 수녀를 따르고자
속세를 피했어요. 그리고 그분의 옷 속에 언제나 나를
가두고 그분의 가르침을 따르겠다고 맹세했지요.　　　105

그런데 사랑보다는 미움에 더 익숙한 사람들이
그 따사로웠던 수녀원에서 나를 납치하였으니,

그 뒤로 내 삶이 어떠했는지는 하느님이 다 아십니다.   108

내 오른편에서 우리 하늘의 모든 빛으로
당신에게 환히 모습을 드러내는
이 또 다른 영혼도   111

내가 말하는 삶을 살았지요. 그녀 역시
수녀였지만, 사람들은
거룩한 너울의 그림자를 빼앗았어요.   114

그러나 자신의 의지와 거룩한 서원에 거슬러
속세로 돌아가고 난 다음에도 그녀는
마음의 너울을 벗은 적이 없어요.   117

이 영혼은 슈바벤의 두 번째 돌풍과 결혼하여
세 번째이자 마지막 돌풍을 낳았던
위대한 코스탄차[8]의 빛이에요."[9]   120

이렇게 말을 끝내고 그녀는 내게 아베마리아를
노래해 주기 시작했다. 노래하면서 마치
깊은 물속에 무거운 물체가 가라앉듯이 사라졌다.   123

그녀가 보이지 않을 때까지 나의 눈은
그녀를 따라가고 있었다. 이윽고 내 눈은
소망의 더 큰 과녁으로 향했다.   126

나는 베아트리체에게서 다른 얘기들을 듣고 싶었다.
그러나 그녀의 빛이 너무나도 눈부셨기에
내 눈이 견뎌 내질 못했다.

그래서 질문을 던지기가 더디기 짝이 없었다.　　　　130

4곡

같은 거리에 놓인 두 음식 사이에서
선택의 자유를 지닌 사람이 둘 중 어느 하나에도
입술을 대지 못한 채 굶어 죽고, 비슷하게,   3

두 마리 사나운 늑대들 사이에서
한 마리 양이 두려움에 떨기만 하고,
두 마리 사슴 사이의 개도 그러할 텐데,   6

이는 곧 내가 두 가지 의심에 이끌려 침묵을 지킨 것과
다르지 않다. 그런 우물쭈물한 상태에 대해서는
탓도 자랑도 않겠다. 그저 어쩔 수 없는 일이었다.   9

나는 침묵하였어도 내가 바라는 바는 얼굴에
쓰여 있었다. 내 모든 의문들은 말로
표현하는 것보다 더 생생하게 드러났다.   12

베아트리체는 느부갓네살 왕이 분노하여
부당한 죄를 짓게 하는 것을 막을 때
다니엘이 지었던 표정을 지으며 말했다.[1]   15

"그대는 두 가지 소망 사이에서
갈팡질팡하고 있군요. 너무 어려워
숨도 쉬지 못할 지경이군요.   18

그대의 생각은 이런 거지요. '선을 향한 나의 의지가
변함이 없다면 어떻게 다른 자의 폭력이
나의 정당한 공적의 가치를 깎아내릴 수 있는가?'[2]   21

또 다른 의문은 이런 것이겠지요.
'플라톤이 주장하듯이, 죽음 이후에 모든 영혼은
제각기 자기 별로 돌아가는 것일까?'[3]   24

이런 의문들은 그대의 알고자 하는 의지에
똑같은 무게로 실려 있겠지요. 두 번째 의문이
더 해로울 텐데, 그것부터 다뤄 보지요.   27

하느님께서 가장 좋아하시는 천사
세라핌, 모세와 사무엘, 요한, 그리고
마리아마저도, 그대가 여기서   30

방금 보았던 영혼들이 위치한 천국과

다른 천국에 가 있는 것이 아니고,
각자의 축복도 똑같이 영원하지요.   33

하지만 그들은 하나같이 최고의 하늘을 아름답게 하며,
영원한 하느님의 숨결을 느끼는 정도에 따라
그들의 행복한 삶도 각각 다릅니다.   36

이 영혼들이 우리가 지금 서 있는 달의 하늘에 있는 것은
그 하늘이 그들에게 할당되어서가 아니라
그들의 축복됨의 정도가 낮음을 보이기 위해서입니다.   39

나는 지금 그대에게 맞는 정도로 말하고 있어요.
그대와 같은 사람들의 인식의 대상이 되는 것은
우선 감각적인 앎에서 출발하지요.   42

이런 이유 때문에 성서도 그대들의 지력에 맞추어
손과 발을 지닌 하느님을 묘사하지만,
사실은 다른 의미가 들어 있지요.   45

교회도 인간의 모습을 지니고
그대들에게 가브리엘과 미카엘을, 그리고
토비아의 눈을 뜨게 한 라파엘을 보여 주는 겁니다.   48

티마이오스[4]가 하늘의 영혼들에 대해 말하는 것을
문자대로 이해한다면 그것은

우리가 여기서 보는 것과 모순될 거예요.   51

그는 영혼이 세상에 태어나면서 자연에서
형상을 받을 때 영혼 자신의 별에서 찢어져 나간 것이며,
나중에 죽으면 자신의 별로 돌아간다고 말합니다.   54

아마 그의 주장은 소리 나는 대로만
들리지는 않고, 전혀 다른 양상도 담고 있을 터이니,
세상의 존경을 받을 만한 점도 있겠지요.[5)]   57

한 하늘이 영혼에 명예든 비난이든
영향을 미치고, 영혼은 늘 그 하늘로 돌아간다는 것이
그의 주장이라면, 그의 활은 진실을 꿰뚫을 거예요.   60

사람들은 이 원리를 잘못 이해하여
별에 제우스니 머큐리니 마르스니 하는
이름들을 붙이면서 세상을 혼란스럽게 했어요.   63

그대를 어지럽히는 다른 의문은
덜 해로운 것이어서, 그 악성이 그대를
나에게서 떨어뜨려 헤매게 하지 못할 거예요.   66

하늘의 정의가 사람들의 눈에 불의로
보이는 것은 신앙의 증거지,
이단적인 죄악의 증거는 아니에요.   69

그러나 이 진실은 그대들 자신의 힘으로
이해할 수 있는 것이니, 그대가 원하시듯
그대에게 설명해 드리겠어요.   72

폭력에 고통받는 사람은
폭력 행위에 관여하지 않았다고 해도
비난에서 벗어날 수 없어요.   75

마치 바람이 불어도 불은 타오르는 것이
자연스럽듯이, 의지는 원하기만 하면
굴복하지 않을 수 있으니까요.   78

따라서 크든 작든 의지를 굽히면 폭력이
뒤따르는 법입니다. 이들[6]은 수녀원으로
피신할 수 있었으면서도 폭력에 굴복했던 겁니다.   81

라우렌티우스가 저 철판 위에서 했던 것이나
무키우스가 자기 손에 냉정했던 것처럼,[7]
그분들이 의지를 온전히 유지했더라면   84

그들이 풀려나자마자 다시 끌려 들어간
그 길을 다시 물리쳤을 거예요.
그러나 굳은 의지란 쉽게 만날 수 없어요.   87

제 말을 잘 알아들었다면 그대의 마음을

여러 번 괴롭혔던 논쟁이 이제는
무의미해졌음을 느낄 겁니다.   90

그러나, 그대의 눈앞에 건너야 할
다른 길이 열렸지만, 그대 혼자서는
시작도 하기 전에 무너질 거예요.   93

복 받은 영혼들은 제일의 진리[8]
가까이에 있기 때문에 거짓말을 할 수
없다는 것을 그대가 믿었으면 좋겠어요.   96

코스탄차가 너울에 대한 맹세를 잃지 않았다고
그대는 피카르다로부터 들었는데,
바로 그 점에서 그녀는 나와 다릅니다.   99

형제여! 더 큰 위험을 피하기 위해서는,
마음을 거스르면서 해서는 안 될 일을
하게 되는 경우도 많았지요.   102

이를테면 아버지의 기도에 마음이 움직여
어머니를 죽인 알크마이온은
효성을 버리지 않기 위해 불효를 한 것입니다.[9]   105

일이 이렇듯이, 의지와 폭력이 뒤섞여
해서는 안 될 잘못도 범할 수 있다는 것을

이제 그대는 아시겠지요.   108

그렇다고 절대 의지가 불의에 동의하는 것은 아니에요.
다만 불의를 뿌리쳐도 더 그릇된 고통에 떨어질까
두려워하는 한에서만 동의하는 겁니다.   111

그래서 피카르다는 절대 의지를 들어
설명하는 것이고 나는 다른 의지를
말하는 것이니, 둘 다 진리를 말한 거예요."   114

모든 진리의 샘에서 흘러내리는
거룩한 흐름. 그것은 나의 이런저런 의심을
잠재웠다. 나는 이렇게 말했다.   117

"태초의 전능한 사랑의 사랑을 받는
성스러운 그대여! 당신의 말씀이 나를
따스하게 적시고 내게 생명을 다시 일깨웁니다.   120

내 사랑의 깊이는 당신의 은총에 감사할 정도도
되지 않지만, 나의 모든 대답을
그분께서 보시고 아실 수 있기를 빕니다.   123

인간의 정신은 다른 진리들 위에
우뚝 서는 그분의 진리의 빛 없이는
결코 만족될 수 없습니다.   126

그 진리에 닿는 순간 인간의 정신은
그 안에서 마치 굴속의 맹수처럼 편안히 쉽니다.
그렇지 못하면 모든 소망은 헛된 것이 됩니다.   129

그렇게 우리의 의심은 진리의 발치에서 솟아오릅니다.
우리의 의심은 높은 곳으로 거듭 우리를
올리는 자연스러운 힘입니다.   132

여인이여! 그것은 내게 분명하지 않은
어떤 진리에 대해서 아주
공손하게 물을 용기를 줍니다.   135

서원을 어긴 사람들이 그러한
선한 행위로 당신의 저울에
합당하도록 보완할 수 있는지요?"   138

그러자 베아트리체가 나를 바라보았다.
그녀의 눈에 사랑이 타오르고 성스러운 물결이 일었다.
나의 시력은 그 힘에 굴복했다.

눈이 감기면서 나는 어찔한 느낌이 들었다.   142

5곡

"내가 저 아래 세상에서 보기 힘든
사랑의 열기로 그대를 태워서 그대의 시력을
빼앗는다 해도 놀라지 마세요.   3

내 사랑의 열기는 보면 볼수록
선을 터득하게 되는 완전한
시각으로부터 나오기 때문이에요.[1]   6

나는 그대의 정신에서 영원한 빛을
보고 있습니다.[2] 그 빛은 보이는 즉시
사랑을 영원히 타오르게 합니다.   9

혹시 다른 어떤 것이 인간의 사랑을
유혹한다면, 그것은 이 영원한 빛이
잘못 이해된 흔적일 뿐이라는 걸 알아 두세요.   12

그대는 하느님의 징벌에서 영혼을
구하기 위해서 깨진 서원 대신 다른 어떤
보상을 할 수 있는지 알고 싶으신 거지요?" 15

나의 베아트리체가 이 곡을 시작하면서 한 말이었다.[3]
그녀는 말을 거침없이 하는 사람처럼
거룩한 설명을 다음과 같이 계속했다. 18

"하느님께서 만물을 창조하실 때
우리에게 주신, 그분이 가장 소중히 여기시고
그분과 가장 닮은 위대한 선물은 21

의지의 자유였어요. 지성을 지닌 피조물,
그들 전체와 그리고 오직 그들만이
그때나 지금이나 지니고 있는 것이지요. 24

이런 생각을 해 보면 서원이란
하느님의 동의와 함께 당신의 동의로
이루어지는 것이니 그 얼마나 거룩한 것인지요! 27

하느님과 인간이 계약을 맺었을 때
이 보물과도 같은 자유의지가 봉헌되는데,
그것도 자유의지가 그렇게 의도한 것입니다. 30

그러니 그대가 무슨 보상을 하실 수 있겠어요?

이미 버린 것을 쓰려 하는 것은
어쩌다 얻은 것으로 뭔가 해 보겠다는 것과 똑같아요.[4]   33

지금까지 한 말의 뜻은 명확히 아시겠지요? 그러나
교회는 경우에 따라 보정(補整)을 허용하기 때문에
내가 말한 진리와 모순되는 듯하네요.[5]   36

그대는 좀 더 식탁에 앉아 있어야 하겠어요.
그대가 먹은 음식은 거칠어서
소화될 시간이 필요하니까요.   39

내가 밝히는 것을 마음을 열고
간직하세요. 지식이란 이해했어도
간직하지 않으면 가치가 없는 법이에요.   42

봉헌의 본질은 두 가지에 의지합니다.
하나는 그 약속된 행위 자체이고
다른 하나는 계약의 엄숙한 성격입니다.[6]   45

계약은 엄숙하기 때문에 완성이 있을 뿐
무효는 없어요. 앞에서 상세하게
설명한 것이 바로 이 점이에요.   48

그래서 히브리인들에게 봉헌은 필수였지만,
그대도 아시듯, 봉헌물은 바꿀 수 있었어요.

이는 서원의 내용물이라 할 수 있겠지요.   51

내용물을 바꾼다고 해서 잘못은
아니라는 겁니다. 그러나 아무도
그 바꾸는 행위에 대한 책임을 질 필요는 없어요.   54

다만 하얀 열쇠와 노란 열쇠를 돌리지
않고서는 누구라도 마음대로 제 어깨 위에
있는 짐을 바꿔서는 안 됩니다.[7]   57

그리고 새로운 것이 이전에 포기한 것을
담지 않는다면 바꾸는 것은 언제나 헛된 일이지요.
6은 4를 넘어서고 담고 있잖아요.   60

그러나 어떤 것들은 그 자체의 무게로
저울을 엎어 버리는 때가 있는데,
이 경우 대체는 이루어질 수 없어요.[8]   63

사람은 너무 가볍게 서원을 해서는 안 돼요.
말을 했으면 지켜야 합니다. 입다[9]가 자신의
첫 번째 봉헌물에 그러했듯이, 경솔해서는 안 돼요.   66

서원을 지키느라 더 나쁜 일을 하는 것보다
차라리 '내가 잘못된 서원을 했습니다.' 라고 말했더라면
더 좋았을 텐데. 그리스의 장군[10]도 몰지각했지요.   69

이피게네이아는 자신의 사랑스러운 모습을
슬퍼했고, 그 일을 들은 사람은
현자든 바보든 모두가 슬퍼했지요.　　　　　　　　　72

그리스도교인들이여! 서원 앞에서 언행을
무겁게 하세요! 바람에 날리는 새털처럼 되지 말 것이며,
물이라고 다 씻어 준다고 생각하지 마세요!　　　　　　75

그대들은 신약성서와 구약성서를 지니고 있고
그대들을 이끄는 교회의 목자가 있으니,
그대들의 영혼의 구원에 아주 넉넉하지 않은가요!　　　　78

다른 사악한 탐욕[11]이 그대들을 부추겨도
분별없는 양이 아니라 사람이 되시고, 경멸의 손가락으로
유대인이 그대들을 가리키지 않게 하세요![12]　　　　　81

그대들은 제 어미의 젖을 버리고
제멋대로 돌아다녀 해를 입는
철없고 방자한 어린 양을 닮지 마세요!"　　　　　　84

베아트리체는 지금까지 적은 대로 말했다.
그리고 열망에 가득 찬 얼굴을
우주 전체가 가장 먼저 깨어나는 곳으로 돌렸다.　　　　87

그녀의 온화함과 거룩해진 안색으로,

진작부터 새로운 질문을 던지고 싶던
내 마음도 침묵에 잠겼다.   90

활줄이 잠잠해지기도 전에 과녁을
꿰뚫는 화살처럼 우리는
두 번째 구역[13]으로 내쳐 올랐다.   93

거기서 나는 나의 여인이 기쁨에 사로잡히는 모습을
보았다. 그녀가 새로운 하늘의 빛 속에 들어갔을 때
유성[14]은 제 빛보다 더 밝게 빛났다.   96

그리고 별이 그렇게 변하여 웃음을 띠는 듯했다면,
본성이 변화로운 인간인 내게는
무슨 일이 일어났겠는가!   99

잔잔하고 맑은 연못에서
물고기들이 떨어진 뭔가를
먹인 줄 알고 모여들듯이,   102

나는 수천의 별들이 우릴 향해 다가오는 광경을
보았다. 그 속에서 나는 "보라! 우리 사랑을
키워 줄 저분을!"이라는 말을 들었다.   105

그들이 이렇게 우리에게 가까이 왔을 때
그들 영혼들이 비치는 맑은 빛살 속에서

그들의 기쁨이 눈에 보이는 듯했다.   108

상상해 보라! 독자여! 내가 여기서 글을 그만두고
다음에 온 것을 묘사하지 않는다면
그대들은 나머지를 듣고 싶어 얼마나 애태울 것인가!   111

그러니 그 별들이 내 눈앞에 나타났을 때
그들 애기를 내가 얼마나
듣고 싶었는지 충분히 이해해 주실 것이다.   114

"삶의 싸움을 포기하기 전에 하느님께서
허락하신 영원한 승리의 옥좌를 볼 은총을
지닌 축복받은 영혼이여!   117

하늘을 온통 뒤덮는 하느님의 빛이
우리에게 비치니,
당신이 빛나고자 한다면 마음껏 그리하시오!"   120

그들 중 하나가 내게 말했다. 베아트리체도
재빨리 거들었다. "그러세요! 두려워 말고
그들 하나하나를 하느님처럼 생각하고 말하세요!"¹⁵⁾   123

"당신이 미소를 지을 때 그 눈에서
빛살이 어떻게 뿜어져 나오는지, 당신 자신의 빛 속에
어떻게 둥지를 틀고 있는지 보입니다.   126

그러나 고귀한 영혼이여! 당신이 누구시며
또 어째서 당신이 태양빛으로 사람에게 가려지는
수성에 자리하시는지 모르겠습니다."   129

나는 내게 말했던 그 빛을 향해
이렇게 말했다. 그러자 그 빛은 먼저보다
훨씬 더 밝은 빛을 뿜어냈다.   132

마치 햇살을 뻗어 올리며 자욱한 증기를
쓸어 없앨 때, 태양이 제 빛의
그 과도함 속에서 자신을 감추는 것처럼,   135

그 거룩한 모습도 자체의 빛 속에서
커다란 환희로 스스로를 감추며,
그렇게 안으로 감추고 감추며

노래를 부르듯 다음 곡에서 내게 대답했다.[16)]   139

6곡

"콘스탄티누스는 라비니아를 빼앗은 전사의 뒤를 이어
하늘의 길을 따라 서쪽으로 날고 있던
독수리의 길을 거슬러 바꿨다.   3

그 후 이백여 년 동안 하느님의 독수리는
아이네이아스가 여행을 시작했던 산기슭에서
멀지 않은 유럽의 가장자리에 머물렀다.   6

거기서 그 거룩한 날개의 그늘 아래
세상을 손에서 손으로 내려가며 다스렸으며,
그렇게 바뀌면서 내게까지 내려왔다.   9

나는 카이사르였던 유스티니아누스다.[1]
나는 내가 느끼는 제일의 사랑이 원하시는 대로
법전을 정비해 지나치거나 헛된 조항들을 없앴다.   12

이 일을 시작하기 전에 나는 그리스도는
단 하나의 본성만을 지녔다고 생각했고
이 믿음에 만족하고 있었다. 그러나   15

하느님의 최고의 목자이신 축복받은
아가페투스 교황께서 현명한 말씀으로
나를 진실한 믿음으로 이끄셨다.   18

나는 그를 믿었다. 그가 신앙으로 안 것을
나는 지금 분명하게 보고 있다. 그대가
진실인 동시에 허위인 것을 분명 모순이라 보듯이.[2]   21

내가 교회와 더불어 발길을 옮기자 곧
하느님께서는 은총으로 로마의 법전을 정비하는
고귀한 일을 하게 하셨으니,   24

나는 거기에 온몸을 바쳤다. 군대는
벨리사리우스에게 맡겼다. 하느님의 오른손이 그를 이끄니,
난 그것을 전쟁에서 쉬라는 표시로 여겼다.   27

이것이 당신의 첫 번째 질문에 대한
내 대답이다. 그러나 좀 더
보태야 할 것이 있다.   30

거룩하고 신성한 상징을 주장하는 자와

이를 깔보는 자가 있으나, 이들이 얼마나
보잘것없는 이유를 갖고 있는지 분명히 하고 싶다.[3]   33

얼마나 큰 덕이 그를 신성하게 했는지 보라.
그 덕은 팔라스가 그에게 최초의 자기 땅을
주며 죽은 그때부터 시작되었다.[4]   36

당신은 알 것이다. 그가 알바에서 삼백 년도
더 머무르며 마침내는 셋과 셋이 저마다 그를
저들 것으로 만들기 위해 싸웠던 것을.[5]   39

또한 사비니 여자들의 불행으로부터
루크레티아의 치욕에 이르기까지 일곱 왕 시절에
그가 주위의 땅을 정복하며 무엇을 했는지 알 것이다.[6]   42

브렌누스와 겨루고 피루스와 겨루고
다른 군주와 나라들과 겨루었던 로마인들이
가져다준 것을 당신은 알 것이다.[7]   45

토르콰투스와 헝클어진 머리라는 이름의
퀸티우스, 데키우스와 파비우스는 모두
내가 존경하는 영광을 얻은 분들이다.[8]   48

그는 포 강이 흘러내리는 근원인
알프스를 넘어 한니발을 따라온

아랍인들의 교만을 굴복시켰다.[9]   51

그래서 젊은 스키피오와 폼페이우스가
독수리 아래 승리를 거두었으며, 당신이 태어난
저 언덕에서 그 쓴맛을 보여 주었다.[10]   54

그 뒤 모든 하늘이 세상을 조화롭게 하고자 하신
시대가 왔을 때 카이사르가
로마의 명령으로 그 언덕을 장악했다.   57

그러니 바로[11]에서 라인에 이르기까지 그가
한 일은 이세르와 루아라가 보고 센[12]이 보았으며,
로다노[13]로 가득 찬 온 골짜기가 지켜보았다.   60

라벤나 해안에서 루비콘 강까지 솟아오른
로마가 했던 것은 말로 다할 수 없고
손으로 쓸 수 없는 그런 비상(飛翔)이었다.[14]   63

스페인으로 군대를 보냈고, 다음에는
디라키움으로 군대를 돌렸다가 파르살루스를 쳤으니,
뜨거운 나일 강이 충격을 느낄 정도로 맹렬했다.[15]   66

그가 처음 솟아올랐던 안탄드로스와 시모이스,
헥토르의 무덤이 있는 그곳을 그는 다시 보았고, 이어
다시 오르는데, 프톨레마이오스 때문에 잠시 흔들렸다.[16]   69

그는 이집트에서 누미디아로 번개처럼 내달렸는데,
거기서 다시 방향을 돌려 폼페이우스의
나팔 소리에 화답하여 스페인으로 쳐들어갔다.   72

그가 자기 뒤를 이은 지도자와 함께했던 것을 두고
브루투스와 카시우스는 지옥에서 울부짖고,
모데나와 페루자가 고통스러워했다.[17]   75

비극적인 클레오파트라는 이 때문에 아직도 울고 있는데,
그녀는 그를 피해 달아나다가 독사를 가슴에 품고
갑작스레 처참한 죽음을 맞았다.[18]   78

아우구스투스와 함께 그는 홍해까지 진출했다.
그래서 세계적인 평화를 이루어 내,
야누스에게 제 신전을 닫아걸게 만들었다.[19]   81

그러나 나로 하여금 이렇게 말하게 하는
그 깃발이 그에게 속한 세속의 왕국을 위하여
전에 했던 것과 이제 이룰 것은   84

사실상 작고 하찮은 것이었다.
만일 우리가 명쾌한 눈과 정직한 가슴으로
세 번째 카이사르[20] 시대에 나타난 것을 본다면 말이다.   87

내게 영감을 주는 살아 있는 하느님의 정의가

하느님의 분노의 복수를 대신할 영광을
티베리우스의 손에 부여했기 때문이다.   90

내가 덧붙일 말을 기이하게 여길지
모르겠는데, 그는 티투스와 함께
옛날의 죄를 복수하기 위해 달려갔다.[21]   93

그리고 롬바르디아의 이빨이 거룩한 교회를
물어뜯었을 때 샤를 마뉴는 그의 날개 아래
교회를 구하러 승리의 행진을 벌였다.[22]   96

이제 당신은 내가 비난한 자들과
당신들이 현재 겪는 불행을 낳게 한 그들의
죄를 판단할 수 있을 것이다.   99

하나는 만민의 상징에 대항하여 노란 백합을
내세우고, 다른 하나는 이를 당파의 것으로 주장하며
저들의 목적에 맞추어 쓰니, 누가 더 잘못인가?[23]   102

기벨리니 당은 독수리의 깃발 아래서
술수를 부리고자 할 것이니, 독수리로부터 정의를
잘라 내는 자들을 따를 사람은 이 세상에 없다.   105

새로운 샤를은 그 상징을 끌어내리는 당원들을
믿지 말아야 하고, 오히려 자기보다 더 힘센

사자들의 가죽을 벗긴 그의 발톱을 두려워해야 한다.[24]   108

일찍이 아버지의 죄 때문에 자식들이
울어야 했던 때가 많았으니, 자기 백합이
하느님의 새를 대체한다고 생각하지 말라![25]   111

내가 지금 위치한 이 조그만 별[26]은 명예를
지속시키려는 소망을 지닌 활동적인
영혼들에 의해 더 아름답게 되었다.   114

그러나 진정한 사랑에서 벗어난
목표를 향해 소망을 키울수록
하늘을 향해 오르는 빛은 더 약해진다.   117

우리가 지니는 공(功)과 상(賞)의
완벽한 균형은 우리에게 기쁨을 준다.
각자에게는 각자의 자리가 있기 때문이다.   120

그래서 우리는 진정한 정의의 달콤함을 느끼며,
우리 안에 살아 있는 의지는 뒤틀릴 수 없고
괴로움으로 이어질 수 없다. 갖가지 목소리들이   123

부드러운 가락을 이룬다. 그렇게 우리의 천국의
삶에서는 갖가지 영역들이 여러 하늘들
사이에서 부드러운 조화를 이룬다.   126

이 진주와도 같은 별에는 또한 로메오의
빛이 비치는데, 그의 위대하고 아름다운 업적은
세상에서 천대받았다고 한다.   129

그를 시기하여 맞선 프로방스인들은
길게 웃지 못할 것이다. 다른 이의 선에
분개하는 자는 악의 길을 걷는다.   132

라몬 베렝게르는 네 딸을 두었고
그들 모두는 여왕이 되었는데, 그것은 로메오,
그 천한 출신의 떠돌이 영혼 덕분이었다.   135

그 후 모함하는 말들에 빠져 그의 군주는
제가 가진 열보다 더 많은 열둘을 벌어 준
이 의로운 사람을 의심했다.   138

로메오는 늙고 가난했지만 자존심을 지켜
떠났다. 이리저리 빵을 구걸하며 다니는 동안
그가 속으로 무슨 생각을 했는지 세상이 알았다면

오늘 찬미하고 더욱더 찬미해야 마땅하리라."27)   142

7곡

"호산나! 만인의 거룩한 주님이시여!
당신의 밝음으로 이 하늘의
빛나는 축복된 불들을 비추나이다."   3

이런 노래를 부르며 그는 제 가락에 따라
돌면서 떠났다. 이 영혼은
네 겹으로 빛에 녹아들어 있었다.   6

다른 모든 빛들이 그의 춤에 맞추어
움직이더니, 순간 광활한 공간으로
불똥처럼 빠른 속도로 사라져 버렸다.   9

나는 머뭇거렸다. '그녀에게 말해!' 속으로
되뇌이기만 했다. '나의 여자에게 말을 꺼내 봐!
달콤한 물방울로 네 갈증을 풀어 주잖아!'   12

그러나 BE와 ICE[1]만으로도 나를
지배하는 그 경외심에 나는
곯아떨어진 사람처럼 머리를 숙였다.   15

베아트리체가 빛나는 미소로 나를 고통에서
벗어나게 한 것은 그리 오래 지나지 않아서였다. 그 미소는
불구덩이에 갇힌 사람이라도 기쁘게 할 터였다.   18

"결코 틀리지 않는 내 직관으로 보면 그대는
어떻게 하면 복수가 의롭게 이루어질 수 있는지를
이해하지 못하고 있군요.   21

곧 그대의 의심을 씻어 드리지요.
잘 들으세요. 내 말은 중요한
진실의 원리를 담고 있거든요.   24

태어난 적 없는 사람[2]이 자신의 의지에
재갈을 물리지 못해서 자신도
죄를 짓고 그 자손도 죄를 지었지요.   27

그 큰 원죄 속에 여러 세기 동안 인류는
병들어 저 아래에 누워 있었어요. 그러다가
하느님의 말씀이 가까이 내려오셔서   30

자기를 창조하신 그분에게서 멀리 떨어져서

방황하던 인간을 그분의 기꺼운 사랑으로
그분과 하나가 되게 하셨지요.   33

내가 지금 하는 말을 잘 들으세요.
처음 창조주와 하나가 되게끔 창조되었을 때
인간의 본성은 순수하고 좋았지만,   36

혼자되어 스스로 행동하고 진리의 길 혹은
자신의 생명의 길을 잃어버리면서 스스로
하느님의 거룩한 정원에서 쫓겨나게 되었지요.   39

인간의 본성에 따라 생각할 때는
그리스도가 십자가에 매달리신 것보다
더 위대한 정의가 없을 테지만,   42

그것을 겪으신 분의 본성을 생각하면
그 본성을 지니고 고난을 당하신 것만큼
불의한 벌도 없을 것입니다. 그러므로   45

한 가지 사건에서 여러 결과들이 나온 것이지요.
하나의 죽음을 하느님과 유대인이 함께 원했으니,[3]
그 때문에 땅이 진동하고 하늘이 열렸던 겁니다.[4]   48

이제 공정한 복수가 공정하게
대가를 치렀다는 생각을

그대는 어렵지 않게 이해하실 겁니다.[5]   51

그러나 그대는 이런저런 생각으로
얽힌 듯하고 안에 얽힌 매듭을 풀고 싶은
마음이 간절해 보이는군요.   54

그대는 이렇게 말합니다. '당신 말은 잘 이해하겠는데,
왜 하느님은 우리의 구원을 위해 다른 길을 택하지 않아
이렇게 분명치 않게 만드셨는지 모르겠어요.'   57

형제여! 인간의 내적 시각이 사랑의 불꽃 속에서
성숙할 때까지는 인간의 눈에 하느님께서
그렇게 하신 이유가 보이지 않습니다.   60

사람들은 이 문제에 대해 많은 관심을
기울이지만 알아내는 것은 별반 없지요.
왜 하느님의 선택이 최상이었는지 설명해 드리지요.   63

하느님의 선한 본성은 모든 질투를 스스로
거부하시고 그렇게 불타오르면서,
영원한 아름다움을 스스로 드러냅니다.   66

그분의 존재에서 직접 나오는 것은
끝이 없으니, 그 인장이 한번
찍히면 결코 자국이 없어지지 않기 때문입니다.   69

그분의 존재에서 비처럼 직접 내리는 것은
완전히 자유로우니, 부차적인 것들의
법에 속하지 않기 때문입니다.   72

따라서 창조된 모든 것은 그분을 닮으며 그분을
기쁘게 합니다. 모든 창조를 비추는 거룩한 불꽃은
그분과 가장 닮은 것 속에서 가장 밝게 타오릅니다.   75

이는 인류가 받은 선물들입니다.
이들 중 하나라도 없으면
그 고귀한 상태에서 떨어집니다.   78

오직 죄악만이 인간의 자유를 뺏고
진실한 하느님과의 닮음을 없애며,
인간이 그분의 빛을 잃게 만든답니다.   81

더욱이 인간은 그 죄로 남겨진 자리를
사악한 쾌락을 고쳐 나가는 노력으로 채우지
않는다면 잃어버린 존엄성을 회복할 수 없어요.   84

그대들의 본성은 그 씨앗 속에서 처음
죄를 범했을 때 이러한 존엄에서
추방되었고 낙원도 잃어버렸지요.   87

곰곰이 잘 생각해 보시면 알 텐데,

하느님께서 친절을 베풀어 용서를
내리시거나, 아니면 인간이 스스로   90

어리석음을 씻는, 그런 통로들 중
하나를 지나지 않고서는
어떤 길로도, 잃어버린 것을 찾지 못할 겁니다.   93

이제 영원한 섭리의 무한한 세계로
눈을 고정시키세요. 그리고 내 말을
가능한 한 잘 들으세요.   96

인간은 자기 한계 내에서는 결코
완성될 수 없어요. 그러니 계속해서 겸손하고
복종하는 자세로 자신을 낮추지 못하는 것은   99

거스르려 했던 그만큼 자꾸 오르려 했기
때문이지요. 그래서 혼자 힘으로는
하느님께 이르기 힘든 것입니다.   102

결국 하느님께서는 말하자면 두 길들[6] 중 하나로,
혹은 두 길 모두를 통해
인간이 완전한 삶으로 이르는 길을 마련하신 것이지요.   105

그 일은 행하는 자가 더 감사하는 만큼,
그 마음에서 나오는 자비가 더 선하게

우러나올 수 있도록 하기 위해서,   108

온 세상에 자국을 남긴 영원한 하느님의 덕이
모든 수단을 동원하여 기꺼이 다시 한 번
인간을 끌어 올리고자 하신 것입니다.   111

마지막 심판의 밤과 창조의 첫날 사이에
이런저런 길들을 통틀어, 어떤 행위도
이렇게 고귀하고 위대한 것은 없었고 없을 것입니다.   114

하느님은 그저 죄를 사해 주시기보다는
인간 스스로 거듭날 수 있도록
당신 자신을 희생하셨습니다.   117

하느님의 유일한 아들이 자신을 낮추어
죽을 육신을 지니지 않았더라면,
그 어떤 수단으로도 정의에 이르지 못했을 겁니다.   120

이제 그대의 소망을 다 채워 드리려고
나는 어떤 한 가지를 설명하려 하니,
내가 하듯 그대도 잘 터득하길 바랍니다.   123

그대는 이런 생각을 하지요. '물을 보고, 불과 공기,
땅, 그리고 그것들이 구성하는 모든 것을 보니
얼마 가지 못하고 썩겠구나.   126

하지만 이런 모든 것들이 하느님의 창조물이니,
당신이 앞서 말한 것이 사실이라면
썩지 말아야 할 것이 아닌가?'   129

형제여! 천사들이 있고 그대가 있는 이곳
진실된 나라는 지금 바로 그 상태대로,
천사들의 실체를 고스란히 지닌 채 창조되었어요.   132

그러나 그대가 지목한 요소들과
그것들에서 생산된 모든 것들은
그것들이 창조되는 힘에 의해 그 형상을 갖춥니다.   135

그들이 지닌 물질도 창조되었고
그들 주위를 도는 별들 안에서
형상을 이루는 힘도 창조되었지요.   138

모든 동물과 식물의 영혼은
별들의 빛과 그 거룩한 운동이
권능을 지닌 본질에서부터 끌어냅니다.   141

그러나 지고의 자비는 그대들의 생명에
직접 숨을 불어넣어, 그대들이
언제까지라도 바라는 그분을 사랑하게 되는 것입니다.   144

우리의 최초의 부모가 세상에 왔을 때

인간의 육신이 처음에 어떻게 이루어졌는지
그대가 기억한다면, 내가 지금까지 말한 것으로 미루어

앞으로 다가올 그대의 부활을 그려 볼 수 있겠지요." 148

8곡[1]

한때는 세상이 사랑스러운 치프리냐가
세 번째 주전원(周轉圓)[2]을 돌면서
광포한 사랑을 발한다는 위험한 믿음을 가졌었다.[3]   3

옛날 사람들은 저들의 오랜 오류를 고치지 못하고
그녀에게 봉헌을 올리고
명예를 드높였을 뿐 아니라,   6

디오네를 그녀의 어머니로, 큐피드를
그녀의 아들로 떠받들었다. 더욱이 큐피드가
디도의 무릎에서 재롱을 떨었다고 믿었다.[4]   9

그들은 내가 이 곡의 시작으로 삼은
그녀로부터, 태양이 때로는 목덜미를
때로는 눈썹을 어루만지는 별의 이름을 가져왔다.[5]   12

나는 그 별에 닿은 것을 미처 의식하지 못했지만,
베아트리체가 더욱 아름다워졌기에
금성의 하늘에 있다는 것을 알았다.   15

불에서 날리는 불티들처럼,
한 목소리 안에서 다른 목소리들이 일어났다
사라져도 한 목소리는 지속되는 것처럼,   18

나는 그 빛에 휘감긴 빛들을 보았다. 그들의 움직임은
느리기도 하고 빠르기도 했다. 아마 그들 각자에게
하느님이 얼마나 분명하게 보이느냐에 따른 것 같았다.   21

그 성스러운 빛들은 고귀한 세라핌[6]들 사이에서
시작된 춤을 포기하고서 우리에게
대단히 빠르게 다가왔다. 보이거나 보이지 않는   24

번개가 먹구름으로부터 땅으로 빠른 속도로
내리꽂히는 것이 오히려 느리거나
귀찮은 움직임으로 생각될 정도였다.   27

빛의 앞선 대열들에서 나는 "호산나."라는
노랫소리를 들었다. 그것은 참으로 황홀해서
다시 듣고 싶은 마음이 컸다.   30

그들 중 하나가 우리 가까이로 와서

말을 꺼냈다. "우리는 당신의
즐거움을 위해 뭐든 하겠습니다.   33

우리는 하늘의 군주들과 함께 하나의 궤도로,
하나의 리듬으로, 하나의 소망으로 도는데,
당신은 그들을 '세 번째 하늘을   36

지성으로 돌리는 분들'이라고 불렀지요.
우리는 사랑으로 가득하니, 당신이 원하시면
당신을 위해 춤과 노래를 잠시 멈추겠어요."   39

나는 눈을 들어 나의 여인의 빛을
경건하게 맞아들였다. 그녀는 눈으로
그녀의 확신과 기쁨을 내게 주었다.   42

나는 그렇게 확신과 기쁨을 주기로 약속한 빛을 향하여
몸을 돌렸다. "당신은 누굽니까?"
내 목소리는 부드럽게 떨렸다.   45

내가 그렇게 말했을 때 그 빛은
원래의 행복에 새로운 행복을 더한 듯
점점 더 아름답게 커지며 밝아졌다.   48

빛을 뿜으며 내게 말했다.[7]
"저 아래 세상에서 내 삶은 짧았는데,

더 길었더라면 기억해야 할 악이 많았을 거요.　　　　51

나를 감싸는 행복의 빛으로 인해 당신은 나를
잘 볼 수 없겠지요. 나는 명주실로 제 몸을 감싸는
누에처럼 축복으로 감싸여 있소.　　　　54

당신은 한때 날 무척이나 사랑했고 그만한 이유도
있었소. 내가 그렇게 금방 죽지 않았다면, 당신에 대한
내 사랑을 나뭇잎들보다 더 많이 보여 주었을 거요.　　　　57

론 강의 물이 소르구에 강과 합쳐 적시는
저 왼편 강 언덕8)은 한때 나를
군주로 삼으려 기다리고 있었소.　　　　60

바리와 가에타, 카토나와 더불어
도시를 이루고, 트로토와 베르데가
바다로 변하는 아우소니아의 저 모퉁이9)도 그러했소.　　　　63

일찍이 내 이마에는 도나우 강이
독일을 뒤로하며 곧바로 적셔 주는
그 나라10)의 찬란한 왕관이 빛났소.　　　　66

그리고 에우로에게서 거친 바람을 받는,
파키노와 펠로로 사이의 만(灣)은 티폰11)이 아니라
유황 때문에 햇살을 보지 못하는데,　　　　69

안개에 휩싸인 아름다운 트리나크리아[12]도
나를 거쳐 샤를과 루돌프로부터 태어난
제 군주들을 기다렸을 것이오.[13]   72

사악한 법은 언제나 예속된 민중들을
소외시켜 팔레르모에서는 샤를을
죽이라는 함성이 끊이지 않았소.   75

그리고 내 동생이 이런 사실을 예견했더라면
카탈루냐의 탐욕스러운 가난을
피할 수 있었을 텐데, 그러지 못했소.   78

가뜩이나 무거운 짐을 실은 그의 배에
더 짐을 싣지 않으려면 그 자신이든
다른 사람이든 뭔가를 준비해야만 했는데 말이오.   81

관대한 핏줄에서 나온 그의 인색한
성품 때문에 궤 속에 자기 몫을 챙기지 않는
사람들이 옆에 있어야 했소."[14]   84

"당신 얘기를 들으니 참으로 기쁩니다.
모든 선이 시작되는 것이 내 눈에 분명히 보이듯이
당신에게도 보인다면, 내겐 더더욱   87

기쁜 일입니다. 더욱이 하느님 안에서 보면서

그런 분별을 얻으셨으니
이 또한 내게 값진 일입니다.   90

당신은 날 행복하고 현명하게 해 주셨지만,
한 가지 의문이 드는군요. 어떻게
좋은 씨에서 나쁜 열매가 맺히는 걸까요?"   93

내 말에 그가 대답했다. "내가 진리를
당신에게 보여 줄 수 있다면, 당신은
당신 등 뒤에 있는 것을 앞에 있는 듯이 볼 것이오.   96

당신이 지금 오르는 왕국을 움직이고
만족시키는 선은 그 섭리의 힘으로
이 거대한 구체(球體)들을 채우신다오.   99

스스로 완전한 그 유일 정신 속에는
모든 자연의 유형들과
그 각각의 목표가 예견되어 있소.   102

그래서 이 왕국의 활을
당기면 화살은 미리 정해진
지점에 도달하는 것입니다.   105

그렇지 않으면 당신이 오르는
하늘들은 조화가 아닌

혼돈을 낳게 될 것입니다.   108

이 별들을 움직이는 지성들이 완전한 이상, 또 그 별들을
불완전하게 창조하신 제일의 지성이 존재하는 한,
그런 일은 일어날 수 없소.   111

이런 진리를 더 명확히 설명해야 하겠소?"
"아닙니다. 그럴 필요 없어요. 하느님의 자연은
실패를 모른다는 것을 알겠습니다."   114

그러자 그가 다른 질문을 던졌다. "사회의 질서가
없다는 것이 세상에서는 참 좋지 않은 일이지요?"
"물론이지요. 추론할 필요도 없습니다."   117

"그렇다면 사람들은 다른 본성들을 지니고 있기에
서로 다른 목적들을 추구하는 것이겠지요.
당신 선생이 쓴 것이 맞아요."   120

그는 여기까지 하나하나 추론을 하다가
결론을 맺었다. "그래서 인간의
행위의 뿌리는 다를 수밖에 없어요.   123

한 사람이 솔론[15]으로 태어나면 한 사람은 크세르크세스,[16]
또 한 사람은 멜기세덱,[17] 그리고 어떤 이는
자식의 생명을 대가로 하늘을 난 자[18]로 태어난다오.   126

자연은 썩어 없어질 초에 그 인장을 찍으며
완전한 순환을 이루는데,
이 집 저 집을 따지지는 않지요.   129

그러니 한 씨앗에서 나온 에서와 야곱이 서로 달랐고,
퀴리누스는 천출이지만 사람들은
그를 마르스의 아들로 상상했다오.[19]   132

하느님의 섭리가 주관하지 않는다면,
태어난 존재는 언제나
잉태한 자의 길을 갈 것이오.   135

이제 당신 뒤에 있던 것이 당신 앞에 있군요.
내가 당신과 함께 즐거웠음을 알려 주기 위해
추가로 옷을 더 입혀 드리지요.[20]   138

자연은 운명과 일치하지 않을 때
마치 낯선 토양에 뿌려진 씨가
죽듯이 실패하고 맙니다.   141

자연이 닦아 놓은 바탕을 사람들이 더
생각하고 그 위에 쌓아 나간다면,
더 나은 사람들이 될 것이오.   144

그러나 사람들은 칼을 허리에 차기 위해

태어난 자를 수도회에 처박고,
설교의 부르심을 받은 사람을 왕으로 섬기려 하지요.

이 때문에 사람들의 발길은 길을 벗어나는 것이오!"   148

9곡[1]

아름다운 클레멘차[2]여! 당신의 샤를이
이러한 설명을 해 주신 뒤 그의 자손들이
맛볼 미래의 불행을 내게 알려 주었소.   3

그리고 말했지요. "아무 말도 마시오! 세월이
흐르게 놔두시오!" 이러니 나는 잘못을 저지르는
자들은 눈물로 대가를 치르리라는 말만 할 뿐이오.   6

벌써 저 거룩한 빛에 담긴 생명[3]은
모든 것에 충만한 선으로 향하듯이,
자기를 채우는 태양에게 다시 향했다.   9

아, 속임수에 넘어간 공허한 영혼들이여!
도도한 머리를 헛된 것들을 향해 쳐들며
진실한 선에서 마음을 돌리는구나!   12

그때 찬란한 빛줄기들이 내게로
뻗어 왔다. 그 빛의 광채를 통해
기쁘게 해 주려는 노력이 빛나고 있었다.   15

베아트리체의 눈이 나를 향했다. 전처럼
나의 소망을 들어 주겠다는 보장을
담은 눈길이었다. 나는 외쳤다.   18

"축복받은 영혼이여!⁴⁾ 나의 소망을
채워 주시오! 당신이 내 생각의
거울임을 보여 주시오!"   21

그러자 그때까지도 새로웠던 그 빛⁵⁾이
전에 노래하던 가슴 깊은 곳에서
선을 즐거이 나누게 하려는 듯 내 말을 받았다.   24

"베네치아와 브렌타 강, 그리고 피아베의 샘들
사이에 자리 잡은 이탈리아의
너저분한 지역 저 한쪽 편에   27

그렇게 높지 않은 언덕이 하나 솟아 있어요.
거기서부터 일찍이 횃불 하나가 내려와
이 나라를 극악무도하게 짓밟았어요.   30

나와 그는 같은 뿌리에서 태어났지요.

내 이름은 쿠니차였어요. 여기 이 별빛에
압도되었기에 나는 여기서 빛나고 있어요.   33

나로 말하면 나는 운명이 저지른 것을
기꺼이 용서하고 슬퍼하지 않습니다.
세상의 눈에는 이상하게 보일 겁니다.[6)]   36

어쨌든 내게 아주 가까이서 빛나는
고귀하고 휘황찬란한 보물이 우리의
하늘에 위대한 명성을 남겼으니, 그 명성은   39

백 년이 다섯 곱을 더하도록 살아 있을 거예요.
첫 번째 삶이 두 번째 삶으로 길이 남기 위해
사람이 얼마나 탁월하게 노력해야 하는지 보세요.[7)]   42

그것은 지금 탈리아멘토와 아디체 사이에 사는
사람들에게는 아무 의미가 없어요. 그들은
전쟁에 시달려도 후회하지 않아요.   45

그러나 파도바의 피는 비첸차의 물에
얼룩을 남길 것이니, 사람들이
의무를 피했기 때문이지요.[8)]   48

카냐노와 실레가 합쳐지는 곳[9)]을
누군가가 오만하게 머리를 쳐들고 다스리는데,

그[10]를 잡으려고 이미 그물이 쳐져 있었어요.　　　51

펠트로는 그녀의 불경한 목자의 죄를 슬퍼할 것이니,
그런 더러운 변절을 행한 누구도
말타에 들어가지 않았기 때문이지요.　　　54

페라라의 피를 담는 통이 되려면
거대해야 할 텐데, 그 철철 흐르는 피를
한 통 한 통 다는 사람이 지칠 정도랍니다.[11]　　　57

이 관대한 사제[12]가 당의 일원임을 보여 주기 위해
그 피를 흘리는 것이지만,
그런 선물은 나라의 앞날이 됩니다.　　　60

저 위에는 판관 하느님께서 우리를 비추시는
트로니[13]라는 것이 있어요.
그러니 이런 얘기를 해도 괜찮을 겁니다."　　　63

그녀는 입을 다물었다. 뭔가 다른 것에
생각이 이끌린 듯 전에 있었던
춤추는 무리로 섞여 들어갔다.　　　66

그녀가 값진 것으로 묘사했던 또 하나의
다른 기쁨은 마치 햇빛을 받고 있는
홍옥처럼 내 앞에 나타났다.　　　69

기쁨은 저 위에서 밝음으로
여기서는 웃음으로 드러나지만, 저 아래에서는
마음이 슬프니 망령들이 더욱더 어두워진다.[14]　　　　　72

나는 말했다. "하느님은 모든 것을 보시고
당신은 하느님 안에서 보십니다. 그러니
나의 염원을 당신에게 감출 수가 없군요.　　　　　75

여섯 개의 날개로 사제복을 삼는 저
경건한 불꽃[15]들과 어우러져 하늘을
영원히 기쁘게 하는 당신 목소리는　　　　　78

왜 나의 소망을 채우지 않나요?
당신이 내 안에 있듯이 내가 당신 안에 있다면
당신이 묻기를 기다릴 필요도 없겠지요."　　　　　81

그러자 그가 얘기를 시작했다. "세상을
둘러싼 바다[16]로 물을
흘려보내는 거대한 계곡[17]은　　　　　84

서로 맞서는 해안들[18] 사이로 태양을
거슬러 흐르기에 처음에는 수평선을 이룬
그곳을 자오선으로 만듭니다.　　　　　87

에브로와 마그라 사이의 계곡,

그 짧은 흐름이 토스카나 사람과 제노바 사람을
나누는 곳의 어귀[19]에서 나는 살았소.   90

거의 함께 해가 뜨고 지는 곳에
부제아가 자리한 그 항구는
일찍이 피로 데워졌다고 하지요.[20]   93

내 이름을 알고 있던 사람들은 날 폴코라고
불렀소. 나는 이 금성의 하늘을 지니고
태어났는데, 이제 그 하늘이 나를 품어 주고 있소.   96

시카이우스와 크레우사에게 고통을 주던
벨로스의 딸의 사랑도 내가 머리가 세도록
불태웠던 사랑보다 더 뜨겁지는 않았소.[21]   99

데모폰에 속은 로도프의 그녀나,
이올레를 가슴에 담아 두었던 알키데스도
나의 뜨거움에 비기지는 못할 것이오.[22]   102

그러나 여기서 우리는 후회하기보다는 웃음을 짓고 있소.
마음으로 돌아오지 않는 죄 때문이 아니라[23]
질서를 세우고 예견하시는 분을 우러르기 때문이지요.   105

여기서 우리는 그 큰 사랑으로 이루는
재주를 관조하며 저 아래 세상을 위 세상으로

돌아가게 하는 큰 선을 봅니다.   108

그러나 이 하늘에서 생겨난 당신의 소망을
내가 다 충족시켜 줄 수 있도록
좀 더 말을 하는 것이 좋겠소.   111

여기 내 곁에 마치 햇빛에 부딪히는
맑은 물 같은 광채 안에 있는 자가
누구인지 알고 싶으신 거지요?   114

그 속에는 라합²⁴⁾이 평안히 쉬고 있소.
우리의 대열과 합쳐 그녀는
가장 높은 등급에 새겨져 있소.   117

당신 세상의 그림자가 한 점에 이르는 이 하늘²⁵⁾에서
그녀는 그리스도의 위대한 승리 안에서
구속(救贖)된 영혼들 사이로 오르는 첫 영혼이었소.   120

그리스도께서 두 손바닥에 못 박힘으로 얻은
위대한 승리의 증거로 그녀가 우리 하늘들 중
하나에 들어간 것은 지극히 마땅한 일이었소.   123

교황²⁶⁾에게는 별로 중요하지 않았던 성지에서
그녀가 여호수아의 첫 번째 영광을
이루도록 도왔기 때문이지요.   126

당신의 도시[27]는 자기 조물주에게
최초로 등을 돌렸던 자[28]가 건설했소.
그자의 질투는 수많은 눈물을 만들어 냈지요.[29]   129

그런 당신의 도시는 사악한 꽃[30]을 만들고
유통시켜 목자를 늑대로 만들고
울을 파괴하여 양들을 방황하게 만듭니다.   132

이 때문에 복음서와 교회의 사제들은
버림을 받았고, 그저 주석이나 붙이면서
오로지 교회법 연구에 몰두합니다.   135

교황과 추기경들이 이렇게 정신을 팔고 있으니,
그들의 생각은 가브리엘이 한때 날개를
넓게 펼쳤던 나사렛으로 갈 수가 없소.   138

그러나 바티칸[31]과, 베드로의 뒤를 따라
싸우다 죽은 성인들의 무덤이 된
로마의 다른 선택받은 곳들[32]은 곧

이런 음행에서 벗어날 것이오."   142

10곡[1]

하나와 다른 것[2]이 영원한 기운을 불어넣어 주는
사랑으로 당신의 아들을 바라보시며,
말로 할 수 없는 제일의 권능께서는   3

정신과 공간 속에서 운동하는 모든 것을
숭고한 질서로 만드셨으니, 그 조화를 관조하는 이는
다만 그분을 느낄 수 있을 뿐이다.   6

그러니 독자여! 눈을 들어 나와 함께
높은 곳의 순환들을 보라. 한 움직임이
다른 움직임과 엇갈리는 그곳을 바로 응시하라.   9

그러면 그 거장의 작품을 열렬히 바라보게 될 터이니,
그분도 자기 작품을 스스로 사랑하시어
언제까지라도 눈을 떼지 않으신다.   12

유성들을 이끄는 저 비스듬한 길[3]이
거기[4]서부터 가지를 뻗는 것은 세상이 부르면
언제든 달려가기 위해서다.   15

만일 저들의 길이 굽지 않았다면
하늘의 위대한 힘은 헛될 것이고
세상의 온갖 힘들도 스러질 것이다.   18

저들의 길이 직선으로부터 더 혹은
덜 멀었다면, 세상의 질서는
위에서나 아래[5]에서 상당히 무너질 것이다.   21

독자여! 식탁을 떠나지 말고
당신들이 맛본 것을 생각해 보라!
그러면 지칠 줄 모르고 참으로 즐거우리라.   24

나는 음식을 내놓았으니, 이제 여러분들 스스로 먹기 바란다.
나로 하여금 이 글을 쓰도록 만드는 주제가
바야흐로 내 모든 힘을 다하도록 요구하기 때문이다.   27

세상에 하늘의 계획을 새기고
그 빛으로 우리의 시간을 재는
자연의 가장 숭고한 대리자[6]는   30

내가 앞서 말한 그곳과 결합해서

나선형으로 돌아가면서, 겨울에서 여름으로
갈수록 매일 조금씩 일찍 뜬다.   33

나는 태양 안에 있었지만, 거기에 오른 것은
미처 모르고 있었다. 생각을 하기도 전에
생각이 자신에게 와 있음을 모르는 사람처럼.   36

베아트리체는 우리가 좋은 하늘에서
더 좋은 하늘로 꾸준히 오르도록
인도하니, 그 행동은 시간으로 측량되지 않는다.   39

내가 올랐던 태양 안에서 빛나는 것은
스스로 빛나고 있었다. 그것은
색채가 아니라 빛 그 자체였다.   42

천재, 예술, 기술 따위를 동원해도
여러분 눈앞에 이것을 살릴 수가 없다.
무조건 믿고 보아야 할 터이다.   45

나의 상상이 그런 높이로 오를 수 없다 해도
놀랄 것은 없다. 눈은 태양보다
더 밝은 빛을 알지 못했으니.   48

하느님의 넷째 가족들[7]이 빛을 발하고 있었다. 어떻게
그분이 그곳을 지으시고 숨을 불어넣어 주시는지

보여 주시면서 항상적인 축복을 내리고 계셨다.　　　51

베아트리체가 말했다. "감사드리세요!
천사들의 태양께 감사드리세요. 은총으로
그대를 올려 이곳을 보게 하신 분이에요."　　　54

어떤 필멸의 마음이라도 이 말을
들었을 때의 내 마음만큼
하느님께 귀의하고 굳건한 정성을　　　57

바친 적은 결코 없었으리니, 나는
나의 사랑을 온전히 그분께 돌리느라
베아트리체의 존재마저 잊어버렸다.　　　60

그러나 그녀는 언짢은 기색 없이 미소를 지었다.
그녀의 웃음 띤 눈에서 나오는 광채는
내 정신을 사로잡은 마력을 깨뜨렸다.　　　63

나는 살아 있는 수많은 광채들이
우리를 에워싸고 면류관을 이루는 것을 보았다.
그들의 목소리는 그 찬란한 모습보다 더 달콤했다.　　　66

라토나의 딸[8]이, 뿌연 대기가 때로 습기로
달빛의 띠를 잡아당길 때,
달무리를 이루는 것도 볼 수 있었다.　　　69

내가 지나쳐 온 하늘의 궁정에는 우리 세상으로
가져오기에는 너무나 귀하고 값진
보석들이 얼마든지 널려 있었다.   72

그 광채의 노래도 그러했다. 거기까지
날아오를 날개를 키우지 않는 자는
벙어리에게서나 이런 소식을 들을 것이다.   75

이 불타는 듯 찬란한 해들이 노래를 부르며
고정된 양극에 가까이 도는 별들처럼
우리 둘 주위를 세 번 돈 다음에,   78

원을 그리며 춤추는 여인들이
새로운 노래 소절의 리듬에 귀를 기울이며 조용하게
잠시 춤을 중단하듯이 멈춰 섰다. 그리고   81

그 빛 안에서 목소리가 들렸다.
"진실된 사랑에 불을 붙이고 사랑하면서
더욱 사랑스럽게 자라나는 은총의 햇살은   84

당신 안에서 겹겹이 쌓여서 당신이
이 별들을 오르도록 해 주네. 오름만이 있을 뿐
내려감이 없는 이곳을.   87

바다로 흘러들 수밖에 없는 강물처럼,

그 누구도 포도주를 병에서 따라 당신의 갈증을
채워 주길 자유로이 거부할 수 없겠네.   90

당신의 힘을 하늘로 올리시는
사랑스러운 여인을 사랑스럽게 둘러싼
이 면류관 꽃들에 대해 알고 싶을 테지요!   93

나는 성 도미니쿠스가 길을 따라 이끌던
거룩한 양 떼 중 하나였소.[9] 양 떼들은
길만 잃지 않으면 모두가 살찔 수 있소.   96

내 오른쪽 가까이에 선 이 영혼은 나의 형제이며
스승이었는데, 쾰른의 알베르투스[10]였소.
나는 토마스 아퀴나스입니다.   99

다른 이들을 확실히 알고 싶거든
내 말이 이끄는 곳으로 눈을 돌려
이 축복받은 영혼들 주위를 둘러보시오.   102

저쪽의 불꽃은 법률가 그라치아노[11]의 미소의 빛인데,
세상의 법과 하늘의 법을 조화시켜
하늘에서 큰 기쁨으로 반기셨소.   105

우리 합창대를 밝히는 다음 불꽃은
가난한 과부처럼 검소하게 모은 자기 재산을

교회에 바친 피에트로[12]입니다. 108

우리 사이에 가장 아름다운 다섯 번째 빛은
솔로몬[13]인데, 사랑으로 숨을 쉬는 것이 그렇게 그윽하여
사람들은 아직도 그의 소식을 알고 싶어 한다오. 111

그의 불꽃은 고귀한 정신과 깊은 지혜를
담고 있어, 진실을 말한다면,
그를 따를 만한 현자는 두 번 다시 떠오르지 않았지요. 114

그 옆에서 타오르는 촛불[14]을 보시오. 그는
세상의 육신을 걸치고 있으면서 무엇이 천사이고
천사는 무엇을 하는지 깊이 알고 있던 사람이었소. 117

다음은 그리스도교 시대의 옹호자가 아주
자그마한 빛 안에서 미소 짓고 있네요. 라틴어로 쓰인
그의 말씀은 아우구스티누스에게 도움을 주었지요.[15] 120

당신의 정신의 눈이 빛에서 빛으로 나의
칭송의 말을 따라 움직였다면, 여덟 번째 불꽃 속에서
빛나는 영혼이 무엇인지 참으로 궁금할 겁니다. 123

이 거룩한 영혼은 선에 싸인 채,
그의 얘기를 잘 듣는 자에게 세상의 결점을
가장 잘 드러나게 해 주시는 분이오. 126

그에게서 찢겨 나간 몸뚱이는 이제
저 아래에서 치엘다우로가 갖고 있소. 그는
유배와 순교로부터 이 평화로 온 것이오.[16]   129

다음 불꽃들을 보시오. 이시도루스, 비드, 그리고
리처드[17]의 뜨거운 입김들이오.
리처드는 명상으로 인간 이상이 되었소.   132

당신의 눈길이 마지막 머문 곳은 한때
무거운 생각에 잠겼던 영혼의 빛인데,
죽음이 더디게 오는 것을 슬퍼했던 영혼이오.   135

그것은 시지에리의 영원한 빛인데,
파리의 거리에서 가르치며
논리적인 믿음을 펼쳐 시기를 산 사람이오."[18]   138

그렇게 하느님의 신부가 아침 노래로
신랑의 사랑을 구하려[19] 침대에서 일어나는 시간에
우리더러 오라고 시계탑이 부르는 것처럼,   141

서로가 서로를 끌어당기며 사랑을
준비하는 영혼들은 감미로운 음악으로
땡땡 울리면서 부풀어 올랐다. 내가   144

그 영광의 하늘에서 본 것은

그런 것이었다. 감미롭게 소리와
소리가 알 수 없는 하모니에 맞추어 어우러지며

기쁨이 영원하게 펼쳐지는 곳이었다.   148

11곡

오, 필멸성의 무분별한 도로(徒勞)여!
날개를 내리쳐서 스스로 추락하는
인간들의 추론은 얼마나 헛된가![1]   3

더러는 법을 맹종하고, 더러는 경구에 충실하고,
더러는 사제직에 연연하고, 더러는
폭력이나 궤변으로 다스리려 하고,[2]   6

더러는 도둑질을 생각하고, 더러는 나랏일을
걱정하고, 더러는 육체적 쾌락에 빠져 들고, 또
더러는 피로에 지치는가 하면 편안함에 몸을 내맡긴다.   9

그럴 때, 나는 이런 모든 것들에서 벗어나
베아트리체와 함께 하늘에서
이렇게 황송한 대접을 받고 있었다.   12

우리를 둘러싼 빛들은 이제 전에 춤을
시작했던 곳으로 돌아가서
촛대 위의 초처럼 곧게 서 있었다.   15

내게 얘기를 들려준 휘황한 빛에서
미소와 함께 더 맑은 빛이 쏟아지며
다른 얘기들이 들려왔다.   18

"그분의 빛을 받아서 내가 빛나듯이,
영원한 빛을 바라보면 당신의 생각들이
어디서 나왔는지 알게 됩니다.   21

당신은 당혹스러움을 느낀 나머지,
좀 더 쉽게 알아들을 수 있도록 활짝 트이고
명료한 말로 나의 설명을 듣고 싶겠지요.   24

아까 '모두가 살찔 수 있'는 곳을 말했고
'두 번 다시 떠오르지 않았'다고 말했는데,
그때 이미 분명하게 설명했다고 생각해요.   27

피조물들이 그 깊이를 볼 희망도
가질 수 없을 정도로, 세상 모든 것을
깊은 지혜로 주관하시는 섭리는   30

커다랗게 울부짖으며 축복받은 피를

홀려 맞아들인 그분의 신부³⁾가
그녀의 사랑하는 그분께 나아가도록 하기 위해   33

그녀 스스로 더 확신을 갖고 그분께 더 충실하고자,
두 고귀한 왕자들이 길잡이로 봉사하게 하면서
이곳저곳에서 그녀를 돕도록 했다오.   36

하나는 세라핌처럼 청순한 사랑으로 빛났고
다른 하나는 지혜를 통해 세상에서
케루빔처럼 천진한 광채를 발했소.⁴⁾   39

그들은 같은 목적을 위해 행동했기에,
하나를 칭송해도 둘을 칭송한 것과 마찬가지가 되니,
하나에 대해서만 말하려 합니다.   42

우발도 성인이 선택한 언덕에서부터
흘러내리는 강물과 토피노 강 사이에는
비옥한 산자락이 고귀한 산 아래로 펼쳐져 있으니,   45

페루자는 포르타 솔레를 통해
추위와 더위를 맛보고, 그 뒤에서는 괄도가
노체라와 함께 무거운 멍에를 지고 한탄을 합니다.⁵⁾   48

이 산줄기가 가장 험하게 깎아지른 곳에서
태어난 분은 세상에 광채를 발했는데,

그 빛이 동방의 갠지스 강까지 이르렀소.   51

그래서 그곳을 말할 때에는
짧게 줄여 아시시라고만 하지 말고
그 말뜻 그대로 오리엔트라고 해야 할 것입니다.[6]   54

태어난 때로부터 그리 오래되지 않았을 때,
그는 자신의 위대한 덕으로 세상이
위안을 삼게 하고자 했소.   57

역시 젊은 시절 그는 아버지의 분노에 용감하게
맞섰지요. 마치 죽음인 양 모두가 문을 닫아걸고
싫어하는 여인[7]을 사랑했기 때문이었소.   60

그의 영적인 법정 앞에서 그는
아버지가 있는 가운데 그녀를 아내로 맞아들였고
날마다 더욱더 사랑했지요.[8]   63

첫 번째 남편[9]을 여읜 이 여자는
그가 올 때까지 천백 년하고도 더 많은
세월 동안 누구의 초대도 받지 못하며 살았소.   66

온 세상 사람을 두려움에 몰아넣은 목소리를 듣고서도
이 여인은 아미클라스와 더불어
태연했다는 소문이 있지만 그래도 혼자였지요.[10]   69

또 마리아께서 아래 세상에 머물러 계셨을 때
이 여인은 그리스도와 함께 십자가 위에서 통곡할 정도로
굳세고 지독한 끈기를 보였지만, 그래도 혼자였소.[11]   72

암시는 이것으로 족할 것이오.
내가 지금까지 말한 분은 성 프란체스코였고,
그와 결혼한 여자는 청빈이었소.   75

그들의 조화, 그들의 축복받은 모습들,
사랑, 신비, 그리고 부드러운 시선은
다른 이들의 마음에 거룩한 생각을 심어 주었소.   78

존경스러운 베르나르도[12]는 신발을 벗어 던지고
그분을 따라 나선 첫 번째 사람이었는데,
달리면서도 꾸물거리는 듯 보였다고만 하지요.   81

오, 잊힌 재산이여! 풍성한 보물이여!
에디지오가 신발을 벗어 던졌고 실베스트로가 신랑을 따라
신부를 지극히 기쁘게 했지요.[13]   84

그리고 그 뒤 그 아버지이자 스승은
이제는 초라한 끈으로 서로를 동여맨
그의 여인과 가족들을 데리고 떠났다오.[14]   87

피에트로 베르나르도네의 아들[15]도,

사람들의 비웃음을 산 초라한 몰골도, 그의 마음을
비굴하게 하거나 눈썹을 누르지는 못했소.　　　　　　　90

그는 왕답게[16] 자신이 걸어야 할 길을 선언했고,
그의 단호한 의지에 인노켄티우스 교황은
교단을 기초하는 수결을 주었다오.　　　　　　　　　93

그분의 청빈한 삶을 뒤따르는 영혼들은
점점 불어났고, 그 놀라운 삶을
하늘의 천사들이 영광스럽게 더 잘 노래했소.　　　　96

그래서 이 수도원장의 성스러운 사업은 영원한
성령의 감화를 통해 호노리우스 교황에 의해
두 번째 면류관으로 다시 꾸며졌소.[17]　　　　　　99

그 뒤 그는 순교의 갈증 때문에
오만한 술탄 앞에서 그리스도와
그 뒤를 따른 제자들에 대해 설교했으나　　　　　102

개종할 준비가 된 자가 없다는 것을 알고는
헛되이 머무르지 않고, 이탈리아의
작물을 거둬들이러 돌아왔소.　　　　　　　　　105

테베레 강과 아르노 강 사이의 거친 바위에서
그리스도의 성스러운 상처를 이어받아

두 해 동안 이 마지막 수결을 지녔소.　　　　　　　108

그렇게 큰 선으로 그를 선택하신 분은 기뻐하시며,
그가 추구한 낮아짐을 오히려 공으로 삼아
영원한 삶으로 높이 보상하도록 명하셨소.　　　　111

이에 그는 형제들을 정통 상속자로 생각하고
자신이 가장 소중히 여긴 여인을 부탁하여
신심으로 사랑하도록 명령했지요. 그리고　　　　114

그 수려한 영혼은 자기 자리로 돌아가면서도
자기가 선택한 청빈의 품에서 벗어나지
않았고 다른 관을 원하지 않았소.[18]　　　　　117

이제 성 베드로의 배를 타고 먼 바다에서
똑바로 길을 잡고 있는 이 키잡이 동료가
어떤 인물이었는지 생각해 보시오.　　　　　　120

그 키잡이는 우리 교회의 창시자셨소.
그의 명령을 따르는 자들은 그들의 배에
실은 짐이 훌륭하다는 것을 알 것이오.　　　　123

그러나 그의 양 떼는 더 많은 풀에
욕심을 부려서 낯선 숲으로
마구 돌아다니고 있소.　　　　　　　　　　126

양 떼가 그에게서 아득히 멀어져
여기저기 방황할수록, 우리로
돌아올 때 지니고 오는 젖은 적어진다오.   129

길을 잃을까 두려워 목자에게 달라붙는
양들도 있지만, 그들의 수사복(修士服)을
만들 천도 되지 않을 정도요.   132

내 말이 너무 모호하지 않았다면,
그리고 당신이 주의 깊게 듣고 있었다면, 또
내 말들을 당신이 잘 기억한다면,   135

이제 당신의 소망은 부분적으로 이루어질 것이오.
그래서 나무가 어떻게 갈라져 나가는지 볼 것이며,
'길만 잃지 않으면 모두가 살찔 수 있다.' 라는 말에

왜 내가 무게를 두었는지 알게 될 것이오."   139

12곡[1]

저 축복받은 불꽃이 마지막 말을 한
바로 그 순간에 성스러운 영혼들의 원이
다시 주위를 돌기 시작했다.　　　　　　　　　　　3

한 바퀴를 채 돌기 전에
두 번째 원이 그 원을 감싸서
동작은 동작으로, 노래는 노래로 포개졌다.　　　　6

원래의 빛이 반사광보다 더 강하듯이,
그들의 노래는 세이렌이나 뮤즈의
노래를 초월했다.　　　　　　　　　　　　　　9

헤라가 제 시녀[2]에게 명령을 내리자,
같은 중심을 가진 두 개의 호(弧)처럼, 두 개의 무지개가
안개 같은 구름 사이로 구부러져 나타났는데,　　　12

마치 아침 햇살에 마른 이슬처럼
사랑에 쉬어 버린 애처로운 여자의 목소리로[3]
안의 것에서 밖의 것이 울려 나온 듯 보였고,   15

또한 하느님께서 노아와 맺은 계약[4]으로
또 다른 홍수를 두려워하지 않아도 된다고
저 아래의 사람들을 안심시킨다.   18

그렇게 영원히 시들지 않는 두 줄기
장미 화환은 바깥이 안에 화답하듯
우리 주위를 돌았다.   21

숭고한 춤과 축제, 노래, 그리고 섬광들이
하나로 어우러져 빛들의 향연을
벌이다가 한순간에 잠잠해졌다.   24

마치 우리의 두 눈이 움직이는 사람의
의지에 응답하여 동시에
함께 뜨고 감는 것처럼.   27

그 새로운 빛들 중 하나의 가슴에서
목소리가 들렸다. 나는 그쪽으로 향했다.
나는 별을 가리키는 바늘이었다.   30

그 목소리가 말했다. "나를 아름답게 만드는

사랑이 날 이끌어 나의 길잡이를 높이 받드는
다른 길잡이에 대해 말하도록 한다오.[5]   33

우리는 그 두 분을 따로 말하지 않습니다.
두 분 모두 한 가지 이유로 싸우셨고
그들의 명성도 하나로 빛나야 한다오.   36

큰 대가를 치러서 다시 무장을 한
그리스도의 군대들이 두려움과 띄엄띄엄 느린
걸음으로 깃발[6] 뒤를 따르고 있었을 때,   39

영원히 다스리시는 황제께서는
병사들에게 은총을 내려 주셨소. 그 군대들은
은총을 지닐 만한 가치를 지니지 못한 터였지요.   42

당신이 들었듯이, 그분은 신부를
두 본보기로 보내셔 그들의 말과 행동을 통해
흩어졌던 사람들을 다시 모으게 하셨소.   45

그곳에서는 제피로스의 감미로운 바람이 불어와
새로운 잎을 틔우고 유럽이
옷을 새로 갈아입는 모습을 보여 주는데,   48

그곳은 물결이 해안에 부딪치는 곳,
태양이 긴 여정의 끝에서 사람들로부터 숨는

그곳에서 과히 멀지 않다오.[7]   51

그곳에는 사자가 지배받고 지배하는
강력한 방패의 보호 아래
행운의 칼라로가가 놓여 있소.[8]   54

거기서 그리스도교 신앙을 열렬히 사랑하는 연인이자,
자기편에는 너그럽고 적에게는 매정하기
이를 데 없던, 거룩한 용사가 태어났소.   57

창조된 순간 그의 정신은
비범한 능력을 가졌으니, 어머니의 배에서 그는
어머니를 예언자로 만들었소.   60

그들이 서로 구원을 약속하던 때,
그가 죄를 씻는 샘에서 신앙에
장가를 들던 날,[9] 갓 난 그를 대신해   63

대답을 했던 어머니는 꿈에서
그와 그의 후예들이 생산할 놀라운 열매들이
주렁주렁 달린 장면을 보았소.   66

그것은 이름이 지어진 대로였으니,
성령이 하늘에서 내려와 그가 온전히
속한 분의 소유격으로 이름을 주었소.   69

그래서 도미니쿠스[10]라는 이름을 얻게 되었으니,
그리스도께서 당신의 정원에서
당신을 돕도록 선택한 농부라고 나는 보고 있소.   72

그는 진정 그리스도께서 보내신 진실한 사절이었소.
그가 품었던 첫사랑이 그리스도께서 주신
첫 번째 권유[11]에 대한 사랑이었으니.   75

그의 유모는 침대에서 벗어나 눈을 뜨고 바닥에
조용히 누워 있는 그가 마치
'이 일을 하러 왔다.' 라고 말하는 듯했다고 전합니다.   78

그의 아버지는 진정으로 펠리체[12]였고,
어머니는 진정으로 조반나[13]였소.
이 이름들이 그대로 그렇게 해석되는 것이오!   81

모두가 안달하는 세속적인 이익이 아니라,
진실한 만나의 사랑을 위해
오스티아 사람과 타데우스[14]의 뒤를 따라   84

얼마 지나지 않아 대학자가 되었소.
조금만 게을러도 포도가 시들고 마는 포도밭을
보살필 부지런한 일꾼이 된 것이오.   87

그 자리[15]는 원래 가난한 의인들에게 다정했지만

지금은 자리 자체가 아니라
거기에 앉은 사람이 타락한 상태요.　　　　　90

그는 여섯 가운데 둘이나 셋을 감해 달라[16] 요구하지 않았고,
비어 있는 최고 자리에 앉는 행운을 부탁하지 않았으며,
하느님의 가난한 자를 위한 십일조를 챙기지도 않았소.　　93

대신 죄 많은 세상에 대항하여 진실한 씨앗을 위해
싸울 권리를 요구했고, 그 씨앗이 당신들 주위에
스물네 그루의 나무로 솟아오른 것이오.　　　　96

그래서 교리와 의지, 그리고 사도의
직책으로 무장한 그는 높은 곳에서
흘러내리는 강력한 물줄기처럼 활동하여　　　　99

이단의 덤불을 무찌를
군대를 보냈소. 저항이 거센
곳에서는 더 큰 힘으로 맞섰소.　　　　102

그로부터 많은 다른 흐름들이 갈라져 나와
가톨릭의 과수원에 물을 주었으니,
그 어린 나무들이 더 싱싱해졌소.　　　　105

이런 것이 거룩한 교회가
스스로를 방어하고 내부의 적을

무찌르곤 했던 전차의 한 바퀴였다면,   108

그 탁월했던 다른 쪽 바퀴는
내가 오기 전에 아퀴나스가 예를 갖추어
얘기하던 프란체스코였음을 살펴야 합니다.   111

그러나 그 바퀴의 가장 높은 부분이
남긴 자국이 사라진 지금,
마개가 있던 곳에는 곰팡이만이 있을 뿐이오.[17]   114

그분의 가족은 한때 그분의 족적을 따라
곧은길을 걸었으나, 이제는 방향이 틀어져
발가락을 발꿈치에 대고 걷고 있소.   117

곧 힘겨운 시간이 올 것이고 경작지가 어떻게 나빠졌는지
우리는 보게 될 것이오. 가라지는 창고로
들어가지 못해 한탄할 것이오.   120

내가 분명히 말하건대 우리의 책을 한 장 한 장
살펴보는 자는 이런 구절을 발견할 것이오.
'나는 항상 있던 대로 있다.'   123

그러나 카살레에서나 아쿠아스파르타에서도 그러지는
못했으니, 그들은 우리의 교범을 너무
느슨하게 읽거나 협소하게 읽는다오.[18]   126

나는 바뇨레지오 출신의 보나벤투라[19]의 영혼이오.
나는 내가 맡은 일에서 세속적인
것들은 언제나 나중에 두었소.   129

일루미나토와 아우구스티누스[20]가 여기에 있는데,
그들은 맨발의 청빈의 첫 번째로서
하느님의 친구임을 보여 주는 끈을 허리에 두르고 있소.   132

우고 다 산 비토레와 피에트로 만자도레,
그리고 열두 권의 책으로 사람들을 일깨우는
피에트로 이스파노가 함께 있고,   135

선지자 나탄과 대주교 크리소스토모,
안셀무스, 그리고 자신의 사상을
최고의 예술에 바친 도나투스가 여기 있으며,   138

라바누스도 또한 여기에 있소. 내 옆에는
예언의 선물을 받았던
칼라브리아의 수도원장 조바키노가 빛나고 있소.   141

아퀴나스 형제의 빛나는 예의와
겸손한 말이 나를 움직여
이 용사를 찬미하게 했고

나와 더불어 이 동료들을 움직인 것이오."[21]   145

13곡

내가 이제 보는 것을 잘 이해하고 싶은 사람은
상상해 보라! 그리고 내가 말하는 동안
뿌리 깊은 탑처럼 이미지를 간직하라!   3

하늘 전체에서 가장 밝다는 열다섯 개의
빛나는 별들을! 이들은 대기의 두꺼운 안개를
관통하는 막강한 빛을 발하고 있다.   6

북쪽 하늘의 광대한 둥근 천장에 담긴,
밤낮으로 돌아가기를 지치지 않는
저 거대한 수레¹⁾를 상상해 보라.   9

또 하늘의 한쪽 끝에서 시작하는
그 뿔의 입²⁾을 상상해 보라.
그를 중심으로 원동천이 돌고 있다.   12

죽음의 한기에 싸인 미노스의 딸³⁾이
하늘에 남긴 별처럼,
두 원으로 겹쳐 서로를 비추어,   15

하나가 다른 하나 속에서 자기의 빛을 지니며
둘이 함께 돌고 있는데, 그 조화로운 것이
하나는 앞서고 하나는 뒤따르는 듯하구나.   18

이를 상상하면, 내가 있던 곳을 선회하던
그들의 두 가닥 춤과 그 진실된 성좌의
이미지를 떠올릴 수 있을 것이다.⁴⁾   21

그곳의 별들은 우리의 인지를 훨씬 넘어 빠르게,
키아나⁵⁾의 움직임과 매우 다르게 운행한다.
다른 모든 하늘들을 앞서는 하늘⁶⁾은 그렇게 빠르다.   24

거기서는 바코스나 페아나⁷⁾를 칭송하지 않았고
대신 신성한 본질 속의 세 위격⁸⁾과
신성과 인성이 하나로 있는 위격⁹⁾을 노래했다.   27

노래와 원무가 막바지에 이르렀을 때
그 거룩한 빛들은 임무와 임무를¹⁰⁾
왔다 갔다 하며 즐기는 가운데 우리를 향했다.   30

그리고 하느님의 가난한 사람을 들어

그의 놀라운 생애를 들려준 빛이
그 조화된 무리의 침묵을 깨고 말했다.   33

"한 다발 곡식을 도리깨질하여
창고에 두고 나니 하느님의 달콤한 사랑은
한 다발을 더 도리깨질하라고 이르시네.   36

그 혀가 세상 모두를 희생시킨
아름다운 뺨을 만들고자 가슴에서
갈빗대를 뽑아 내셨고,   36

그 가슴에 창이 박혀
과거와 미래에서 모든 것을 변제하여
모든 죄의 균형을 이루게 하시면서.   39

인간이 빛을 가질 만큼 갖도록
그 둘[11]을 만드셨던 그 권능에 의해
모든 것이 시작되었다는 걸 당신은 알고 있지요.   42

그러므로 앞서 다섯 번째 빛[12]이 누구와도
비길 데 없는 지혜를 가졌다는 내 말을
듣고 의아하게 생각했을 겁니다.   48

이제 내가 보여 주는 것에 눈을 뜨십시오.
그러면 당신의 생각과 나의 말이, 마치 원의 중심에

진리가 있듯이, 함께 아우러지는 것을 볼 것입니다.   51

죽는 것이나 죽을 수 없는 것이나
하느님 아버지께서 사랑으로 키우시는
이데아의 빛을 받고 있으니,   54

살아 있는 빛은 원천의 빛에서 쏟아져 나오지만
그로부터 갈라지지 않고 또한 그들과 함께
삼위를 이루는 사랑과도 떨어지지 않습니다.[13]   57

하느님의 은총의 빛 속에서 이들은
아홉 무리의 천사들을 통해 영원히
그 자체로 하나로 남아 있어요.   60

하느님의 살아 있는 빛은 하늘과 하늘을
거치면서 점점 약해지면서 마침내
우연적인 것들에까지 이르지요.   63

'우연'이라는 말은 자라나는 것들을 가리키는 말입니다.
움직이는 하늘이 씨앗을 지닌 것 혹은
씨앗이 없는 것[14]으로 만들어 내는 세상의 사물들이요.   66

이런 사물들의 밀랍은 다소 수동적이고
그것에 형상을 주는 힘은 다소 능동적이니,
그런 구도에 따라 거룩한 빛이 비칩니다.   69

그래서 같은 종의 나무들이라도
더 좋거나 헐하거나 하는 다른 열매들을 맺고,
당신들도 각자 다른 재주들을 갖고 태어나지요.　　　　72

밀랍이 완전히 자리를 잡았고
하늘들이 최고의 힘을 쓴다면,
거기에 찍히는 인장은 최대로 밝은 빛을 낼 거예요.　　75

그러나 자연은 이런 빛을 최고의 힘을 써서
나를 수 없어요. 최고의 재능을 지닌 예술가라도
떨리는 손을 지닌 것과 같지요.　　　　　　　　78

그러나 뜨거운 사랑이 이데아이며 말씀이신
하느님의 지혜를 움직여 그 인장을 만들어 찍는
가운데 완전한 사물들이 태어납니다.　　　　　81

이것이 세상의 먼지가 완전한
살아 있는 존재를 형성하는 원리이고
처녀가 아이를 가지게 된 원리예요.　　　　　84

인간의 본성은 그 두 사람[15] 이후에는
그러하지 않았고 앞으로도
그러하지 못할 것입니다.　　　　　　　　　87

자! 내 얘기를 여기서 마치려 하는데,

당신은 아마 이렇게 묻겠지요. '그러면, 솔로몬은
어떻게 비길 데 없는 자라고 할 수 있지요?' 라고.　　　90

불명확한 것을 명확하게 이해하려면 그가 누구였고,
'네가 하려는 것을 요구하라.' 라는 말을 들었을 때
그가 요구하도록 만든 것이 무엇이었는지 생각하세요.　　　93

그가 왕이었다는 말은 당신이 잘 알아들을 수 있게
내가 설명했으니, 그가 좋은 왕이 되기에
충분한 지혜를 요구했다는 사실을 생각하라는 말입니다.　　　96

여기 이 높은 곳에 있는 천사들의 숫자를
알고자 요구한 것이 아니고, 또 필연이 우연과 함께
필연을 이루는 것인지 알고자 요구한 것이 아니었어요.　　　99

'부동의 원동자가 인정되느냐?' 하는 의문도
아니었고, 직각을 갖지 못한 삼각형이 반원을
그릴 수 있는지를 묻는 것도 아니었습니다.　　　102

그래서 내가 앞서서 어울리지 않는
지혜를 말했을 때, 내가 말하고자 했던 지혜는
바로 왕의 분별력이었습니다.　　　105

당신이 맑은 눈을 들어 '일어나다' 라는 말을 바라보면
그것은 오직 왕들에 해당한다는 것을 알게 될 겁니다.

왕들은 많아도 좋은 왕은 드물지요.[16]   108

내 말을 이런 의미로 받아 주시면 당신이
우리의 첫 아버지와 우리의 환희이신 그분을
믿는 믿음과 어긋나지 않을 것입니다.   111

그 분별력으로 부디 '네'와 '아니요'를 앞에 두고
가늠하다 지친 사람처럼 느리게 움직이도록
당신 발에 추를 달기 바랍니다.   114

긍정을 하든 부정을 하든 성급하게
판단을 내리다 보면 지극히 어리석은
결정을 내리기 쉬우니 하는 말이에요.   117

급하게 내놓는 의견들은 때로 잘못된
방향으로 흘러서, 인간의 교만이
지성을 묶어 놓게 되거든요.   120

재주가 없이 진리를 낚으러 해안으로
떠나는 것은 불필요를 넘어서 나쁜 일입니다.
떠날 때보다 훨씬 더 나쁜 상태로 돌아올 거예요.   123

파르메니데스와 브리슨, 그리고 멜리소스 같은
사람들이 그 분명한 증거들입니다. 그들은
그들의 길을 갔지만 어디로 가는지 몰랐지요.[17]   126

시벨리우스와 아리우스,[18] 그리고 성서의
진실의 이미지들을 일그러뜨리는 칼과 같은
어리석은 사람들도 그랬지요.   129

자신의 판단을 너무 빨리 믿어서는
안 됩니다. 이삭이 익기도 전에 수확량을 헤아리는
농부가 되지 말아야 합니다.   132

겨울의 긴 시간 동안 앙상하고
드세던 가지에 결국에는 아름다운
장미를 틔우는 것을 내가 보았기 때문이에요.   135

항로란 항로는 모두 종횡하며 거침없이
항해하다가 항구에 들어올 무렵
침몰하는 배를 본 적이 있기 때문입니다.   138

자신만만한 세상 사람들은 하나가
훔치고 하나는 자선하는 것이 보인다고 해서
하느님의 눈을 통해서 본다고 생각하면 안 됩니다.

누가 오르고 누가 떨어지는지는 알 수 없으니까요."   142

14곡

둥근 그릇의 물은 안으로부터 치느냐
밖에서부터 치느냐에 따라 잔물결이 중앙에서
가장자리로, 가장자리에서 중앙으로 일기도 한다.　　　3

아퀴나스의 영광스러운 빛이 입을 다물었을 때
방금 말한 그러한 이미지가
갑자기 내 마음속에서 물결치며 일어났다.　　　6

이렇게 된 것은 그의 말과 베아트리체의
말이 서로 비슷했기 때문이다.
그녀가 뒤를 이어 즐겁게 말을 꺼냈다.　　　9

"이 사람은, 당신께 표현하지 않고 생각을
아직 못 하고 있을 뿐, 또 다른
진실의 뿌리를 파려 합니다.　　　12

우리를 둘러싼 축복받은 당신들의
실체를 꽃피우는 빛을 이 사람에게 설명해 주세요.
지금과 마찬가지로 영원히 빛나는 건가요?   15

만일 그러하다면, 당신들이 최후의 심판에 이르러
육신을 다시 입고 시력을 회복할 때 서로의 빛을
어떻게 감당할 수 있는지 설명해 주세요."   18

원무를 추며 돌아가는 무리들이
가끔 흥에 겨워 몸짓을 빨리하고
목소리를 높이듯이,   21

그녀의 정성 어린 요청에
거룩한 원들도 황홀한 음악과 춤으로
새로운 행복을 내보였다. 우리가   24

여기서 죽어 저 위에서 산다는 것을
언짢게 생각하는 사람들이 있다면 그것은
영원한 비의 상쾌함을 여기서 보지 못했기 때문이다.   27

결코 끝나지 않고 언제까지라도 셋과 둘과 하나의
일체를 주관하는, 그런 하나와 둘과 셋의 일체[1]는
모든 것을 감싸면서도 감싸이지는 않는데,   30

이를 그 영혼들은 세 차례 노래 불렀다.

믿기지 않는 그 멜로디는
하늘이 주신 최고의 보상이었다.   33

그러고 나서 가장 안쪽의 원의 가장
밝은 빛으로부터 천사가 마리아에게
절제된 음성으로 아뢨다.   36

"천국의 축제가 길어질수록 우리의
불타는 사랑도 길어져 당신이 보는
이 빛으로 옷을 삼을 것입니다.   39

밝음은 뜨거움으로 이어지고 뜨거움은
봄〔見〕²⁾으로, 봄은 은총으로,
이어지면서 그 가치를 더합니다.   42

우리의 육신이 죄를 씻은 영광스러운 영혼의
옷을 다시 입을 때, 우리의 위격은
완전한 만큼 더 즐거워질 것입니다. 거기서   45

지고의 선께서 우리에게 주시는 빛이
무럭무럭 자라나고, 우리는 그 영광의 빛을 통해
그분을 볼 수 있는 것입니다.   48

그러므로 우리의 봄은 자라나야 하며,
마찬가지로 봄은 뜨거움을 더 키우고

뜨거움은 빛을 키우는 것입니다.   51

그러나 숯덩이가 불꽃으로 이글거릴 때
그 내부의 빛이 바깥의 불꽃으로 빛나서
제 형상을 분명히 드러내듯이,   54

우리를 담고 있는 이 빛보다
오랜 세월 땅 밑에 묻혀 있는 육신이
나중에 얻을 빛이 더 찬란할 것입니다.   57

그것은 우리의 눈을 지치게 하는 빛이 아니어서,
부활한 육신의 모든 기관들은 기쁨을 주는
무엇을 받아들이면서 더 강해질 것입니다."   60

둥그렇게 둘러선 두 줄의 영혼들은
이 말이 끝나자 곧바로 "아멘!" 하고 외쳤다.
분명 몸을 돌려받으려는 마음이 큰 것이었다.   63

이는 그들만을 위한 것이 아니라 그들의 어머니들과
아버지들, 그리고 그들이 영원한 불꽃이 되기 전에
친했던 모든 이들을 위한 것이었다.   66

그때 그 둘러싼 빛만큼이나 밝게 빛나는
새로운 빛이 마치 여명으로 빛나는
지평선처럼 우리를 감쌌다.   69

마치 온 하늘에 박명(薄明)이 깔리듯이
새로운 별들이 나타나는데,
보일 듯 말 듯 어슴푸레한 모습이었다. 72

거기서 새로운 영혼들이 보이는 듯했는데,
다른 두 개의 둘레 주위에
새로운 둘레를 만들고 있었다. 75

오, 성령의 진실된 반짝임이여! 그 빛이
내 눈에 어찌나 빠르고 밝게 자라나는지,
나는 그것을 감당할 수 없었다. 78

그러나 베아트리체가 눈부시게 빛나는
미소를 지으며 내 앞에 모습을 드러내자, 내 정신이
못 따라올 이 광경들 사이에 그녀를 두고 싶었다. 81

그녀의 모습에 나는 다시 힘을 내서 눈을 들었다.
위를 우러러보면서 나는 그녀와 둘이서
어느새 더 숭고한 축복으로 옮겨 왔음을 알았다. 84

나는 더 높이 오른 것을 알았는데, 왜냐하면
별의 작열하는 미소가 전보다 더
붉게 빛나는 것이 보였기 때문이었다. 87

온 마음을 다해 모든 사람이 지닌

영혼의 언어로 나는 새로운 은총을
내려 주신 하느님께 번제(燔祭)를 드렸다.　　　　　90

헌물(獻物)이 내 가슴에서 아직
타고 있는 동안 나의 감사의
기도가 받아들여졌음을 알았다.　　　　　93

너무나도 강렬하게 붉은빛으로 타오르는
두 갈래 빛이 나에게 다가왔다. 나는 울부짖었다.
"오, 이들을 이렇게 빛나게 하시는 엘리오스[3]여!"　　　　　96

넓어지는 듯 좁아지며 별들의 길을 이루는
은하수는 그 두 갈래 빛 사이에서 하얗게 어렴풋이 빛나니
별들의 무리로 현자들의 의심을 사기도 했는데,　　　　　99

그렇게 저 빛들도 깊은 화성의
운행과 엇갈리며 사분원으로 매듭을 지어
거룩한 십자가의 모양을 이루고 있었다.　　　　　102

여기서 나의 지성은 나의 기억에 패한다. 그 십자가에서
이글거리며 떠오르는 그리스도의 모습을 보았지만,
그것을 묘사할 적절한 비유를 찾을 수가 없기에.　　　　　105

다만 스스로의 십자가를 지고 그리스도를 따르는 사람은,
그리스도와 함께 타오르는 하늘의 흰빛을

바라만 보면서 어쩌지 못하는 나를 용서할 것이다.　108

꼭대기에서 바닥까지, 팔에서 팔로,
서로의 빛을 만나고 지나치면서 눈부시게 번쩍이는
밝은 빛은 십자가를 따라 움직이고 있었다.　111

그것은 사람들이 햇빛을 피하여
재주와 기술을 동원하여 고안한 그늘에
때로 줄무늬를 그리며 스며드는　114

빛줄기를 따라서 곧게 혹은 비스듬히,
빠르거나 흐르듯이 움직이며 언제까지라도
모양을 바꾸는 티끌들처럼 보였다.　117

그리고 양금과 하프의 그 많은 줄들이
하모니를 이루며, 가락도 구별 못 하는
사람에게까지 달콤하게 울리는 것처럼,　120

십자가 모양의 빛 무리로부터 멜로디가 흘러나와
공중에 퍼지며 나를 몽환에 젖게 했다.
그 찬송가가 무엇이었는지는 말할 수 없다. 다만　123

숭고한 찬미였던 것 같다. 내가 들은 것은
"오르라"와 "정복하라"라는 말이었는데,
듣기는 해도 이해할 수 없는 말들이었다.　126

나는 이 노래에 푹 빠졌다. 그때까지
그렇게 달콤한 사슬로 나의 영혼을
묶은 것은 아무것도 없었다.   129

어쩌면 너무 경솔한 말이었는지도 모르겠다.
바라보기만 해도 평안이 깃드는 사랑스러운 눈동자[4]를
바라보는 기쁨을 잊었으니 말이다.   132

그러나 모든 아름다움의 살아 있는 인장인
그녀의 두 눈은 오를수록 더욱 빛나건만
내가 아직 그 눈으로 향하지 않음을 본 사람은   135

나 스스로 용서를 바라며 자책하듯, 나를
용서하고 내가 진정으로 하는 말을 볼 수 있으리라.
그녀의 거룩한 아름다움은 여기에 있으니,

오를수록 더욱 완전해진다.   139

15곡[1]

진정한 사랑은 언제나 선을 행하려는 의지에
깃들며 최고의 선으로 향한다. 마치 탐욕이
악을 행하려는 의지에 깃드는 것과 같다.　　　　　3

그 의지가 감미롭게 울리는 저 하프 소리를 잠잠하게 했고
천국의 손이 늦추다가 당기다가 하는
거룩한 현의 음악을 잠재웠다.　　　　　6

지복의 영혼들은 사람들의 올바른 간청에
귀를 막을 수 없는 분들이니, 내가 그들에게 간청할
용기를 주기 위해 그들 모두가 침묵하기로 하신 것이다.　　9

영원히 지속하지 않는 것을 사랑하느라
진정한 사랑을 잃는 사람은
정녕 끝없이 슬퍼하리라.　　　　　12

그때 고요하고 맑은 하늘에 문득
불똥이 어둠을 가르며
무심한 눈길을 사로잡았다.   15

마치 자리를 바꾸는 별처럼,
별이 불붙은 곳에서는 어떤 별도
사라지지 않고 다만 불길만이 사그라들듯이,   18

십자가의 오른쪽 팔에서 빛나는
그 성좌에 속한 별 하나가
중심부로 치달려 발치로 떨어졌다.   21

그 보석은 십자가의 광선을 따라 그 윤곽 내에서
움직여서 마치 설화석고 뒤에서
불이 움직이는 것처럼 보였다.   24

우리의 가장 위대한 시신(詩神)이 묘사한 대로,
안키세스의 영혼이 엘리시온에서 제 아들을 보았을 때
지녔던 뜨거운 애정[2]으로 그 별은 내게 달려왔다.   27

"오 나의 피여! 하느님의 가늠할 길 없는
은총이여! 그대 말고 그 누구에게
하늘의 문이 두 번씩이나 열렸단 말인가!"   30

그 빛이 그렇게 말했다. 나는 그를 바라보다가

눈을 돌려 나의 여인을 바라보았다.
나는 그 둘 사이에서 얼이 빠진 채 서 있었다.　　　33

그녀의 눈에서는 미소가 반짝이고 있었다.
그것을 바라보는 내 눈은 나의 축복의
깊은 곳, 나의 천국을 스친 것 같았다.　　　36

보기에도 듣기에도 즐거운 이 빛이
계속 말을 이었다. 내가 파악할 수 없는
얘기들이었다. 그의 말은 그렇게 깊었다.　　　39

그러나 자기 생각을 일부러 감추려는 것은
아니었다. 다른 선택이 없었다. 그가 말하는 내용이
인간의 정신을 넘어서는 까닭이었다.　　　42

그 열정적인 애정의 활이
시위를 늦추자 그의 말이
우리 지성의 과녁을 꿰뚫었다.　　　45

내가 이해한 처음 말들은 이러했다.
"나의 종족에게 이렇게 큰 은혜를 내려 주시는
삼위일체 축복의 하느님이시여!"　　　48

그는 계속해서 이렇게 말했다. "하얗고 검은 것이
변하지 않을 그 위대한 책³⁾을 탐독하면서

태어나는 오랫동안의 갈증을, 나의 아들아,   51

너는 내가 들어 있는 이 불꽃 속에서 풀었다.
이 고귀한 비행을 위해 날개를 만들어
이 높은 곳으로 끌어 올려 준 그녀 덕분이다.   54

마치 하나가 이해되면 다섯, 여섯이
이해되는 것처럼, 너는 너의 생각이 하느님의
생각으로부터 나에게로 흐른다고 믿기 때문에,   57

너는 내가 누구이며 왜 내가 너를 만나면서
이 즐거운 무리의 다른 누구보다도 더
큰 기쁨을 보이는지 묻지 않는구나.   60

네가 믿는 것이 맞다. 이곳에서는 축복을 많이 받았든
적게 받았든 모두가 그분의 거울을 보는데, 그 안에
과거나 미래에서 생각하는 것이 다 들어 있다.   63

그러나 내가 영원히 하느님을 바라보는 것은
성스러운 사랑 안에서다. 그 사랑은
나의 달콤한 갈증을 만드시고 가장 잘 채워 주신다.   66

이제 너의 목소리를 자신 있고 당당하며
기쁘게 드높여서 네 의지를 표현하고 네 마음의
소망을 표현하라! 나의 대답은 이미 마련되어 있노라!"   69

나는 내가 말하기도 전에 언제나 내 얘기를
들어 준 베아트리체를 바라보았다. 그녀는
미소로 내 소망의 날개에 힘을 주었다.　　　　　　　72

그래서 나는 말을 시작했다. "사랑과 지성은
당신들이 하느님을 온전히 보았을 때
당신들 각각에게 고르게 성취되었습니다.　　　　　　75

당신들을 열과 빛으로 따뜻하게 하고
비추는 일에서 태양은 완전하게 균형을 이루셔서
달리 비교하고 따질 것이 없습니다.　　　　　　　78

그러나 살아 있는 자들의 표현과 느낌은,
당신들이 잘 알고 있는 이유 때문에
그들 날개를 구성하는 서로 다른 깃들을 갖고 있으니,　　81

나도 역시 이런 불균형을 깊이 느끼는 사람으로서,
당신의 자애로운 환대에 내 마음으로가
아니면 감사드릴 길이 없습니다.　　　　　　　84

값진 보석으로 살아 있는,
황옥 같은 당신에게 바라니,
당신 이름을 알고 싶은 내 소망을 채워 주세요."　　87

"내가 나무라면 너는 가지다. 나는 너의

뿌리였다. 네가 오기를 기다리는 것으로도
나는 기뻤다." 이렇게 그는 말을 꺼냈다.   90

"네 가문의 이름을 시작한 영혼은
수백 년 전부터 지금까지 정죄산의
첫 번째 둘레를 아직 돌고 있다.   93

그는 나의 아들이었고 너의 증조부였다.
그의 오랜 피로를 너의 기도로
마땅히 덜어 주어야 하겠구나.   96

옛날의 성벽에서 아직 3시와 9시
종소리를 듣는 피렌체는
평화와 절제의 도시를 이루었다.   99

그들이 경배한 여자보다 더 요란한
팔찌나 목걸이를 걸치지 않았고
사치스러운 옷이나 띠도 없었다.   102

딸이 태어난다고 해서 아버지가
두려워하지 않는 시대였다. 결혼할 나이가 너무
낮지 않았고 결혼 지참금도 너무 높지 않았다.   105

살기에 너무 넓은 집은 지어지지 않았고,
그렇게 방탕했던 사르다나팔루스의 침실이

무엇에 쓰는 곳인지를 알고자 하는 사람도 없었다. 108

너희들⁴⁾의 우첼라토이오 산은 몬테말로 산⁵⁾보다
높았던 적이 없었다. 그러나 너희들은
높이 오르는 데서 졌듯이 내려가는 데서도 질 것이다. 111

벨린치오네 베르티가 가죽 띠와 뼈를 깎아 만든
단추로만 치장을 하고 그의 아내는
거울을 멀리하고 화장하지 않아도 만족하며 살았고, 114

네를리와 베키오 집안 사람들도 장식 없는 옷에
만족하고 여자들도 물레와 아마(亞麻)만으로
즐거이 하루를 보내는 것을 나는 보았다. 117

아, 행운의 여자들이여! 그들은 무덤을
걱정하지 않았고 프랑스로 떠난 남편들을 기다리며
밤을 지새우지 않아도 됐었다. 그저 120

한 여자가 애정 어린 눈길로 요람을 지켜보며
모든 새 부모들이 처음에 즐겨 사용하는
그런 말로 아이들을 달래는가 하면, 123

다른 여자⁶⁾는 가족⁷⁾들에 둘러싸여 물레를 돌리며
트로이와 피에솔레, 로마의
옛 이야기들을 들려주었다. 126

그때에는 킨킨나투스[8]라든가 코르넬리아[9]가
요즘의 치안젤라,[10] 라포 살테렐로[11] 같은 이들만큼이나
재미있는 얘깃거리였을 것이다.   129

이처럼 평온하고 아름다운 사람들의
시민적 삶에 둘러싸여, 또 굳은 믿음과
포근한 집으로 둘러싸여   132

어머니의 부르짖음과 함께 나는 태어났으니,
네가 영세를 받은 성당에서 나는
그리스도교인 카치아귀다가 되었다.   135

모론토와 엘리세오는 나의 형제들이었고,
나의 아내는 포 강이 지나는 계곡 출신이었으니,
거기서 너의 알리기에리라는 성이 생겨난 것이다.   138

이어 나는 황제 쿠라도를 섬겼는데,
그의 기사가 되어 수많은
업적을 쌓아 총애를 받았다.[12]   141

목자들의 잘못으로 너희들의 정의[13]를
침해했던, 부정한 율법의 족속들에
맞서 싸우며 그의 뒤를 따랐다.   144

거기서 극악의 무리들과 싸우면서 나는

거짓된 세상과 그런 세상을 사랑하며
수많은 영혼들을 더럽힌 사슬에서 벗어났고, 그렇게

순교를 하여 이곳의 평화로 왔다."   148

16곡

오, 한 줌도 안 되는 우리 피의 고귀함이여!
우리 애정이 왜소해져 가는 이 아래에서
그대가 사람들에게 자랑하려 한다 해도,   3

나는 결코 놀라지 않으리라.
욕망이 일탈하지 않는 하늘에서
말하면서, 나도 나의 피를 자랑했으니.   6

고귀함은 금방 오그라드는 망토다. 날마다
다른 천으로 덧대지 않으면
시간의 가위가 조금씩 잘라 버린다.   9

처음에 로마가 시작했으나
그 시민들은 거의 쓰지 않았던 '보이'[1]로
나는 다시 말을 시작했다.   12

어쨌든, 좀 떨어져 있던 베아트리체는
이를 보고 미소를 지었는데, 귀네비어의 이야기에서
처음 실수에 헛기침을 한 것이 생각났다.[2]   15

"당신께서는 나의 조상이시며, 저에게
말할 자신을 주십니다. 당신께서는 제 마음을 높여서
저를 실제 이상의 무엇으로 만들어 주십니다.   18

제 영혼은 수많은 지류들에서
흘러나오는 기쁨으로 넘쳐흐르고 계속
흘러서, 안에서 부서지지 않습니다.   21

존경하는 조상이여! 저의 원류는 무엇인지,
당신의 옛 조상들은 누구셨는지, 당신께서 젊었을 때
어떤 세월을 보내셨는지 말씀해 주세요.   24

그 당시 성 요한의 우리[3]는
얼마나 넓었고, 그 사람들 중 가장 높은 자리에
앉기에 적합했던 사람들은 누구였습니까?"   27

불꽃 속의 숯이 바람 부는 대로
활활 타오르듯이, 저 빛도 나의
애틋한 말을 듣고 더 밝게 빛을 냈다.   30

그 빛이 눈앞에서 아름답게 자라나는 만큼

목소리도 더 부드럽고 세련돼졌다.
요즘의 새로운 언어가 아니었다.[4]   33

"'아베'를 말하던 그날부터
지금은 성녀이신 나의 어머니가
무거운 몸을 풀고 나를 낳은 날까지,   36

이 이글이글 타는 사자자리는
그 사자의 발바닥 아래서 다시 타오르기 위해
오백오십하고도 서른 번을 돌아왔다.[5]   39

나와 가족들이 태어난 곳은 너희들이
해마다 축제를 벌이면서 뛰어다니다
마지막으로 이르는 동네의 처음에 있다.   42

이 정도면 나의 조상들에 대해서는
충분히 얘기한 것 같다. 그들의 이름이 무엇이었고
어디서 왔는지는 구태여 말할 필요가 없겠구나.[6]   45

그 시절에 무장을 할 수 있었던 사람은 지금
마르스와 세례자 사이[7]에
살고 있는 자들의 오분의 일에 불과했다.   48

지금은 근교의 캄피와 체르탈도, 페키네까지
다 피렌체로 섞여 들어왔지만, 그때

피렌체 사람들은 가장 천한 직공들까지 순수했다.   51

내가 말하는 그 사람들이 지금도 너의 이웃들이고,
갈루초와 트레스피아노[8]와
경계를 긋고 있다면 얼마나 좋겠는가!   54

지금은 사기 한번 쳐 볼까 눈을 부라리는
아굴리오네[9]와 시냐 출신의 그자[10]를
안에 들여놓고 그 악취를 견디려니 얼마나 괴로우리오!   57

세상에서 가장 타락한 그들은
카이사르[11]에게 의붓어머니 노릇을 했다. 반대로
그들이 자식을 사랑하는 어머니의 역할을 했다면,   60

피렌체의 시민이 되어 거래하고 장사하는
벼락부자들은 자기 조상이
빵을 구걸하던 저 세미폰테로 돌아갔을 것을.[12]   63

그리고 몬테무를로에는 아직 그곳 출신 백작들이
있을 테고, 아코네 교구에는 체르키들이,
발디그레베에는 부온델몬티가 있을 텐데.[13]   66

사람들이 뒤섞이면 언제나
도시가 타락하는 법. 음식을 이것저것
들이부으면 배탈이 나는 것과 비슷하다.   69

눈먼 황소가 눈먼 양보다 더 쉽게
쓰러지고, 다섯 자루의 칼보다 한 자루의 칼이
더 효과적으로 벨 수 있는 법이다.   72

루니와 우르비살리아가 어떻게 멸망했고,
어떻게 시니갈리아와 큐지도 그 뒤를
따라 사라져 갔는지 생각해 본다면,[14]   75

도시들도 시간에 따라 소멸하듯이
가문도 끊어진다는 것은 이상한 것도
아니고 이해하기 어려운 일도 아니리라.   78

너희의 모든 것은, 너희들 자신이 그러하듯,
죽음을 맞는다. 하지만 그 모든 것은 오랜 세월 이어지는
무엇에 숨어 있는데, 인생은 짧다.[15]   81

달의 하늘의 회전이 해안을 쉴 새 없이
덮다가 벗기다가 하듯이, 운명도
피렌체와 더불어 그렇게 하는구나.   84

그러니, 시간에 감추어지고 시간 뒤로 사라진
저 고귀한 피렌체 사람들의
명성을 말한다고 이상하게 생각할 것 없다.   87

나는 우기를 보았고, 카텔리니, 필리피,

그레치, 오르만니, 알베리키,[16] 그리고
몰락하고 있는 저명한 시민들을 보았다.   90

옛날의 그들처럼 길고 위대한 역사를 지닌
산네라와 아르카, 솔다니에리,
아르딘기, 보스티키를 알았다.   93

라비냐니 가문은 한때 당장이라도
배를 침몰시킬 짐처럼, 믿기 어려운
불법의 무게를 진 채 살았고,   96

그로부터 귀도 백작이 나왔고, 그 뒤
지체 높은 그 벨린치오네의
이름을 갖다 쓴 사람들이 나왔다.[17]   99

프레사 가문은 벌써 다스리는
법을 배웠고, 갈리가이오는
집에 도금한 칼을 지니고 있었다.[18]   102

모피의 둥근 기둥[19]도 일찍이 유명했고, 사케티,
주오키, 피판티, 바루치, 갈리, 그리고
저울을 속이다 들켜 창피를 당한 자들도 유명했다.[20]   105

칼푸치 집안을 낳은 기둥[21]은 일찍부터
크게 자라났었고, 아리구치와 시지 가문은

높은 자리들을 차지하고 있었다.　　　　　　　　　　　108

교만 때문에 산산조각이 난 그자들[22]은 한때
얼마나 위대했던가! 또 황금 구슬들[23]은 피렌체가
꽃피우던 시절 얼마나 빛났던가!　　　　　　　　111

교회의 빈자리를 지금도 연장하여
추기경 회의에 자리를 차지하고 앉아
살을 찌우는 자들의 선조들[24]이 그러했다.　　　114

도망가는 자들에게는 용처럼 위협하는
오만불손한 핏줄[25]은 이빨이나 돈주머니를 보여 주는
사람들에게는 온순한 양으로 변했다.　　　　　117

그렇게 일찍부터 솟아올랐지만 하찮은 무리였기에,
우베르틴 도나토는 장인이 자기를
그들의 가족으로 만든 것을 몹시 싫어했다.[26]　120

카폰사코[27]는 피에솔레 언덕에서 시장으로
내려왔고, 주다와 인판가토[28]는
이미 훌륭한 시민들이었다.　　　　　　　　123

믿기 힘든 사실은, 누구나 한때는
페라 가문의 이름을 딴 문으로
성에 들어왔다는 사실이다.[29]　　　　　　　126

하필 성 토마스의 축일에 죽어 그로 인해
더 추모받는 위대한 남작 우고의
아름다운 휘장을 지니는 자는 누구나   129

그 남작으로서의 작위와 특전을 받았지만,
그 휘장을 수술로 장식한 자는
지금 서민들과 어울리는 신세로구나.³⁰⁾   132

괄테로티와 임포르투니³¹⁾도 그때 존재했다.
보르고는 새로운 이웃을 받아들이지 않았더라면
더 평온한 곳이 되었을 것이다.   135

너희들을 울리면서 태어났던 집안은
그들의 정당한 복수가 너희들을 죽음으로 이끌고
너희들의 즐거운 삶에 종지부를 찍었는데,   138

높은 명예를 얻어 자손들까지 누렸다.³²⁾
아, 부온델몬티여! 남들 꼬임에 빠져
제 혼례를 피한 넌 얼마나 나빴던가!   141

네가 처음 피렌체에 오는 동안
하느님께서 에마에 넘겨주셨더라면
지금 슬퍼하는 많은 사람들이 즐겁게 살 텐데.   144

피렌체의 평화가 끝나 갈 때

제 다리를 지키는 잘라진 돌에 희생자 하나를
제물로 바친 꼴이로구나!33)   147

이런 사람들과 더불어, 그리고 다른 많은 이들과
함께 그렇게 평화로운 피렌체를 보았다.
눈물을 흘릴 이유가 없는 곳이었다.   150

이런 사람들과 더불어 나는 명예롭고 정의로운
그 시민들을 보았다. 그렇게 백합은 깃대에
걸리지 않았지만 꺾이지는 않았고,

분열로 인해 선홍색으로 되지도 않았다."34)   154

17곡

자신에게 거슬리는 말의 진실을 듣고자
클리메네에게 갔던 사람, 아직도 아버지의
속을 태우는 자식처럼   3

나도 그러했다.[1] 베아트리체도, 나를 위해서
자기가 있던 자리를 옮기신 그 거룩한 빛[2]도,
날 그렇게 느꼈던 것 같다.   6

그래서 나의 여인은 이렇게 말했다. "그대의
열망의 불꽃을 방출하세요. 그대의 소망이
뚜렷하게 찍혀 나오도록 하세요.   9

단지 우리가 아는 것에 좀 더 덧붙이라는 것이
아니라, 그대의 잔을 그대를 위해 채우고
그대의 갈증을 말하는 법을 배우라는 거예요."   12

"오, 고귀한 저의 뿌리시여! 보통 사람들은
두 개의 둔각을 지니는 삼각형을 모르듯이,
높이 오르신 하늘의 영혼들은   15

시간이 정지된 하느님의 장소를 응시하면서
세상의 모든 우연적인 일들이 재현되기도 전에
이미 똑똑히 보고 계십니다.   18

베르길리우스를 따라서
죽은 자들의 세계로 내려가고 다시
영혼들이 치유받는 산을 오르면서 저는   21

제 미래에 대한 불길한 얘기들을 들었습니다.
그러나 저의 영혼은 우연의 충격을 받아도
여전히 사각형3)임을 느낍니다. 그러니   24

어떤 운명이 내게 다가오는지 알고자 하는 것이
저의 간절한 바람입니다. 운명의 화살은
기대할 때 더 느리게 날아갑니다."   27

앞서 내게 긴 말씀을 들려주신 그 빛에게
이렇게 말했으니, 이로써 베아트리체가 바랐던 대로
나의 소망을 고백한 셈이었다.   30

이제 모든 죄를 가져가시는 하느님의 양께서

십자가에 매달리시기 전에 어리석은 사람들을 홀렸던
음침한 수사(修辭)가 아니라   33

분명한 말과 명증한 생각으로 그 아버지다운 사랑의 빛은
내게 대답해 주셨다. 빛은 그 자신의 미소로
가려졌다가 나타났다가 했다.   36

"우연이란 어떤 식으로도 너희 세상의
책을 넘어서서 확장될 수 없으며
영원한 통찰 안에서 온전히 그려진다. 그러나   39

강물을 따라 내려가는 배는
눈에 비치는 대로 움직이는
필연성을 지닌다.[4]   42

오르간 음악이 귀를 감미롭게 울리듯이,
미래가 너를 위해 지니는 사물들의 형상은
이러한 하느님의 시각으로부터 나의 눈으로 온다.   45

무자비하고 사악한 계모 때문에
히폴리토스가 아테네를 떠나야 했던 것처럼,
너도 피렌체를 떠나게 될 것이다.[5]   48

그것은 하늘의 의지대로 계획된 것이며,
그리스도를 하루 종일 사고파는 곳에서

널 쫓아낼 궁리를 하는 사람[6]에 의해 이루어지리라.　　51

언제나 그렇듯, 죄는 큰 소리로 비난받은
쪽을 따를 것이나, 하느님께서 요구하시는
복수는 진실을 목격하게 할 것이다.　　54

너는 네가 가장 사랑하는 모든 것을
버려야 할 것이니, 이것이 곧 너의 추방의 활이
처음으로 쏘게 될 화살이다.　　57

남의 빵을 먹고사는 맛이 얼마나 짠지,
또 남의 계단을 오르내리는 일이 얼마나
힘든 것인지를 너는 알게 될 것이다.　　60

그러나 너를 가장 무겁게 누를 것은
그 슬픈 계곡에서 네가 겪어 내야 할
둔감하고 비열한 자들이다.　　63

그들은 온갖 배신과 광포함을 너에게
돌리겠지만, 곧 그들의 얼굴은
부끄러움으로 붉어질 것이다.　　66

그들의 짐승 같은 성격은 그들 자신의
언행으로 나타날 것이다. 그러니 너의 편을
만들어 두는 것이 널 위해 좋을 것이다.　　69

너의 처음 피난처와 처음 둥지는 위대한
롬바르디아 사람[7]의 호의에서 나올 텐데, 그는
사다리에서 거룩한 새를 기른다.   72

그는 널 세심하게 보살펴 줄 것이니,
너희들의 주고받는 관계 속에서는
하나가 다른 하나의 요구에 앞서 줄 것이다.   75

그와 함께 너는 태어날 때부터 아주
뚜렷하게 별이 찍혀 위대한
업적을 이루게 될 자[8]를 볼 것이다.   78

세상은 아직 그를 알아보지 못했는데,
그가 아직 어린 탓이다. 하늘의 축이 이제
겨우 구 년 동안 그의 주위를 돌았으니. 그러나   81

과스코 사람이 자존심 강한 하인리히를 속이기 전에[9]
이 사람은 부를 경멸하고 수고를 가벼이 여겼기에
섬광 같은 기개를 보일 것이다.   84

그의 도량은 널리 알려질 것이니,
그의 적들도 그 가치를
부정할 수 없을 것이다.   87

너는 그에게서 훌륭한 것들을 기대하라.

그를 통해서 많은 사람들의 운명이 바뀔 것이니,
부유한 자들과 거지들이 재산을 서로 바꿀 것이다.   90

이를 마음에 써 두어라. 그러나 세상에
말하지는 마라." 그는 자기 눈으로 진실을 보는
사람들조차도 믿지 못할 것들을 말했다.   93

그가 계속 말을 이었다. "내 아들아! 지금까지
내가 해 준 말의 열쇠는 이것이니,
숨어 있는 덫을 몇 년 내에 볼 것이다.   96

네 이웃들을 시기해서는 안 된다.
그들의 죄와 벌보다 훨씬 더 오래 지속될
미래가 너에게는 있느니라."   99

그 축복받은 영혼은 침묵에 잠겼다.
내가 자진하여 짠 날실을 가로질러
씨줄을 다 넣은 것이다.   102

나는 의심 중에 있다가 진실을 보고
덕을 알며 사랑을 지닌 영혼의 인도를
받고자 하는 사람처럼 말했다.   105

"준비하지 못한 자에게 가장 혹독한 시련이
떨어지듯이, 그런 타격을 주기 위해

나를 향해 시간이 질주하며 공격하는 것을 봅니다.   108

그러니 선견지명으로 내게 힘을 주세요.
그리고 내게 소중한 장소를 잃을지언정,
내 시만큼은 다른 모든 것을 지켰으면 좋겠습니다.   111

끝없이 비통한 우리 세상을 통해서, 나의
아름다운 여인의 눈이 나를
끌어 올렸던 산 위에서, 그리고   114

빛에서 빛으로 올랐던 천국을 통해서,
나는 많은 것들을 배웠는데, 그것들을 다시 말한다면
많은 사람들이 식상해할지도 모르는 일입니다.   117

그러나 진리를 앞에 두고 내가 소심해진다면,
내 이름이 이 시대를 옛날로 돌아볼 사람들과
함께 살아 있지 못할까 두렵습니다."   120

나의 보물처럼 눈부시게 웃음 지으셨던
그 빛은 햇살을 받는 황금 거울처럼
더 찬란한 빛을 발하기 시작했다.   123

"자신의 혹은 남의 언행에
부끄러움을 느껴 검게 탄 양심은
너의 말에서 곤혹스러움을 느낄 것이다.   126

그래도 거짓으로 위안하지 말고,
너의 글로 네가 본 모든 것을 드러나게 하고
가려워하는 사람들이 시원하게 긁도록 해 주어라.   129

너의 말이 처음에는 쓴맛을 줄 수 있으나,
잘 새기면 나중에는 차츰 모두가
생명의 양식으로 삼을 것이다.   132

너의 외침은 가장 높이 오를 때
가장 힘든 바람을 맞게 될 것이니, 이것은
너의 명예가 하찮은 것이 아님을 말해 주는 것이다.   135

그래서 여기 이 하늘들에서, 산에서, 그리고
고통의 골짜기에서 네가 본 영혼들은
이름이 알려진 자들뿐이었다.   138

왜냐하면 듣는 자의 마음이란 알려지지 않고
감추어진 뿌리를 지닌 예나, 혹은
명증하게 나타나지 않은 증명에 대해서는

믿음을 가질 수도, 지킬 수도 없기 때문이다."   142

18곡

그 거룩한 거울은 이제 자기 말[1]에 잠겨
즐기고 있었고, 나는 내 말의 쓴맛을
단맛으로 조절하며 음미하고 있었다.   3

나를 하느님께 인도하던 그녀가 말했다. "이제
다른 생각은 그만 하세요. 내가 모든 고통을 덜어 주시는
그분과 함께 있다는 것을 생각하세요."   6

그 사랑스러운 말에 나는 나의 위안으로
얼굴을 돌렸다. 그때 그녀의 거룩한 눈에서 본
사랑은 너무나 거대해서 말로 옮기지 못하겠다.   9

내 말이 실패할까 두렵기도 하고,
누군가가 위에서 인도하지 않으면 내 정신이
그런 높이까지 오를 수 없기 때문이기도 하다.   12

그 순간에 대해 기억할 수 있는 것은
그녀를 바라보면서 내 마음이
다른 모든 추구에서 자유로워졌다는 것이다.   15

그것은 영원한 기쁨이 베아트리체의 얼굴에 곧게
비치고 있었고, 그 반사광이 나를
기쁨으로 채워 주었기 때문이다.   18

그녀는 미소의 빛줄기로 나를 압도하면서
말했다. "이제 몸을 돌려 잘 들으세요.
천국은 내 눈에만 있는 것이 아니에요."   21

우리 세상에서 영혼을
송두리째 빼앗을 만큼 되면
그 정열이 때로 눈에 드러나듯이,   24

내가 향하고 선 거룩한 불꽃의
섬광에서 나는 그 불꽃이
좀 더 할 말이 있음을 알았다.   27

그가 다시 입을 열었다. "정수리에서 생명을 받아
사시사철 열매를 맺으며 잎이 지지 않는 나무의
다섯 번째 가지에 축복받은 영혼들이   30

살고 있다.[2] 그들은 하늘로 오기 전에

저 아래 세상에서 이름을 떨친 자들이었다.
모든 뮤즈들이 그들의 양분을 먹고 자랐다.   33

이제 눈을 들어 십자가의 팔들을 잘 보라.
내가 이름을 말할 영혼이
구름 사이로 번개처럼 빠르게 빛날 것이다."   36

그가 여호수아라는 이름을 발음하자
한 가닥 빛이 십자가를 번쩍 가로질렀다.
말하는 것과 거의 동시에 일어난 일이었다.   39

위대한 마카베오의 이름에 나는
둥글게 돌아가는 또 다른 빛을 보았는데,
그 끝이 휘감기는 빛의 줄기는 기쁨 그 자체였다.   42

그리고 샤를 마뉴[3]와 롤랑[4]의 이름들이 나왔고,
나는 열심히 눈으로 이 두 빛들을 좇았다. 마치
자기가 날린 매를 바라보는 사냥꾼처럼.   45

이어 굴리엘모와 레노아르도, 그리고
고티프레디 공작이 내 눈을 십자가로 이끌었다.
그리고 루베르토 귀스카르도가 왔다.[5]   48

그리고 나에게 말씀하셨던 빛은 저쪽으로 가서
다른 빛들과 섞였고, 하늘의 합창대에서

자신의 노래를 내게 들려주었다.   51

나는 오른편에 있던 베아트리체에게
몸을 돌려 내가 무엇을 해야 하는지
말을 해 주거나 신호를 보내 주기를 기다렸다.   54

나는 그녀의 눈에서 새로운 빛을
보았다. 순수와 희열의 빛이었다. 그 모습은
어느 때보다 더 아름다워 보였다.   57

선을 행하면서 날마다 더 큰 기쁨을
느끼는 사람이 자기 안에서
덕이 자라는 것을 알게 되듯이,   60

그 기적이 한층 더 빛나는 것을 보고
하늘과 함께하는 나의 회전이
그 호(弧)를 넓혔다는 것을 알았다.   63

주위를 돌아보았을 때 내 눈에는
나를 제 빛 속에 받아들였던 여섯 번째의
온화한 별이 순수하게   66

하얀빛을 띠고 있는 것이 보였다. 마치 여자가
부끄러움이 가실 때 발그레한 얼굴이
금방 하얗게 돌아오는 것과 같았다.[6]   69

목성의 횃불 속에서 불꽃으로 일렁이는
사랑의 빛이 눈앞에서
우리의 문자를 형성하고 있었다.   72

물가에서 날아오른 새들이
먹이를 발견하고 기뻐하면서
때로는 원을 그리거나 때로는 대열을 짓듯이,   75

그 빛들 속에서는 축복받은 존재들이
노래를 부르며 원을 그렸는데, D를, I를, 혹은
L을 그려 내고 있었다.[7] 그들은   78

처음에는 리듬에 맞추어 노래를 부르며
날다가 하나의 글자를 만들더니
잠시 머뭇거리다 노래를 멈췄다.   81

거룩한 페가수스의 뮤즈여!
천재들에게 영광을 주고 불멸케 하시고, 천재들은
그를 통해 왕국과 도시를 영원하게 하소서!   84

나의 정신에 새겨진 이 영혼들의 글자들을
보여 줄 수 있도록 내게 빛을 내려 주소서.
당신의 힘을 나의 이 짧은 시구를 통해 보여 주소서!   87

그들은 다섯에 일곱을 곱한

모음과 자음으로 내게 그들 자신을 보여 주었으니,
나는 그들이 형성한 글자들을 이해할 수 있었다.   90

메시지의 처음 글자들은 동사와 명사였다.
DILIGITE IUSTITIAM.[8] 뒤를 이어 나타난
글자는 이러했다. QUI IUDICATIS TERRAM.[9]   93

마지막 다섯 번째 글자 M 속에서
그들은 가지런히 머물렀다. 마치
목성의 은이 황금의 테두리를 두른 꼴이었다.[10]   96

나는 더 많은 빛들이 내려오는 것을 보았다.
그 빛들은 M자 위에서 빛을 내고 있었고, 그 꼭대기에서
아마도 그들을 이끌 선에 대해 노래를 불렀다.   99

이어서, 한때 어리석은 자들이 예언을 하는 방식처럼,
불붙은 통나무들을 두드리면
수없이 많은 불꽃들이 튀어 오르듯이,   102

거기서 수천 개의 빛들이 일어나서
그들을 불태우는 태양이 선택하신 대로
여기저기서 울쑥불쑥 솟아오르고 있었다.   105

그리고 저마다의 쉴 자리를 찾은 듯했는데,
나는 독수리의 머리와 목이 그 불꽃들의

형상으로 나타나는 것을 보았다.   108

이렇게 독수리의 그림을 그리시는 하느님은
스스로를 인도해 나가신다. 새들이 둥지를 짓는
기술은 바로 그분이 주시는 것이다.   111

M자 속에 그들 자신이 백합의 형상으로 나타나는 것을
기뻐했던 축복받은 다른 영혼들이
가볍게 움직이며 그 도안을 완성시켰다.   114

오, 사랑스러운 별이여! 얼마나 많은 보석들이
세상의 정의가 하늘에서 오는 것임을
밝혀 주며 빛나고 있는지!   117

그들의 운동과 힘이 시작하는 하느님의 정신께
나는 그들의 빛을 흐리는 연기가
뿜어 나오는 곳[11]을 눈여겨보시도록 간청한다.   120

그래서 기적과 순교로 쌓아 올린 성전 안에서
팔고 사는 저들에게 하느님의 분노가
다시 한 번 내리시기를 간청한다.   123

나의 정신이 돌아갈 하늘의 군대여!
나쁜 본보기로 길을 잃고 헤매는
세상의 영혼들을 위해 기도해 주소서!   126

일찍이 칼을 들고 파문을 내리며 싸우길 좋아했으나,
이제는 아버지의 사랑이 누구에게나
베푸시는 빵을 호시탐탐 노리며 싸운다.   129

파문장을 썼다가 지우기를 반복하는 자는
베드로와 바울을 기억하라. 그분들은
네가 망친 포도밭을 구하려 죽으셨고 아직 살아 계시다.   132

넌 이렇게 대답하겠지. "내 마음은 혼자 살기를
선택하셨고 춤 때문에 순교하셨던
그분을 향해서만 굳어져 있으니,

고기잡이 베드로나 바울에 대해 아는 바 없다."[12]   136

19곡[1]

이윽고 내 눈앞에는 날개를 활짝 편 빛나는
이미지가 펼쳐졌다. 그것은 겹을 이룬
기쁨을 누리던 영혼들의 형상이었다.   3

그들 하나하나가 찬란하게 타오르는
햇볕에 비친 루비와도 같았는데,
내 눈에는 그 자체로 영롱하게 빛을 내는 듯 보였다.   6

여러분에게 지금 여기서 말해야 할 것은
혀로도 말해진 적 없고 글로도 쓰인 적이 없으며
상상으로도 그려진 적이 없다.   9

나는 다만 그 독수리의 부리를 보고, 내는 소리를
들었는데, 그것은 '나'와 '나의'라는 말을 사용하면서
'우리'와 '우리의'라는 뜻을 담고 있었다.[2]   12

"나의 정의와 연민 때문에 나는
이 영광으로 높이 올랐다.
나의 소망이 품을 수 있는 가장 높은 곳이다.   15

나는 세상에 기억을 남겼는데,
사악하고 내 길을 따르지 않는 사람들이라도
찬미하지 않을 수 없을 것이다."   18

불타는 수많은 석탄들에서
하나의 열기만 나오듯이, 많은 사랑들로 구성된
하나의 소리가 그 이미지로부터 나왔다.   21

나는 소리쳤다. "영원한 축복의 영원한 꽃들이
당신의 수많은 향기를 하나로 집중시켜
당신의 말에 숨을 불어넣고,   24

세상에서 음식을 찾을 수 없어
오랫동안 굶을 수밖에 없었던
내 배 속을 일깨우고 있습니다.   27

하느님의 정의가 이 하늘들에서 다른 거울 안에
비친다 할지라도 당신의 왕국은
그 빛을 온전하게 드러내고 있습니다.   30

당신은 당신의 말을 듣고자 하는 나의 마음을

아십니다. 당신은 나를 그리도 오랫동안
굶주리게 만든 의심이 무엇인지 아십니다."   33

머리 덮개에서 빠져나간 매가
목을 길게 빼고 날개를 퍼덕이며
새를 잡고자 하는 의지를 보이듯이,   36

그들은 축복 속에 거하는 영혼들만이 아는 노래로
하느님의 은총을 드높이며
한목소리로 깃발을 움직이고 있었다.   39

이어 그가 말을 시작했다. "하느님은
육분의를 돌리며 세상의
한계를 그리셨고 감추어지고 드러난 것들에   42

혼돈 대신 질서를 가져오셨으니,
온 우주에 당신의 힘을 새겨
당신의 말씀 안에 모든 것을 한없이 품으셨다.   45

하느님의 빛을 기다리지 못해 덜 익은 채
지옥에 거꾸로 처박혔던 최초의
교만한 자[3]가 이를 분명히 보여 준다.   48

그러므로 분명 자연의 그릇은 하느님을 담기에는
너무나 작다. 하느님은 한계를 모르시며,

하느님의 척도는 당신 자신이시다.　　　51

따라서 모든 창조된 것들을 관통하시는
그 제일의 정신에서 나오는 빛들 중
하나일 뿐인 우리의 시각은 너무나 나약해서　　　54

그분의 원리가 우리의 눈이
지각할 수 있는 범위를 훨씬
넘어선다는 것을 도저히 보지 못한다.　　　57

그래서 너의 세상에 부여된 시각은
영원한 정의를 측량할 수 없으니, 차라리
심연을 들여다보는 것이 더 쉬우리라.　　　60

해안에서는 바다를 볼 수 있는 반면
바다에서는 그럴 수 없다. 그러나 바다는 심연에
감추어진 채 거기에 그대로 있다.　　　63

빛이란 언제까지라도 맑은 하늘로부터
오는 것이니, 그 나머지는
어둠이며 그림자, 혹은 육신의 독약이다.　　　66

이제 네가 의심스러워하며 애를 태우던,
살아 있는 정의의 진실이 네게서
감추었던 것을 볼 수 있다.　　　69

너는 이렇게 말하겠지. '그리스도에 대해
말하거나 읽거나 쓰는 영혼이 없는
인더스 강변에서 태어난 사람을 생각해 보세요.   72

그 사람의 소망과 행동은
인간의 이성으로 볼 때 선하고,
말이나 행실에서 죄를 짓지 않지만,   75

세례를 받지 못하고 신앙을 갖지 못한 채 죽는다면,
이런 영혼을 벌하시는 정의는 무엇입니까?
믿지 않아서라면 그런 죄는 도대체 무엇입니까?'   78

코앞도 볼 수 없으면서 심판의 자리에 앉아
수천 킬로미터 너머를 바라보려고 하는
너는 도대체 누구냐?   81

우리를 인도해야 할 성서가 없다면,
나와 더불어 세세하게 따져 보려는 사람은
의심밖에 만나지 못할 것이다.   84

오, 땅의 피조물들이여! 아, 둔감한 마음들이여!
그 자체로 선하신 최초의 의지께서는 최고의
선이신 스스로에게서 결코 떠나지 않으신다.   87

그 의지와 일치하는 것만이 올바르다.

그 의지는 유한한 어떤 선으로 연결되기보다는
그 빛을 보내 선을 창조하신다."   90

따오기가 새끼에게 먹이를 주고 난 다음에
둥지를 맴돌며 날아다닐 때
새끼는 머리를 쳐들어 그런 어미를 바라본다. 그렇게   93

거룩한 이미지가 나를 맴돌았다. 수많은 의지들이
합세하여 그 날개를 움직여
내 위를 맴돌았고 나는 그쪽으로 머리를 쳐들었다.   96

맴돌면서 노래를 부르고 이렇게 말했다.
"내 노래는 네가 이해하기에 너무 높으니
영원한 심판이 필멸의 너희들에게 불가해한 것과 같구나."   99

성령의 이러한 불빛들이 잠잠해지자
세상이 로마를 우러러보게 만든 표지⁴⁾ 안에서도
잠잠해졌고, 그 이미지는 목소리를 다시 높였다.   102

"그리스도께서 십자가에 매달리시기 전이나
이후에 그리스도를 믿지 않았던 사람은
누구도 이 왕국에 오르지 못했다.   105

그러나 '그리스도여! 그리스도여!' 하고 외치는 자들이
심판의 날에 그리스도를 모르는 자들보다

그분 곁에 더 가까이 서리라는 보장은 없다.[5]　　　　　108

에티오피아인들이 심판의 날에 그리스도인들을
비난할 때 그들은 영원한 부자와
영원한 빈자로 나뉠 것이다.　　　　　111

하느님의 열린 책에 그들의 죄과가
낱낱이 쓰여 있는 것을 볼 때
페르시아인들은 너희의 왕에게 뭐라고 말하겠는가?[6]　　114

거기서, 알베르트의 소행이 발견되는 곳에서,
어떻게 프라하 왕국이 초토화될 것인지
펜이 움직여 곧 쓰일 것을 읽을 것이다.[7]　　　　　117

거기서, 화폐를 위조한 자가
센에서 멧돼지의 공격을 받아 죽은
사건을 읽을 것이다.[8]　　　　　120

거기서, 그들은 지독한 교만을 읽을 것이다.
그 교만에 의해 스코틀랜드인과 잉글랜드인은 미쳐서
제 영지 안에서 머무르지 못하고 날뛴다.[9]　　　　　123

이 책은 용기를 알지 못했고 알려고도 하지 않았던
스페인인과 보헤미아인[10]의 음탕하고
나약한 생활도 보여 줄 것이다.　　　　　126

이 책은 예루살렘의 치오토가 행한 모든 선을
하나로 쳐서 I로 표시하고 반대되는 모든 것들은
천으로 쳐서 M으로 표시하여 보여 줄 것이다.[11]   129

이 책은 또 안키세스가 긴 삶을 마쳤던
불의 섬을 지키는 자[12]의
인색과 비열을 보여 줄 것이다.   132

그가 얼마나 못났던지 보여 주기 위해서는 단지
몇 글자만이 쓰일 것인데, 아주 좁은
공간에서 많은 것을 말하게 될 것이다.   135

그리고 빛나는 가계와 두 개의 왕관을
욕되게 한 그의 형제와 숙부의 추악한
소행들이 분명하게 밝혀질 것이다.   138

거기에는 노르웨이의 왕[13]과 포르투갈의 왕,[14]
베네치아의 주화를 변조하여 자신의 명예를
실추시킨 라쉬아의 왕[15]도 기록될 것이다.   141

아, 더 이상의 권력의 남용이 없다면
헝가리는 얼마나 행복할 것인가! 둘러싼 산맥으로 오직
방어만 한다면 나바르는 얼마나 복될 것인가!   144

그리고 이를 저마다 확인하게 해 주니,

니코시아와 파마구스타[16]가 다른 짐승들을
떠나지 않는 저들의 짐승 때문에

울부짖고 저주를 하게 됨을 주의해야 할 것이다."[17]   148

20곡

온 천지에 자기 빛으로 흐르던 태양이
우리의 반구 아래로 저물었다.
사방에서 낮이 사라졌다.   3

처음에 태양이 혼자서 비추었던 하늘이
이제는 갑자기 수많은 빛들에 의해 비춰졌다.
그들은 하나의 빛의 반사들이었다.   6

나는 이러한 하늘의 변화를 보고 세상과
그 지배자들의 표지[1]가 그 부리 안에서
어느덧 조용해졌음을 알았다.   9

살아 있는 그 빛들은 그들이 노래를
시작했을 때보다 더 밝게 타올랐다.
나의 기억으로 담아 둘 수 없는 감미로움으로.   12

오, 미소에 싸여 있는 감미로운 사랑이여!
거룩한 생각만을 불어넣으며 연주되는
피리로부터 나오는 그대의 음악은 얼마나 뜨거웠던가!　15

여섯 번째 유성을 치장하는
귀하고 찬란한 보석들이
천사들의 노래를 잠잠하게 했을 때,　18

샘의 풍부함을 자랑하며
바위에서 바위로 흐르는 깨끗한 물처럼
냇물의 속삭이는 소리가 들리는 듯했다.　21

비파의 목에서 가락이 선율을 타듯이,
피리를 채운 숨이 음악이 되어
구멍으로 나가는 것처럼,　24

독수리의 속삭임은 한순간도 늦추지 않고서
텅 빈 공간인 양 그 목을
통해서 올라가는 것 같았다.　27

그리고 거기서 소리가 되어 부리를 통해
말의 모습을 하고 쏟아져 나왔으니,
그들을 기록한 내 마음이 기다리던 것들이었다.　30

독수리가 말한 내용은 이러했다.

"세상의 독수리가 태양을 보고 견디는 눈을
초점을 맞춰 바라보기 바란다.   33

나의 형상을 이루는 불의 영혼들 중에서
내 머리에 달린 눈의 형상을 이루는
영혼들은 가장 값진 빛을 낸다.   36

한가운데서 눈동자로 반짝거리는 영혼은
성령에게서 영감을 받아 노래를 썼고
성궤를 도시마다 끌고 다닌 자였다.   39

이제 그 영혼²⁾은 자기 노래의 가치를 안다.
그가 받은 선물에서 나온 것이기 때문이며
그의 축복이 거기에 합당하기 때문이다.   42

나의 눈썹을 이루는 이들 다섯 영혼들 중에서
내 부리에 가장 가까이서 빛나는 영혼은
아들을 잃은 과부를 위로했던 영혼³⁾이니,   45

지금은 달콤한 삶을 살고 전에는 쓰디쓴 삶을
살았던 것에서 그리스도를 따르지 않는 사람이
치러야 할 값을 이제는 잘 알고 있다.   48

그리고 내가 말하는 둘레 안에서 위쪽의
눈썹을 따라서 곡선을 그리는 그다음 영혼⁴⁾은

진정한 뉘우침으로 죽음을 늦추었으니,   51

세상에서 드리는 진정한 기도가
임박한 오늘의 죽음을 내일로 늦출 때에도
하느님의 영원한 법은 변치 않음을 이제는 알고 있다.   54

그다음 빛은 로마의 법전을 가지고 그리스로 가면서
목자의 자리를 만들어 준 영혼5)인데,
그의 선한 의도는 극도로 나쁜 열매를 맺었다.   57

이제 그는 자신의 선한 행동에서 솟아오른 악이
세상을 온통 파괴했지만
그의 영혼에는 해를 끼치지 않음을 알고 있다.   60

아래쪽 눈썹을 이루는 영혼은 굴리엘모다.
샤를과 페데리코가 살아 있다는 사실을 한탄하는 나라가
그 영혼을 위해서는 추모를 드린다.6)   63

그는 이제 의로웠던 왕이 하늘에서
얼마나 사랑받는지 알고, 자신의 찬연한 광채를 통해
모두에게 이를 분명하게 드러내고 있다.   66

트로이 사람 리페우스7)가 성스러운 빛으로
만들어진 이 반원에 있다는 것을
너의 죄짓는 세상에서 누가 믿겠는가?   69

이제 그는 하느님의 은총을 세상 누구보다도
더 잘 알고 더 깊이 본다. 그런 그의 눈으로도
하느님의 깊이는 젤 수 없긴 하지만."72

광활한 하늘을 나는 종달새가 처음에는
노래하다가 침묵을 지키는 것은
자기 노래의 감미로운 가락에 도취된 탓인데,75

그렇게 독수리의 이미지는 하느님의 기쁨을
반사하며 만족하는 듯하고, 그분의 의지에 의해
모든 것은 저마다의 본분대로 되는 것이다.78

유리를 통해서 색깔이 분명히 나타나듯이,
나의 당혹도 그렇게 비쳐졌을 것이니,
당혹스러움을 더 이상 숨길 수가 없었다.81

그것은 입술에서 나왔다. "이것들은 무엇입니까?"
이 말은 의심의 무게로 인한 압력에서 나온 것이었다.
나는 거기서 번쩍거리는 빛들의 잔치를 보았다.84

축복받은 독수리의 표상은 더욱
타오르는 눈길로 금방 대답하여 나를
의혹 속에서 헤매도록 두지 않았다.87

"내가 말하는 것들을 믿는 것은 옳은 일이지만,

어떻게 그리한지 너는 모르는구나.
네가 비록 믿기는 해도 진실은 숨겨져 있다.   90

너는 이름으로는 사물을 이해하지만 누군가
설명해 주지 않으면 그 본질을
볼 수 없는 사람처럼 행동하는구나.   93

하늘의 왕국은 뜨거운 사랑과
꿈틀거리는 희망으로 폭력을 기쁘게 견딘다.
오직 이런 힘만이 하느님의 의지를 이길 수 있다.   96

사람이 사람을 이기는 것과 다르게
하느님의 의지는 지기를 원하시기 때문에,
그 자비를 통하여 그렇게 지면서 이기시는 것이다.   99

눈썹의 첫 번째 영혼과 다섯 번째 영혼[8]에
네가 놀란 것 같은데, 그들이
천사의 왕국을 장식하기 때문이겠지.   102

그들은 이교도로서가 아니라, 하나는
수난당하실, 다른 하나는 수난을 당한 그리스도에 대한
확고한 신앙을 지닌 그리스도인들로서 육신을 떠났다.   105

하나[9]는 자신의 뼈와 살을 지니고 지옥으로부터
이곳으로 올랐다. 그것은 의로운 의지만으로는 불가능한,

뜨거운 기도[10]를 들어 주신 하느님의 은총의 결과였다.　108

기도에 힘을 주었던 그 뜨거운 희망은
하느님의 의지를 움직여 그가 생명을 얻어
천국과 지옥을 선택할 자유의지를 갖도록 한 것이다.　111

이 영광스러운 영혼은 육신으로 다시 돌아와
거기에 잠시 머무르며
구원의 힘을 가지신 하느님을 믿었다.　114

그의 믿음은 진정한 사랑의 불로 타올랐고,
두 번째 죽음에서 그는 우리의
기쁜 잔치에 참여할 자격을 얻은 것이다.　117

다른 하나[11]는 자신의 사랑을 의로움에
바쳤다. 너무나 깊은 샘에서
솟아올라서 사람의 눈으로는　120

그 바닥을 도저히 잴 수 없는 하느님의 은총에
의한 것이었으니, 그분은 은총에 은총을 거듭
베푸시어 우리의 속죄로 그의 눈을 뜨게 하셨다.　123

그는 빛을 보았고 이를 믿었다. 그때부터 그는
이교의 악취를 참지 못했고 모든
사악한 사람들에게 경고했다. 그는　126

세례가 있기 천 년도 훨씬 이전에 세례를
받았다. 네가 오른편 바퀴[12]에서 본
세 명의 여인들[13]은 그 세례의 대리인들이었다.   129

운명의 뿌리는 최초의 근원이신 하느님을
온전히 볼 수 없는 자들의
시각으로부터 얼마나 깊게 묻혀 있는지!   132

너희 세상에서 사는 사람들은 신중하게
판단하라. 하느님을 대면하는 우리도
그분께서 선택한 명단을 알지 못하니.   135

우리의 이런 한계는 우리의 기쁨이니,
거기서 우리의 선이 완성되는 까닭이다.
하느님께서 무엇을 의지하시든 우리도 의지한다."   138

이런 말들과 함께 그 거룩한 이미지는
나의 짧은 시야를 치유하기 위한
달콤한 약을 처방해 주었다.   141

훌륭한 가수의 목소리에 훌륭한
비파 연주자가 줄을 튕겨 반주해 주어
노래가 더욱 아름다워지듯이,   144

그것이 말하는 동안 그 두 거룩한 빛이

마치 깜박이는 두 개의 눈처럼
말과 완벽하게 일치하면서 떨리는 것을

본 기억이 지금도 생생하다.   148

21곡

벌써 나의 눈은 베아트리체의 얼굴에
다시 고정되었다. 내 눈과 함께 내 정신은
그 밖의 다른 것은 다 잊고 있었다.   3

그녀는 미소를 짓지 않았고 대신, 이렇게 말했다.[1]
"내가 미소를 짓는다면, 그대는
세멜레처럼 재로 변하고 말 거예요.[2]   6

나의 아름다움은, 그대도 보았지만,
우리가 오르는 영원한 궁정의 계단을
오르면 오를수록 더 빛을 냅니다.   9

그래서 조절하지 않는다면 그 현란함은
나뭇가지를 부러뜨리는 번개처럼
그대의 필멸의 능력[3]을 해칠 거예요.   12

우리는 이제 일곱 번째 빛에 올랐어요.
그 빛은 사자의 불타는 가슴 아래에서
자기 힘을 뒤섞은 빛을 비추고 있어요.　　　　　　　15

마음을 집중하여 뒤를 돌아보세요.
그대의 눈을 완전한 거울로 만드세요.
그러면 거울에서 그 형상이 나타날 거예요."　　　　18

그 축복받은 얼굴이 내 눈에 비친 기쁨이
어떠한지를 아는 사람이라면,
그녀의 요청에 뒤를 돌아보았을 때　　　　　　　　21

이 하늘의 길잡이에게 순종하는 것이
내게 얼마나 큰 기쁨이 되었는지, 한 기쁨과
다른 기쁨의 무게를 견주면서 알 것이다.　　　　　24

지구 주위를 돌면서
그의 통치 아래 모든 악이 소멸했던 시절의
이름을 그 이름으로 아직도 지니고 있는 이 수정⁴⁾ 속에서　27

나는 하늘에서 희끗희끗 번득이는 사다리를
하나 보았다. 그것은 햇살에 반짝이는 황금빛을 띠고
내 눈이 닿을 수 없을 만큼 솟아 있었다.　　　　　30

그리고 수많은 빛들이 황금 사다리를 따라

내려오는 것을 보았는데, 하늘이
모든 별빛을 쏟아 낸다는 생각이 들었다.   33

본능에 길들여진 까마귀들이 날이 샐 무렵에
얼었던 날개를 데우려고
한데 어울려 무리를 짓다가   36

어떤 놈들은 멀리 날아올라 돌아오지 않고
어떤 놈들은 떠난 곳으로 돌아오고
어떤 놈들은 선회하면서 원래 있던 곳에 머무르듯이,   39

그런 움직임들이 그곳에서 일어났다.
하나로 무리를 지은 불꽃들이 하나의
사다리에 일렬로 내려앉으며 서로 부딪혔다.   42

우리에게 제일 가까이 있던 빛이 매우 밝았기에
나는 마음속으로 말했다. '당신이
나를 향한 사랑으로 빛나는 것을 압니다.   45

그러나 언제 어떻게 말하고 또 말하지 않아야 하는지를
가르쳐 주는 그녀가 가만히 있으니, 나도
욕망을 거슬러, 묻지 않는 것이 좋겠다.'   48

모든 것을 보시는 분의 시각으로
나의 침묵을 보더니 그녀가 말했다.

"그대의 깊은 소망을 푸세요!"   51

그래서 나는 그 빛을 향해 입을 열었다.
"당신의 대답을 들을 자격이 없다는 것을 잘 알지만
이렇게 물어보도록 허락해 주신 그분 덕분에,   54

행복 속에 숨은 축복받은 당신의
삶에게 청하오니, 무엇 때문에 당신이 내게
가까이 접근했는지 알려 주시오.   57

또 아래쪽 하늘에서는 숭엄하게 울리던
하늘의 달콤한 교향곡이 왜
이 하늘에서는 잠잠한지 말해 주세요."   60

그가 내게 대답했다. "네가 듣는 것은 보는 것과
마찬가지로 필멸의 것이다. 여기에 노래가 없는 것은
베아트리체의 얼굴에 미소가 없는 것과 같다.   63

내 영혼을 받치는 말과 빛으로
오로지 너를 환영하기 위해 나는
거룩한 사다리를 타고 이렇게 아래로 내려왔다.   66

나를 재촉한 것은 더 큰 사랑이 아니었다.
더 큰 사랑은 위에서 타고 있다. 너는 위에서
불타는 빛들 가운데서 그 사랑을 볼 것이다.   69

그러나 세상을 지배하는 지혜를 섬기도록
우리를 죄어치는 그 깊은 섭리가
모든 영혼에게 그런 임무를 부여하는 것이다."   72

"성스러운 등불이여! 이 궁정에서는
전적으로 자유로운 사랑이 영원한 섭리에
기꺼이 따른다는 것을 잘 압니다. 그러나   75

이해하기 어려운 것은 어찌해서
당신의 동료 영혼들 중에서 당신만이 이런
특별한 임무의 운명을 받으셨는지 하는 것입니다."   78

내가 말을 다 마치기도 전에 빛은
세차게 돌아가는 맷돌처럼 빙글빙글
전속력으로 돌기 시작했다. 그리고   81

그 회전하는 빛 속에 있던 사랑이 말했다.
"하느님의 빛이 나를 향하시고
나를 둘러싼 빛을 관통하신다.   84

그 힘은 나의 시각의 힘과 결합하여
나를 위로 들어 올려 지고의 원천을 보게 해 준다.
그 원천에서 그러한 힘이 나오는 것이다.   87

여기서부터 기쁨이 오고 그 기쁨으로 나는 타오른다.

나의 불꽃이 맑은 만큼 나의
정신적 시각도 맑을 것이다.   90

그러나 하느님을 선명한 눈으로 보는,
하늘에서 가장 영롱한 영혼인 세라핌도
네가 알고자 했던 것을 설명하지 못할 것이다.   93

네가 헤아리고자 하는 진실은 영원한 법의
심연에 깊이 가라앉아 있으니,
어떤 피조물의 시각도 이르지 못한다.   96

너는 돌아가거든 필멸의 세상에
내가 말한 것을 말해 주어라. 그래서 이처럼
높은 목표에 이르려는 생각을 하지 않도록 해 주어라.   99

여기서는 빛나는 정신도 세상에서는 연기만 피워 낸다.
그러니 하늘에서도 이룰 수 없는 것을
아래 세상에서 어떻게 이룰 수 있겠는가?"   102

이 질문은 내게 금지된 것이었기에
옆으로 밀쳐 두고 나는 그가 누구였는지
겸손한 목소리로 물어보기로 했다.   105

"이탈리아의 두 해안[5] 사이, 네가 태어난 곳에서
멀지 않은 곳에서 천둥소리조차

낮게 울릴 정도로 거대한 바위들이 높이 솟아   108

카트리아라고 불리는 등줄기를 이룬다.
그 아래로는 오직 하느님을 찬미하기 위해
마련된 거룩한 수도원[6]이 있다."   111

이렇게 그는 내게 세 번째 이야기를 해 주기 시작했다.
"거기서 나는 하느님을 섬기는 일에
조금도 흔들림이 없었다.   114

나는 올리브기름에 담긴 검소한 음식만 먹으며
일 년 내내 더위와 추위를 기쁘게 견디며
오직 명상과 사색을 즐겼다.   117

그 수도원은 한때 이 모든 하늘들을 채울
영혼들을 수확했으나, 이제는 참으로 불모지가 되었고
곧이어 몰락할 것이다. 거기서 나는   120

피에트로 다미아노라는 이름으로 수도의 길을 걸었고,
아드리아 해변에 있는 우리 여인의 집으로
옮긴 뒤로는 죄인 베드로라 불렸다.   123

필멸의 삶이 얼마 남지 않았을 때,
나는 악에서 더 나쁜 악으로 옮겨 가는 것일,
추기경이 되라는 부름을 받았다.   126

맨발의 비쩍 마른 게파 베드로도, 성령의 강건한
그릇 바울도, 아무 데서나 닥치는 대로
먹을 것을 구하면서 하느님을 섬겼다.[7]   129

너희의 요즘 목자들은 어떤 식으로든
도움을 필요로 한다. 여기저기서 부축해 주고 이끌어 주고
뒤에서 옷자락을 들어 주기를 원하지.   132

그들의 옷자락은 그들이 타는 말을 덮으니
하나의 가죽 아래 두 마리의 짐승이 움직이는 듯하구나!
이를 하늘이 인내해야 하다니!"   135

그가 말을 마칠 무렵 더 많은 불꽃들이
사다리의 가로대를 맴돌며 내려왔다.
맴돌 때마다 그들은 더 사랑스러워졌다.   138

그들이 다미아노의 불꽃 주위에 와서 멈추더니
높은 목소리로 외쳤는데 그 소리가 얼마나 높은지,
세상 어느 누구도 듣지 못한 소리였다.

나도 그들의 말을 천둥으로만 여겨 듣지 못했다.   142

22곡

나는 놀라서 길잡이에게 몸을 돌렸다.
언제나 가장 믿는 사람에게 달려가
안기는 어린애 같은 모습으로.   3

그녀는 파랗게 질려 숨을 몰아쉬는
자식에게 달려가 언제나 온화한 목소리로
돌봐 주는 어머니처럼 말했다.   6

"그대가 하늘에 있다는 것을 모르세요?
이곳에서는 모든 것이 거룩하고 모든 행동이
의로운 열정에서 나온다는 것을 모르세요?   9

그대가 그들의 외침에 그렇게 떨고 있으니,
그들의 노래와 나의 웃음이 그대를
얼마나 바꿔 놓았는지 이제 아시겠지요.   12

그대가 그들의 외침 속에서 기도를 들었더라면
이제 닥쳐올 복수를 알 거예요.[1] 그대가
죽기 전에 목격하겠지만 말예요.   15

하느님의 심판의 칼은 급하지도 더디지도 않게
옵니다. 그 칼을 바라거나 두려워하며 기다리는 이들에게
급하거나 더디게 보일 뿐이지요.   18

그러나 이제는 다른 영혼들에 눈을 돌려 보세요.
내 말대로 눈을 돌려 본다면
정말 훌륭한 영혼들이 수없이 보일 거예요."   21

그녀가 말한 대로 눈을 돌리자 수백의
작은 빛들이 서로 어우러져
아름답게 반짝거리는 것이 보였다.   24

나는 가득 찬 열망을 억지로 누르는 사람처럼
서 있었다. 혹시나 물어보면 귀찮아하지 않을까
염려하며 열망의 갈증을 애써 감추고 있었다.   27

그때 그 진주들 사이로 가장 넓고
밝은 진주가 앞으로 나와서 그가 누구인지
알고자 하는 나의 침묵의 소망을 채워 주었다.   30

그 속에서 이런 말이 들렸다. "우리가 태우는

사랑의 불꽃을 내가 볼 수 있듯 네가 볼 수 있었다면,
너의 침묵의 마음을 함께했을 텐데.   33

그러나 너의 높은 목표에 다다르기를
늦추기보다는, 너에게, 또 너를 그렇게
주저하게 만드는 마음에 직접 대답해 주겠다.   36

비탈에 카시노가 자리한 저 산 정상은
한때 사악하고 거짓된 믿음을 지닌
사람들이 일찍이 살고 있었다.   39

나 베네딕투스는 인간에게 힘을 주는 진실을
세상에 가져오신 하느님의 이름으로
그들을 처음으로 인도했다.   42

그분의 은총이 내 위에 내리셔서 나는
세상을 유혹하는 이교도로부터
주위의 도시들을 구했다.[2)]   45

여기 다른 불꽃들은 모두 명상가들이었다.
성스러운 꽃과 열매를 키우는
따스함으로 가득한 사람들이었다.   48

여기 마카리우스와 로무알두스가 있고,
수도원에 발을 굳게 디딘 채

강고한 마음을 견지했던 나의 형제들이 있다."3)   51

나는 이렇게 말했다.
"이렇게 말씀하시는 가운데 당신이 보여 주신 사랑,
당신의 불꽃에서 타오르는 선한 의도가   54

나의 믿음을 열어 주시니, 그 믿음은
태양에 따뜻해진 장미가 꽃잎을 열며
활짝 피어나듯이 자라납니다. 그러니   57

아버지 같은 당신께서 저에게 말씀해 주시고
확신을 주시길 간청합니다. 너울을 걷은 당신의
얼굴을 볼 은총을 제가 지니고 있는지요?"   60

"형제여! 너의 높은 소망은 마지막 하늘에서
이루어질 것이다. 그곳은 나의 소망뿐 아니라
다른 모든 소망들이 이루어지는 곳이다.   63

오직 그곳에서만 모든 소망은 농익고 아우러져
온전해지고, 오직 그곳에서만 모든 부분이
늘 그러했던 본래의 자리에 있을 것이다.   66

그곳은 공간에 있지 않고 축이 없다.
우리의 사다리는 그 높이까지 다다르니
그 뻗치는 곳은 너의 시야 너머에 있다.   69

야곱은 우리의 사다리가 마지막 높이까지
미치는 것을 본 개조(開祖)셨다. 그가
그렇게 꿈을 꾸었을 때 천사들이 밀려들었다.　　　　　72

그러나 지금은 누구도 거기에 오르기 위해 땅에서
발을 떼려 하지 않고, 내가 만든
규범은 쓰레기처럼 뒹굴고 있다.　　　　　75

수도원의 성벽은 이제 짐승의 소굴이 되었고,
수도승이 걸치는 옷은 부패한
밀가루를 담은 자루가 되었다.　　　　　78

그러나 무거운 이자를 받는 돈놀이라고 해도
수도승들의 굶주린 마음이 교회 재산에
광분하는 만큼 하느님을 욕되게 하지는 않을 것이니,　　　　　81

교회가 지키고자 하는 재산은
수도승들의 가족이 아니라
하느님의 이름으로 간구하는 가난한 자들인 것이다.　　　　　84

인간의 필멸의 육신은 참으로 약하다.
세상에서 좋은 시작이라 해도 참나무가 도토리를
맺을 때까지 자라나는 만큼도 오래가지 않는다.　　　　　87

베드로는 금도 은도 없이 믿음을 세웠다.

나는 기도와 금식으로 믿음을 세웠고
프란체스코는 겸손으로 수도원을 세웠다.　　　　　90

그러니 어느 것이든 시작을 보고
그다음에 그것이 된 것을 돌아본다면,
하얀 것이 검게 썩는 것을 보게 될 것이다.　　　　93

하느님의 의지로 요단 강이 거꾸로 흘렀고 바다가
갈라졌지만, 지금 하느님께서 당신의 교회를
도우시는 것은 그에 비하면 엄청난 기적일 것이다."　　96

그는 이렇게 말하고 가까이서 타오르던
자기 동료들 속으로 돌아갔다. 그리고
회오리바람처럼 높이 휘감겨 올랐다.　　　　　99

그러자 부드러운 여인은 조그만 몸짓 하나로
나를 사다리의 가로대 위로 밀어 올렸으니
그녀의 힘은 이렇게 나의 본성을 이긴 것이다.　　102

자연법칙대로 오르고 내리는 세상에서는
그때 내가 솟아오른 날개에 비길 만한
빠른 속도는 결코 있을 수 없다.　　　　　105

독자여! 이 거룩한 승리로
돌아가고 싶어 나의 죄에

울고 나의 가슴을 치건만,   108

내가 황소자리를 뒤따르는 표지⁴⁾를 보고
즉시 그 안에 들어간 것보다 더 빠르게
그대 손가락을 불 속에 넣었다 빼지 못할 것이다.   111

오, 영광의 별들이여! 위대한 힘을
지닌 빛이여! 나의 문학적 재능은 모두
그대들의 빛에서 잉태되어 나온 것!   114

모든 필멸의 삶의 아버지⁵⁾가
그대들과 함께 뜨고 졌을 때
나는 토스카나의 공기를 처음으로 호흡했었소.   117

그리고 그대들을 돌게 하는 위대한 하늘에
들어가는 은총을 내가 받았을 때
그대들의 구역이 나에게 배정되었소.   120

이제 내 영혼이 여행의 끝에 이르는
힘든 고비를 넘을 수 있도록
그대들에게 모든 것을 바쳐 간구합니다.   123

베아트리체가 말했다. "그대는 이제
마지막 축복에 이르렀어요. 그러니 이제
눈을 맑고 예리하게 다듬어야 합니다.   126

그곳에 들기 전에 아래를 보시고
그대의 발아래 놓인 우주가
얼마나 광활한지 보세요. 그러면   129

그대의 마음은 한없는 기쁨을 알면서,
이 창공을 통해서 기꺼이 오는
승리의 주인들을 맞이할 수 있을 거예요."   132

나는 지금까지 지나온 일곱 개의 하늘들을
하나하나 돌아보고 우리의 세계를 내려다보았다.
나는 미소를 지었다. 참으로 작게 보였기 때문이다.   135

우리 세상을 가볍게 보는 정신이
최고라고 나는 생각한다. 그래서 다른 것에
사고의 방향을 돌리는 사람이 진정 현명하다.   138

나는 라토나의 딸을 보았다. 그녀는
이전에 내가 농도의 차이 때문에 생겨났다고 생각한
그림자 없이 온전하게 빛나고 있었다.[6]   141

히페리온이여! 거기서 당신 아들의
모습을 응시할 수 있었고, 마이아와 디오네의
자식들이 그 주위를 가까이 도는 모습을 보았소.[7]   144

거기서 목성이 제 아버지[8]와 제 아들[9] 사이에서

열기를 조절하는 것이 보였는데, 그들이
제 경로에서 자리를 옮기는 모양이 분명하게 보였다.　　147

일곱 개의 하늘들이 한눈에 들어왔다. 나는
그들이 얼마나 광활하고 얼마나 경쾌하게 도는지,
그리고 그들 사이의 거리들이 어떠한지를 보았다.　　150

시간이 멈춘 쌍둥이자리와 함께 도는 나에게
우리를 미치게 하는 지구가
언덕부터 해안까지 한눈에 들어왔다. 그러고 나서

나의 눈은 저 아름다운 눈으로 향했다.　　154

23끅

좋아하는 잎들 사이 사랑스러운 새끼들의
둥지 곁에 우리 눈에서 세상을
감추는 밤이 다 지나도록 앉아 있다가   3

그리웠던 모습들을 보고 싶어,
먹이를 찾고 싶어, 그 힘든 수고를
마다하지 않는 새 한 마리가   6

빛나는 사랑의 햇살이
나뭇가지들 사이로 깃들기를
기다리며 새로운 날의 시작을 응시한다.   9

그렇게 나의 여인도 밤을 지새워
뜬눈으로 기다리며, 태양이 느리게 도는 듯
보이는 저 하늘을 바라보았다.[1)]   12

기다림에 젖은 그녀를 보다 보니
더 많이 가지기를 바란다면, 희망을
천천히 키워 나가야 한다는 것을 알게 되었다.   15

그러나 밝고 또 더 밝게 빛나는
하늘들을 기다리고 바라보는 시간은
정말 빠르게 지나갔다. 베아트리체가 말했다.   18

"승리의 그리스도를 맞는 무리를
보세요. 이 하늘들의 회전에서
수확된 열매들을 보세요."   21

그녀의 얼굴은 불꽃으로 타오르는 듯 보였다.
눈은 거룩한 행복으로 너무나도
밝았기에 묘사하지 않고 그냥 두어야 할 것 같다.   24

맑게 갠 보름밤에 하늘의 곳곳을 색칠하는
영원한 별의 요정들 사이에서
트리비아²⁾가 미소를 짓듯이,   27

수천 개의 등불 위로 태양 하나³⁾가
그 모든 것을 비추어 주었다. 마치
우리의 태양이 하늘의 눈⁴⁾들을 비추는 듯했다.   30

그리고 그 살아 있는 빛을 통하여

내리쬐는 그 투명한 실체의 빛은
너무나 밝아서 나의 눈이 감당할 수 없었다.　　　　33

오, 베아트리체여! 사랑스럽고 부드러운 길잡이여!
그녀가 대답했다. "지금 그대를 초월하는 것은
어느 것도 막을 수 없는 힘이에요.　　　　36

그것이 바로 길고 긴 밤 동안
사람들이 애타게 기다리던,
하늘과 땅 사이의 길을 열어 준 지혜와 힘입니다."　　　　39

번갯불이 구름 속에서 뻗어 나가 견디지 못하고
밖으로 뛰쳐나가 원래는 치솟는
불의 속성에 반하여 땅에 떨어지듯이,　　　　42

나의 정신도 그렇게 근사한 진수성찬 앞에서
본분을 넘어서서 부풀어 오르기 시작했는데,
무엇이 될지 알 수가 없을 정도였다.　　　　45

"눈을 뜨고 내 얼굴을 잘 보세요!
그대는 지금 그리스도의 빛을 목격했으니
나의 미소쯤은 능히 감당할 거예요."　　　　48

잠에서 막 깨어나 꿈꾼 것을 다 잊어버리고
다시 기억하려 헛되이 애쓰는 사람처럼,

나는 그녀의 말을 듣고 있었다.   51

그녀의 말은 내 과거의 삶을 기록해 둔
책에서 결코 지워질 수 없는,
큰 가치를 지닌 권유처럼 들렸다.   54

폴리힘니아5)와 그 자매들이 저들의
달콤한 젖으로 살찌게 한 시의 혀들이
이 순간 나를 돕기 위해   57

노래를 부른다고 해도, 그녀의 거룩한 미소와
그것이 거룩한 얼굴을 어떻게 물들였는지
진실을 말하기에는 천분의 일도 미치지 못할 것이다.   60

그래서 나의 이 신성한 시는
천국을 묘사하면서, 막힌 길을
찾는 사람처럼 건너뛰어야 할 때도 있는 것이다.   63

이제 내 시의 주제의 무게를 염두에 두고
그 무게를 어깨에 지고 있는 우리를 생각하면
내가 여기서 비틀거리며 간다 해도 비난하지 않으리라.   66

나의 뱃머리가 지금 과감하게 헤쳐 나가는
이 드넓은 바다는 작은 배로 나아갈 곳도 아니고
자신의 몸을 아끼는 사공의 길도 아니다.   69

"그대는 내 얼굴에 취해서
그리스도의 빛 속에서 꽃을 피우는
아름다운 정원으로 눈을 돌리지 않는군요.   72

하느님의 말씀이 육신을 얻은
장미가 있고 인간을 올바른 길로 이끈
백합의 향기도 여기 있어요."   75

나는 베아트리체의 말을 따르고 싶었기에
다시 한 번 나의 연약한 눈을
빛과의 전투에 투입시켰다.   78

때로 흐린 날 구름들 사이로
언뜻언뜻 비치는 깨끗한 햇살을
꽃밭처럼 보았던 적이 있다.   81

위에서 쏟아지는 사랑의 불타는 빛을 받아
찬란하게 빛나는 수많은 무리들이
그렇게 보였지만, 그 근원은 볼 수가 없었다.   84

오, 불타는 빛으로 그 무리들을 감싸는
위대한 힘이시여! 당신 앞에서 힘이 없는 나의
눈이 지각할 수 있도록 당신을 높이 올리셨나이다.   87

내가 밤낮으로 기도하는 달콤한 꽃의 이름[6]은

내 영혼을 온통 사로잡아
그 불꽃들의 불꽃을 보게 하셨나이다.   90

땅에서 지배하셨듯 하늘에서도 지배하시는
그 살아 있는 별이 얼마나 광대하고 영광스러운지
나의 두 눈이 내게 드러내 주었을 때,   93

왕관처럼 둥그런 조그만 불꽃이
하늘로부터 내려와 베아트리체를
감싸면서 주위를 빙글빙글 돌았다.   96

세상의 인간 영혼을 사로잡는 가장 달콤한
선율이라도, 아름다운 성모 마리아에게
면류관을 씌워 주는 가브리엘의 수금(竪琴)에서   99

쏟아져 나온 가락에 견주면, 구름을 쪼개고 나오는
천둥소리에 불과할 것이다. 성모 마리아는
하늘의 가장 밝은 이곳을 푸르게 물들이고 있었다.   102

"나는 천사의 사랑입니다. 우리의 소망이신
그리스도께서 계셨던 곳, 그 배 속에서부터
숨을 쉬었던 최고의 기쁨을 에워싸고 있습니다.   105

하늘의 여인이시여, 당신이 자식을 따라
가장 높은 하늘로 드시어 하늘을 더욱 신성하게

만드는 동안 저는 당신 주위를 돌려 합니다." 108

돌고 있는 가락이 이렇게 끝나자
다른 모든 빛들도
마리아의 이름을 노래했다. 111

하느님의 숨결과 길에서 가장 가까운,
돌아가는 하늘들 주위를 감싸는
외투와도 같은 원동천은 114

그 속자락[7]으로 우리를
휘어 감고 있었다. 속자락은 내가 서 있던
곳에서는 아직 보이지 않았다. 117

나의 두 눈은 자식을 따라서
드높이 오른, 면류관을 쓴 불꽃을
볼 정도의 힘을 갖지 못했다. 120

어린애가 젖을 빨고 나서 타오르는 사랑을
내보이며 뜨거운 사랑 때문에
엄마를 찾아 두 팔을 벌리듯이, 123

나는 모든 빛들이 높이 오른 그 불꽃을 향해
뻗어 오르는 것을 보았다. 마리아에 대한 그들의 사랑이
얼마나 깊고 소중한지 분명히 보여 주었다. 126

그 빛들은 내 시야에 머물면서 감미로운
가락으로 "하늘의 여왕"을 불렀는데,
그 기쁨은 영원히 날 떠나지 않을 것이다.   129

우리 세상에서 좋은 씨를 뿌리고 땅을 일군
사람들이 이 하늘에서 이룬 그 풍요로운 모습들에는
얼마나 풍성한 은총이 담겨 있는가!   132

그들은 이곳에서 진정한 삶과 기쁨을 누리는데,
이런 재산은 바빌론의 유배지에서
황금을 경멸하면서 눈물로 쟁취한 것이었다.   135

이곳 하느님과 마리아의 아들 밑에서,
그리고 구약과 신약의 선한 영혼들
사이에서, 영광의 열쇠를 지닌 성 베드로가

승리의 모습으로 앉아 있었다.   139

24곡

"당신들을 먹이시고 당신들의 필요를 언제나
만족시켜 주시는 하느님의 양[1]의 위대한 잔치에
선택받은 분들이시여!   3

당신들의 축복의 식탁에서 떨어지는 부스러기를
이 사람이 죽기 전에 미리
하느님의 은총으로 맛보려 하니,   6

그의 측량할 수 없는 갈증을 생각하소서.
당신들은 이 사람의 사고의 원천이신 하느님의 샘을
영원히 마시니, 몇 방울로 그를 적셔 주소서!"   9

베아트리체가 이렇게 말하자, 그 축복받은 영혼들은
고정된 축들을 중심으로 돌기 시작했다. 그들은
혜성처럼 밝게 타오르고 있었다.   12

시곗바늘이 가까이 보는 사람에게는
느리다 못해 정지한 듯이 보이고
다른 사람에게는 그에 비해 나는 듯이 보이는 것처럼,   15

그 회전하는 영혼들은 각기 다르게 춤을 추면서
그들의 빠르거나 느린 움직임을 통해서
내게 자신들의 축복의 정도를 드러냈다.   18

가장 밝은 빛으로부터 불꽃 하나[2]가
솟아오르는 것이 보였는데, 그보다
더 밝게 춤을 춘 빛이 그 하늘에서는 없었다.   21

그것은 숭고한 음악에 싸여 베아트리체 주위를 세 차례
돌았는데, 내 환상으로 다시
떠올릴 수 없을 정도로 아름다웠다.   24

그러니 내 글은 자세한 부분들은 건너뛴다.
환상도 말도 하늘의 빛의 미세한 주름들을
그리기에는 충분하지 않다.   27

"우리를 위해 그렇게 간절하게, 따뜻한
애정으로 기도하는 나의 거룩한 누이여!
그 사랑스러운 하늘에서 나를 벗어나게 했군요."   30

축복받은 불은 동작을 멈추고 나서

나의 여인에게 숨을 불어넣었다.
그가 말한 것은 그와 같았다. 그러자　　　　　　　　33

그녀가 대답했다. "위대한 인간의
영원한 빛이여! 우리의 주님께서
기쁨의 천국 열쇠를 맡기셨던 분이여!　　　　　　36

당신이 바다 위를 걷게 했던 그 믿음³⁾에 대해서
당신께서 좋으실 대로 가볍거나
무거운 질문들로 이 사람을 시험해 보세요.　　　　39

그가 바르게 사랑하고 바르게 바라고 믿는지
당신의 눈을 속일 수는 없을 것이니,
당신은 창조된 모든 것을 보기 때문입니다.　　　　42

그러나 이 왕국은 진실한 믿음을 통해
시민들을 받아들였으니, 그가 믿음을
말함은 옳은 일이며 그를 영광되게 합니다."⁴⁾　　　45

스승이 결론을 맺기 위해서가 아니라 논의하기 위해서
질문을 던질 때까지 조용히 생각에 잠겨
정신 무장을 하는 학생처럼,　　　　　　　　48

나 역시 그녀가 말하는 동안
마음을 모아 내 논점을 정리하여

묻는 자에게 대답을 주기 위해 준비했다.   51

"말하라! 훌륭한 그리스도인이여! 무엇이
믿음인가?" 나는 이 말을 불어넣은
빛을 향해 나의 이마를 높이 쳐들었다.   54

그리고 베아트리체를 돌아보았다. 그녀의 눈짓은
내 영혼에서 물을 길어 올려
쏟아 내라고 말하고 있었다. 나는 입을 열었다.   57

"위대한 백부장 앞에 믿음을 고백하도록
해 주신 은총이 제 생각을
잘 표현하도록 도우소서!"   60

나는 계속 말을 이었다. "아버지시여!
당신과 함께 진실한 믿음의 길 위에
로마를 세웠던 당신의 성실한 형제⁵⁾가 썼던 대로,   63

믿음은 바라는 것들의 실상이며
보지 못하는 것들의 증거입니다.
이것을 저는 믿음의 본질로 생각합니다."⁶⁾   66

그러자 이런 말이 들려왔다. "믿음은 먼저 실체로,
그다음에 논증으로 분류된다. 그러나
순서가 그러한 이유를 이해하고 있는가?"   69

"저에게 관대하게 모습을 드러내는
심오한 것들은 아래 세상의
사람들 눈에는 감추어져 있습니다.   72

그들은 단지 믿음 안에서 존재하고, 그 믿음
위에서 높은 소망이 세워집니다.
그래서 믿음을 실체라고 하는 것입니다.   75

볼 수 없는 것에 대한 논리적 증거는
이런 믿음 위에 세워야 합니다.
그럴 때 믿음은 논증으로 이해될 수 있는 것입니다."   78

"아래 세상에서 가르침을 받아 배우는
모든 것이 이렇게 수준이 높다면,
소피스트의 재치는 설 자리가 없을 것이다."   81

불타는 사랑이 이런 말들을 내쉬었다. 그리고
한마디를 더 보탰다. "네가 이 믿음이라는
동전의 순도와 무게를 완벽하게 검토한 지금,   84

너의 지갑에 그 동전을 갖고 있는지 말해 보라."
"네! 갖고 있습니다! 아주 밝고 둥급니다.
그 질에 대해서는 의심하지 않습니다."   87

그러자 그 빛의 깊숙한 곳에서 말들이

다시 쏟아져 나왔다. "모든 덕은 믿음이라는
귀중한 보석 위에 자리를 잡는다.   90

너는 어디서 그것을 얻었는가?" 나는 대답했다.
"오래된 양피지와 새로운 양피지[7]를
흠뻑 적시는 성령의 흡족한 비가   93

제 마음에 믿음의 순전한 확실성을
내려 주어 어떠한 다른 증거도
이보다 더 큰 확신을 주지 않습니다."   96

"그 오래된 명제와 새로운 명제들을 네가
결정적인 증거로 삼는다면, 그것들이
하느님의 거룩한 말씀이라는 것을 어떻게 아는가?"   99

"진실이 저에게 드러내는 증거는 뒤따르는 기적들에서
나옵니다. 이들은 자연적인 현상이 아니니,
자연의 손은 쇠를 달구지도 불리지도 못합니다."   102

"그런 기적들이 있었음을 너는
어떻게 아는가? 너는 증명될 필요가 있는 것을
증거로 사용하고 있지 않느냐?"   105

"세상이 기적들의 도움 없이
그리스도를 받아들였다면, 그것이야말로

어떤 기적보다도 훨씬 더 큰 기적일 것입니다.　　　　108

전에는 포도나무로 자랐지만 지금은
가시나무에 지나지 않는 믿음의 나무를 일구는 밭에
당신은 가난하고 주린 몸으로 들어가셨지요."　　　　111

내가 이 말을 하자 고귀하고 성스러운 합창이
하늘에서만 들리는 가락으로 여러 하늘들을 울리며
"저희는 하느님을 찬미합니다."라고 노래했다.[8)]　　　114

그 남작은 내 믿음을 가지마다
검토하셨고, 이제 우리는
가지 끝 잎사귀에 가까워지고 있었다.[9)]　　　　117

"너의 정신과 함께 사랑스럽게 말씀하시는
은총이 지금까지 너의 입술을 움직여
올바른 길을 말하게 해 주셨구나.　　　　120

너의 입에서 들은 것을 받아들인다. 그러나
이제 너의 교의(敎義)를 밝혀야 한다.
그리고 너의 신앙의 원천을 말하라!"　　　　123

"오, 거룩한 아버지! 무덤[10)]으로 향할 때
제일 젊은 요한의 발보다 당신이 더 먼저
무덤에 도착하신 것은 믿음 때문이었습니다.　　　126

당신은 나의 꿋꿋한 믿음의 형태를
드러내라고 하시고 또 그 이유도
물으셨습니다. 저의 대답은 이것입니다.   129

저는 오직 한 분을 믿습니다. 영원하신 유일자 하느님은
당신의 사랑과 소망 안에서 돌고 있는 모든 하늘들을
당신 스스로는 움직이지 않으시면서 움직이십니다.   132

저는 그러한 믿음에 대한 물리적이고
형이상학적인 증거를 갖고 있습니다. 또한
모세와 예언자들, 성가와 복음을 통해,   135

또 성령의 혀로 타올라 복음들을 쓰신
당신과 같은 여러 성인들을 통하여 이 왕국에서
비처럼 내리는 진실을 증거로 갖고 있습니다.   138

저는 영원한 세 존재들을 믿습니다. 이들은
하나와 여럿으로 동등하게 묘사되는
하나이자 셋이신 본체임을 믿습니다.   141

제가 말하는 이러한 심오하고 성스러운
상태에 관해서는 복음의
여러 곳에서 가르침을 주었습니다.   144

이것이 제 신앙의 원천이며, 곧이어

살아 있는 불로 퍼지고 하늘의 별처럼
내 정신에 빛을 비추는 바로 그 불꽃입니다."   147

하인에게서 전달받은 메시지에 담긴
행복한 소식을 듣고는 기쁨에 겨워
주인이 하인을 껴안듯이,   150

말할 것을 명하셨던 성 베드로의 빛은
내가 말을 마치자 내 위에서
축복의 노래를 부르시면서 세 차례 감싸 주셨으니,

내 말이 그렇게 큰 기쁨을 주었던 것이다.   154

25곡

하늘과 땅이 서로 손을 잡는 내용을 담은
이 거룩한 책을 쓰는 오랜 작업에
나는 몸이 상하고 야위었다.   3

한 마리 양으로 자라는 동안 나를 감싸 준
포근한 우리 밖으로 추방한 저 잔악한 마음들, 내게
싸움을 거는 늑대들에 이 시로써 승리를 거둔다면,   6

나는 변한 목소리와 또 다른 양털을 지닌 시인으로
그들에게 돌아갈 것이다. 그래서 내가
세례를 받은 샘에서 면류관을 받을 것이다.   9

나는 그곳에서 영혼들이 하느님을 헤아리는
믿음의 길로 들어섰고, 이제 그 믿음으로 베드로께서
내 머리 위를 맴돌며 관을 만들어 주신 것이다.   12

그리스도께서 세상에 남기신 대리자들 중
첫 번째 열매[1]가 거하는 하늘로부터
하나의 빛이 우리를 향해 움직이기 시작했다.   15

나의 여인은 기쁨에 차서 내게 말했다.
"보세요! 남작[2]이 보이지요? 세상에서는 그분 때문에
많은 사람들이 갈리시아를 순례하지요."   18

비둘기가 자기 짝 옆에
나란히 서서 구구거리고 서로를
맴돌며 사랑을 표현하는 것처럼,   21

하늘의 잔치를 찬미하며 영광스러운
위대한 한 군주가 다른 군주를
환영하여 인사하고 있었다.   24

그들은 서로 즐거운 인사를 나눈 뒤
내 앞에 말없이 멈춰 섰다. 그들의 광채는
내 눈이 견디기에는 너무 강했다.   27

나의 베아트리체가 미소를 지으며 말했다.
"고명한 생명이여! 우리의 천상의 관대함을
기록하도록 선택된 이여!   30

이 하늘의 높이까지 소망이 울리도록 해 주세요.

예수께서 셋[3]에게 가장 큰 빛을 주셨던 만큼, 당신께서는
그것을 여러 번 묘사할 희망이 있음을 잘 알 거예요."   33

"머리를 들고 가지런히 하여라!
필멸의 세상에서 오르는 모든 것은
이곳에서 우리의 빛으로 익어야 하기 때문이다."   36

두 번째 불꽃[4]에서 나오는 말이
힘 있게 울렸다. 나는 과도하게 빛나는 광채에 눌려
숙이고 있던 눈을 그 언덕들[5]을 향해 들었다.   39

그 빛이 말을 이었다. "우리의 황제께서 은총을 내리셔서
네가 죽기 전에 그분의 가장 비밀스러운 방에서
그분의 백작들과 대면하기를 바라셨다.   42

우리 궁정의 참모습을 둘러본 후에 너는
세상에서 사람들이 선을 사랑하도록 만드는
소망을 펼칠 수 있을 것이다. 그런데   45

소망이란 무엇인지 말해 보라. 또 소망이
너의 정신에서 얼마나 잘 자라고 있는지,
너의 소망은 어디서 오는지 말해 보아라."   48

내가 높이 날아오르는 동안
내 날개의 깃털 하나하나를 보살펴 준

거룩한 이[6]가 내 대답을 예견하고 대신 말했다.   51

"이 사람의 소망보다 더 큰 소망을 지닌 신전(神戰) 교회의
아들은 없으니, 그 점은 우리의 개선(凱旋) 교회
전체를 비추시는 하느님의 빛에서 읽을 수 있습니다.   54

그것이 지상에서 싸움이 끝나기 전에
이집트로부터 예루살렘에 이르기까지 두루 살피기 위해
그가 여기까지 올 수 있었던 까닭입니다.   57

당신은 스스로를 위해서가 아니라, 당신이 소망을 얼마나
소중히 여기는지 이 사람이 세상에 전하도록 하려고
질문들을 던졌습니다만, 아직 두 가지가 남았습니다.   60

그 질문들을 이 사람에게 남깁니다. 그가
힘들어하거나 자만할 만한 질문들이 아니니 그가 말하도록
해 주시고, 하느님의 은총으로 이를 도와주세요."   63

스승에게 대답하는 학생이, 잘 알고 있는 경우에
곧바로 자신 있게 대답하듯이,
나는 거침없이 입을 열었다.   66

"소망은 앞으로 축복을 받으리라는 것을
확고하게 기대하는 것입니다. 그것은 하느님의 은총과
인간이 미리 쌓는 가치에서 나옵니다.   69

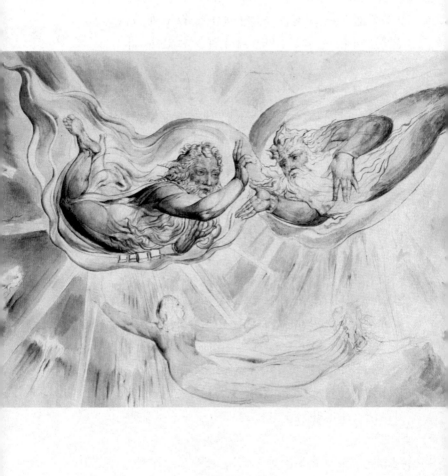

소망은 많은 별들에서 저에게 옵니다. 그러나
처음 제 마음에 소망을 부어 준 자는
지존의 군주의 숭고한 가수였습니다.   72

'당신의 이름을 아는 자들에게 소망을 갖게 하소서.' 라고
그는 시편에서 노래합니다. 나와 같은 믿음을
지니고 있다면 누가 그 이름[7]을 모를까요?   75

당신은 당신의 서간문[8]에서 내게
방울방울 떨어져 내리셨습니다. 지금 내게 당신의 빗물은
흘러넘쳐서 다시 다른 자들에게 부어 주고 있습니다."   78

이렇게 말하는 동안 그 살아 있는
빛의 가슴속에서는 불꽃이 일었다. 그것은
번개가 치듯이 빠르고 밝게 반복되었다.   81

"내 안에서 언제나 불타오르는 사랑은
종려나무와 싸움터까지 함께하던
소망을 향한 것이었는데,[9] 그것이   84

나보고 이 덕을 사랑하는 너에게 다시
말하라고 한다. 너의 소망이 너의 영혼에
무슨 약속을 하는지 말해 주면 기쁘겠다."   87

"신약과 구약이 제 목표를 정합니다.

그 목표는 하느님께서 친구로 삼으셨던
영혼들의 약속으로 저에게 나타납니다.   90

누구든지 자기 고향에서는
두 겹 옷을 입는다고 이사야는 말합니다.[10]
그의 땅이 곧 이런 행복한 삶입니다.   93

그리고 당신의 형제이신 요한도
흰 두루마기에 대해 쓰신 곳에서
이 계시를 더 명확하게 드러내 주십니다."[11]   96

나의 마지막 말에 우리 위에서 "당신께 바랍니다."
라는 노랫소리가 들려오고
모든 춤추는 하늘들이 화답을 했다.   99

그때 그 빛들 중에서 하나가 너무나 찬란해졌다.
게자리가 단 하나의 그러한 빛을 지녔다면
겨울의 한 달은 하루처럼 짧고 환할 것이다.[12]   102

또 젊은 처녀가 일어나 기뻐하며 춤추는 무리에
끼는 것은 신부의 영예를 위한 것이지
그녀 자신을 돋보이게 하려는 의도가 아닌 것처럼,   105

그렇게 해맑은 광휘가, 위대한 사랑에
어울리는 리듬에 맞춰 춤추며 돌고 있는

두 사도들[13]에게 도달하는 것을 보았다.   108

그 광휘는 노래와 춤에 끼어들었고,
나의 여인은 신부처럼 꼼짝도 하지 않고
조용히 그들을 응시하며 서 있었다.   111

"이분이 우리의 펠리컨[14]의 가슴 위에
누우신 분이세요. 그분은 큰 소임[15]을
십자가[16]로부터 받으셨지요."   114

나의 여인이 한 말이었다. 그러나 그녀는
말하기 전이나 후나, 꼼짝도 하지 않았으며
시선을 그들에게서 떼지도 않았다.   117

일식이 일어나는 중에 태양을 조금이나마 보려고
눈초리를 세우며 기를 쓰는 사람이
더 이상 볼 수 없는 지경에 이른 것처럼,   120

나는 그렇게 그 마지막 빛을 응시하다가 마침내
이런 말을 들었다.[17] "너는 왜
여기에 없는 것을 보다가 눈이 머느냐?   123

나의 몸은 흙에서 흙으로 있는데, 우리의 숫자가
하느님께서 최후의 심판에서 미리 정하신 총합의 숫자에
이를 때까지 다른 자들과 함께 있을 것이다.   126

오직 두 개의 빛들만이 두 벌의 옷을 입고
우리의 수도원으로 곧바로 오르도록 되었으니,
이를 너의 세상에 돌아가 설명해 주어라."18)   129

그 소리와 함께 원을 그리던 불꽃들의 춤이 멈췄다.
그리고 베드로와 야고보, 요한의 세 숨결들이
조화를 이루어 내는 달콤한 소리의 어우러짐도 멈췄다.   132

노가 물을 헤치며 나아가다가 위험을 알리거나
난관을 막기 위한 휘파람 소리에
일시에 멈추는 것과 같았다.   135

베아트리체를 보려고 몸을 돌렸을 때 나는
내 눈에 아무것도 보이지 않는다는 것을 알았지만, 그래도
그녀는 내 곁에 있었고 우리는 천국에 있었다.

내 마음을 가로지르는 느낌은 참으로 이상했다.   139

26곡

아무것도 보이지 않아 쩔쩔매며 서 있는 동안
나의 시각을 앗아 가 버린 눈부신 불꽃으로부터
목소리가 나오기에 나는 정신이 바짝 들었다.　　　　3

"나를 보느라 고갈된 너의 시력을
되찾을 때까지 논의를 계속하면서
그 보상을 하는 것이 좋겠다.[1]　　　　6

그럼 너의 영혼이 갈망하는 것이 무엇인지를
말해 보아라. 그리고 네 시력이 파괴된 것이 아니라
단지 눈이 부신 것임을 알아 두어라.　　　　9

너를 하느님의 하늘들로 인도하는
여인의 눈짓 하나에 아나니아의 손이
가졌던 힘이 담겨 있다."[2]　　　　12

나는 말했다. "아직도 저를 태우는
불과 같은 그녀가 제 눈으로 들어왔으니,
늦든 빠르든 그녀의 뜻대로 회복시켜 주세요.[3)]   15

이 궁정을 풍성하게 만드시는 최고의 선은
저에게 부드럽거나 힘차게 사랑을 읽어 주는
모든 책들의 알파와 오메가입니다."   18

갑자기 눈이 보이지 않아 어쩔했던 두려움을
다독거려 주신 그 목소리가 다시 한 번
나에게 말할 용기를 넣어 주셨다.   21

"그러나 이 문제를 걸러 낼 더 촘촘한 체가
필요하겠다. 너의 사랑을 하느님께 향하도록
만든 사람이 누구인지 설명해야 한다."   24

"철학적인 논증과 여기[4)]서 나오는
권위[5)]를 통해서 하느님을 향한 사랑이
당연하게 제 안에 새겨졌습니다.   27

선은 그 자체로 이해되면서
사랑을 불태우고, 더 큰 선과 조화를
이루어 더 큰 사랑으로 옵니다.   30

이런 증거에 기초하는 진실을

분별하는 자의 정신은 사랑하면서
그 본질⁶⁾로 향할 수밖에 없으니,   33

그 외부에 있는 어떤 선이라도
그 빛의 반사일 뿐이기에
그 본질은 단연 두드러지는 것입니다.⁷⁾   36

영원불멸의 실체들에 대한 제일의 사랑을
저에게 보여 주시는 분⁸⁾을 통해서
그러한 진리를 명백하게 알게 되었습니다.   39

'내 너에게 모든 선을 보여 줄 것이다.' 라고
말씀하시면서, 모세에게 당신에 대해 이르신
저 진리의 저자의 목소리가 이를 분명히 하십니다.⁹⁾   42

또한 당신께서도 하늘의 신비들을 사람들에게
가장 커다란 목소리로 외치는 당신의 위대한
복음의 말씀들로 그 진리를 분명하게 해 주십니다."   45

이어 내게 들려온 소리. "인간의 이성이 증명하고
그 이성과 일치하는 하느님의 계시가 말해 주듯,
너의 가장 높은 사랑은 하느님을 향한다.   48

그러나 널 하느님께 이끈다고 느끼는 다른 끈들이
있는가? 너의 사랑이 그 끈을 물고 놓지 않을 수 있는

너의 수많은 이빨에 대해서 설명해 보아라.”   51

그리스도의 독수리가 던진 이러한 질문에는
성스러운 의도가 있었다. 나는 그것을 분명히
알 수 있었고 내 대답이 가야 할 곳도 알고 있었다.   54

“사람의 마음을 하느님께 바치는
강력한 이빨들은 제 마음을
그분을 향한 사랑으로 단단하게 물고 있습니다.   57

세상의 존재와 저의 존재,
그리고 제 영혼을 살리시기 위하여
그분이 겪은 죽음, 또 모든 신자들의 소망과   60

저의 소망이 방금 언급한 살아 있는 진실과 함께
거짓된 사랑의 심연에서 저를 구하여
진실한 사랑의 해안에 저를 두신 것입니다.   63

저는 영원한 정원사 하느님의 정원을
온통 무성하게 만드는 잎들 하나하나를 사랑합니다.
그 하나하나에 빛이 골고루 퍼져 있습니다.”   66

내가 말을 마친 순간 하늘 전체는 감미로운 노래로
가득 찼고, 나의 여인은 다른 이들과 함께
“거룩하다! 거룩하다! 거룩하다!” 하고 외쳤다.   69

번쩍이는 빛에 잠이 깨고,
그 빛이 눈꺼풀을 관통하여
어렴풋하게 비치지만,   72

잠에서 깼다고 해도 갑자기 깬 것에
어리둥절한 채 자기 눈에 비친 것에 판단을 싣기까지는,
보이는 것들을 움찔 피하게 마련이다.   75

베아트리체는 천 킬로미터 이상을
더 환히 비추는 찬연한 눈으로
나의 시각을 덮고 있던 티끌들을 다 걷어 주었다.   78

나는 전보다 훨씬 더 잘 볼 수 있었다.
이런 새로운 시야에 놀란 채 나는
우리와 이제 함께한 네 번째 빛[10]에 대해 물었다.   81

그러자 나의 여인이 말했다. "저 빛들 가운데
하느님께서 창조한 최초의 영혼이
자신의 창조주를 흠모하며 관조하고 있어요."   84

나뭇가지 끝은 바람결이 스칠 때
구부러지지만, 그 자체의
자연적인 탄성으로 다시 곧게 펴진다.   87

그렇게 나도 처음에는 놀랐지만,

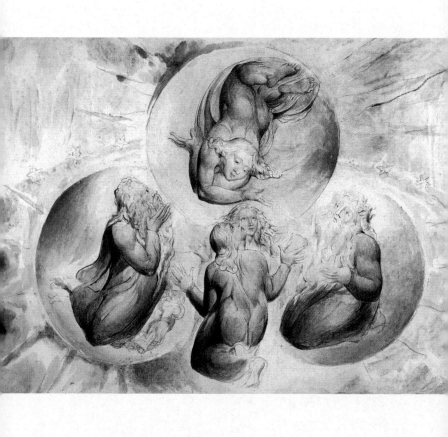

그녀가 말하는 동안 어리둥절하고 있다가
자신감을 회복하고, 말하고자 하는 소망을   90

다시 불태웠다. "아, 농익은 채로 창조된
유일한 열매여! 모든 신부를 딸과 며느리로 삼는,
우리 인간의 최고 어르신이시여!   93

경건하게 간구하오니, 제게 말씀해 주세요.
당신은 저의 소원을 꿰뚫어 보고 계시니,
저는 말을 아끼고 당신의 말씀을 듣겠습니다."   96

때로 어떤 짐승은 가죽 안에서 꿈틀거리며
그 느낌을 안으로부터 드러내고
안으로부터 자신의 은신처를 옮긴다.   99

그렇게 영혼들 중 최초의 영혼은
자신의 빛 속에서 투명하게 움직이면서 내게
기쁨을 주려고 즐겁게 움직였다.   102

그러다가 그가 말했다. "네가 말하지 않아도
나는 네 소망을 너보다 더 잘 알고 있다.
너에게 가장 분명한 듯 보여도 말이다.   105

나는 진실의 거울로 너의 소망을 본다.
그 거울은 모든 것을 완벽하게 비추어 내지만

어떤 것도 그 거울을 완벽하게 비추지는 못한다.   108

너는 얼마나 오래전에 하느님께서
그 여인이 너를 위해 긴 계단으로 준비한
그 에덴의 낙원에 나를 두셨는지,   111

얼마나 오랫동안 내 눈이 그곳을 즐겼는지,
내가 무엇 때문에 하느님의 분노를 샀는지, 그리고
내가 말하고 나를 만든 언어는 무엇인지 묻고 있구나.   114

나의 아들아! 내가 그렇게 오랫동안 추방된 것은
나무의 열매를 맛보았기 때문이 아니라
내게 주어진 하느님의 경계를 넘어섰기 때문이다.   117

너의 여인이 베르길리우스를 보내
너를 도우도록 한 그곳에서 나는
사천삼백이 년을 기다리며 이 만남을 갈망했다.   120

그리고 내가 지상에 사람으로 살고 있었던 동안
태양이 구백삼십 번을 그의 길의
모든 빛과 함께 지고 뜨는 것을 보았다.   123

내가 사용했던 언어는
니므롯의 족속들이 이룰 수 없는 일[11]에
착수하기 훨씬 전에 소멸되었다.   126

어떠한 인간 정신의 산물도
영원히 지속될 수 없으니, 자연의 모든 사물처럼
인간의 경향도 별들과 함께 변한다.   129

사람이 말하는 것은 자연스러운 일이다. 그러나
어떻게 말하느냐, 이렇게 혹은 저렇게 말하느냐는
네가 좋은 대로 하도록 자연은 허락하신다.   132

내가 지옥의 고통으로 내려갈 때까지
최고선은 세상에서 I로 불렸다.
그분은 지금 그분의 축복된 빛으로 나를 감싸 주신다.   135

나중에 가서 그분은 EL이라 불렸다.[12]
가지에서 잎들이 떨어지고 다른 잎들이 같은 자리에
돋아나듯이, 인간의 습관은 자연스럽게 변한다.   138

바다 위로 높이 치솟은 산에서
나의 순수가 치욕으로 변하기까지는 하루의
첫 번째 시간에서 여섯 번째에 앞선 시간까지였으니,

그 사이에서 태양은 사분의 일을 움직이고 있구나."[13]   142

27곡

"성부와 성자와 성령께 영광을!"
온 하늘이 한목소리로 외쳤다.
나는 그 달콤한 소리에 취했다.   3

우주 전체가 하나의 미소로 변하는 듯했다.
나는 눈과 귀를 통해서
신성한 명정(酩酊)에 몰입했던 것이다.   6

그 기쁨! 말로 할 수 없는 그 환희!
완전한 사랑과 평화, 완전한 삶이여!
더 이상 원함도, 다함도 없는 풍요로움이여!   9

내 눈앞에는 계속해서 타오르는 네 개의 횃불[1]이
있었는데, 맨 먼저 왔던 것[2]이 나머지보다
더 밝게 빛나기 시작했다.   12

목성이 낼 법한 빛을 비추고 있던
그 횃불과 화성은 서로 깃털을 바꿀 수 있을
두 마리 새와 같았다.[3]   15

하늘의 영혼들 각자에게 차례와 역할을 배정하는
하느님의 섭리가 이제 축복받은
자들의 합창대에 침묵을 내렸다. 그때 나는   18

이런 소리를 들었다. "내가 색깔을 바꾸어도
놀라지 마라. 내가 말하는 동안
너는 그들[4]도 색깔을 바꾸는 것을 보게 될 것이다.   21

하느님의 아들 그리스도가 계신 그 앞에 비어 있는
나의 그 자리, 나의 그 자리, 나의 그 자리를
세상에서 더럽히는 자[5]가   24

나의 무덤이 놓인 곳을 피와 악취의 시궁창으로
만들었다. 이곳 하늘에서 떨어진
사악한 자가 그 시궁창에서 크게 기뻐한다."   27

동이 틀 무렵 혹은 저녁에
구름을 물들이는 붉은빛이
그 하늘을 온통 뒤덮고 있었다.   30

자신의 덕을 믿는 겸손한 여인이

다른 사람의 실수를 듣기만 해도
부끄러움으로 낯을 붉히듯이,   33

베아트리체의 얼굴도 그렇게 변했다.
지존하신 권능의 그리스도께서
우리의 죄를 위하여 고통을 당하셨을 때,   36

하늘이 일식으로 어두워진 것도
같은 맥락일 것이다. 베드로는 말을 이었는데,
얼굴색이 변한 것처럼 목소리 또한 변해 있었다.   39

"그리스도의 신부가 나에게서 흘러나온 피나,
나의 후계자들인 리누스와 클레투스가 흘린 피로
자라난 것은 황금을 얻기 위해서가 아니었다.   42

섹스투스와 피우스, 칼리스투스와 우르바누스[6]가
통곡의 눈물과 선혈을 뿌린 것은
이러한 행복한 삶을 얻기 위해서였다.   45

우리 후계자들의 오른편에 앉을
그리스도의 사람들의 몫도
왼편에 앉을 몫도 바라지 않았으며,[7]   48

또 나에게 맡겨진 열쇠들은
세례를 받은 자들에 대항하여 전쟁을 벌이면서

깃발에 그려 넣으라는 것이 아니었다.   51

더욱이 사고파는 거짓된 특권의 인장에
내 얼굴을 새기라고 한 적도 없었다.
이런 것들을 생각하면 분노와 부끄러움이 인다!   54

여기서 저 밑을 내려다보면, 목자의 가죽을 입고
강도짓을 하는 늑대들이 득실거린다.
하느님의 권능이시여! 왜 아직 가만히 계시는지요?   57

카오르시니와 과스키[8]가 우리의 피를 마실
준비를 한다. 행복했던 시작은 얼마나
사악한 종말로 가라앉고 있는가!   60

그러나 스키피오의 손을 통해 로마가
세계의 영광을 보존하게 하신 섭리는
다시 한 번 곧 도움을 주실 것이다.[9]   63

그러니, 아들아! 필멸의 무게를 지녔으니 너는
세상으로 다시 돌아가 입을 열어라. 그리고
내가 감추지 않는 것을 감추지 마라."   66

하늘의 염소 뿔이 태양을 건드리는 무렵에
우리의 대기에는 얼어붙은 수증기가
송이송이 눈으로 내려오기 시작한다. 그렇게   69

나는 함께 있었던 승리의 영혼들의
눈송이들이 올라가면서 하늘의 정기가
빛나는 것을 보았다.   72

나의 눈은 그들의 형상을 따라갔다.
내 눈길이 닿기에는 너무 높아
볼 수 없는 곳까지 그들을 지켜보았다.   75

나의 여인은 내가 위를 응시하기를
그만둔 것을 보고 말했다. "눈을 내리고
아래를 보세요. 당신이 얼마나 멀리 왔는지."   78

내가 마지막으로 아래를 내려다본 이래로
나는 첫 번째 구역이 중심부터 끝까지 그리는
전체 호(弧)를 통해 움직였다는 것을 알았다.[10]   81

나는 가데[11]를 넘어서 오디세우스가 항해한
미친 뱃길[12]까지 보았고,
에우로파가 순수한 짐으로 실려 간 해안[13]까지 보았다.   84

태양이 내 발밑에 놓인 별을
지나쳐 가지만 않았어도 우리의 이 미천한 마당의
더 많은 것들을 보았을 것이다.   87

영원히 나의 여인과 함께하고 싶은

사랑에 빠진 나의 정신은 다시 그녀를 바라보고자 하는
마음으로 더욱 세차게 타오르고 있었다.   90

예술과 자연이 눈을 사로잡고
마음을 소유하기 위해 살아 있는 육신이나
그림에 그려 넣은 모든 것은,   93

다시 그녀의 미소 짓는 얼굴을 보았을 때
성스러운 기쁨으로 내가 빛났던 것에
비교하면 아무것도 아닌 듯했다.   96

바라보는 것만으로 내게 생긴 힘이
레다의 포근한 둥지[14]에서 가장 빠르게 돌아가는
원동천으로 나를 밀어 올렸다.   99

원동천의 부분들은 가장 빠르거나 가장 높거나
모두 똑같기 때문에 나는 베아트리체가 나의 머무를 곳을
어디에 정했는지 말할 수가 없다.   102

그러나 나의 소망을 아는 그녀는
미소에 행복을 담고서 입을 열었다. 그녀 얼굴의
미소는 하느님의 기쁨으로 보였다.   105

"중심은 가만히 두고 다른 모든 것들을
돌려주는 우주의 본성은 바로 여기서 출발하니,

모든 하늘들은 원동천을 중심으로 돕니다.   108

원동천은 하느님의 정신 안에 담겨 있을 뿐
다른 어떤 곳에 있는 것도 아닌데, 그 정신에서
원동천을 돌리는 사랑의 힘이 타오르기 때문이지요.   111

이 하늘은 주위를 도는 빛과 사랑에 담겨 있고
동시에 나머지를 담고 있으니, 어떻게 그러한지는
그들의 둘레를 이루는 하느님만이 알고 계십니다.   114

그 운행은 다른 하늘에서 나오지 않아요.
다른 하늘들은 마치 열이 둘과 다섯의 곱이듯이
한 치의 오차도 없이 정화천을 따라 운행합니다.   117

시간은 정화천의 화분에 뿌리를 숨기고
나머지 하늘들을 통해 잎을 틔우는 것을
당신은 이제 분명히 아실 것입니다.   120

탐욕은 재빠르게 인간을 깊숙이 끌어들여
아무도 그 넘실대는 파도 위로
머리를 내놓을 수 없게 합니다.   123

사람의 의지는 언제나 잘 피어나지만,
끊임없이 내리는 비가 싱싱한 자두를
약하고 썩은 열매로 만드는 법이지요.   126

오직 어린이들에게서 우리는 진정한 순수와 믿음을
볼 수 있어요. 그들의 뺨에 수염이 나기 전에
순수와 믿음은 사라집니다.   129

말을 배우는 어린 시절에는 금식을 하지만,
자유롭게 말하게 되면 일 년 사시사철
어느 때나 입에 닥치는 대로 집어넣지요.   132

말을 더듬는 어린 시절에는 어머니의 말을
사랑하고 듣다가도, 자라서 말을 배우면 곧
어머니가 죽어서 묻히는 것을 보고자 합니다.   135

그러니 순수의 하얀 피부는
아침을 가져오고 저녁을 남기는 태양의
유혹적인 딸 앞에 드러나면 곧 검게 됩니다.   138

내 말을 이상하게 듣지 말고 생각해 보세요.
인간을 다스리는 자가 세상에 없기 때문에
인간은 길을 잃고 있어요.   141

카이사르의 달력은 백 년에 하루의 오차를 낳지만
인간은 이를 무시하니, 정월이 겨울을
완전히 벗어나기 전에 이 고결한 하늘들은   144

오랫동안 기다린 폭풍을 몰고 오는

빛을 비출 거예요.[15] 그래서 이물로부터 고물로
배를 돌리고 곧게 뻗은 항로를 다시 항해하며,

꽃이 피고 좋은 열매가 달리겠지요.   148

28곡

내 정신을 천국으로 인도한 베아트리체는
인간이 현재 처한 측은한 상황의
진리를 분명하게 비춰 보였다.   3

그리고, 스스로 보거나 보리라 기대하기 전에
자기 등 뒤에 켜져 있는 촛불을
거울에 비추어 보고, 그 진실을   6

시험하려 거울로부터 몸을 돌려
음악이 악보에 맞는지 보듯이
거울과 불을 번갈아 보는 것처럼,   9

나도 그렇게 했던 것을 기억한다. 나는
사랑이 나를 잡아 두기 위해 사용했던 밧줄인
그녀의 사랑스러운 눈을 응시하고 서 있었다.   12

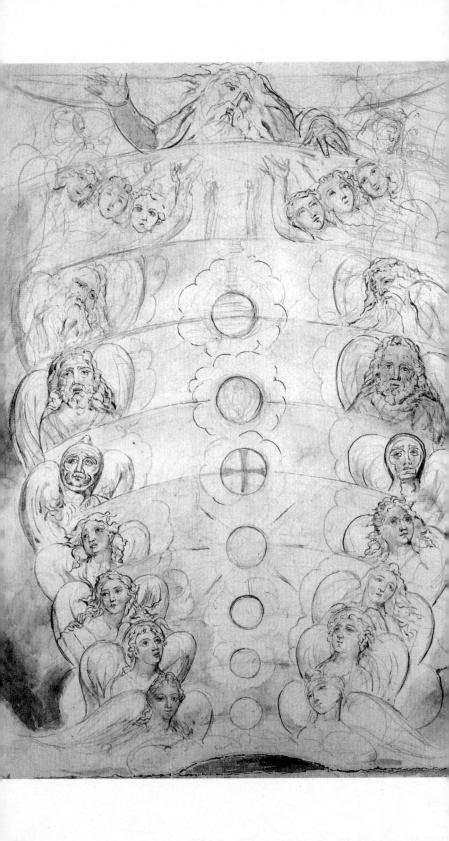

몸을 돌렸을 때 나는 그 하늘에서
일어나는 것을 보았다. 운행을 잘 보면
언제나 볼 수 있는 것이었다.   15

나는 아주 예리한 빛을 발하는 점을
하나 보았다. 너무나도 밝아서
눈을 감을 수밖에 없었다.   18

지구에서 볼 때 가장 작은 듯이 보이는
그 점은 여느 별이 그 옆에 자리하면
달처럼 보일 정도로 밝았다.   21

그 점 주위를 불의 테두리가 돌았다. 그것은
별을 물들이는 후광을 이루는
안개가 가장 두꺼울 때 그 후광이 별에서   24

가까이 있는 만큼 그 점에 가까이 있었다.
그것은 아주 빨리 돌았기에 세상을
가장 신속하게 두르는 운행[1]을 능가할 정도였다.   27

이 테두리는 두 번째 테두리에, 그것은 세 번째에,
세 번째는 네 번째에, 네 번째는 다섯 번째에,
그리고 다섯 번째는 여섯 번째에 둘러싸여 있었다.   30

그 위로 일곱 번째는 굉장히 넓게 이어지고

퍼져 나가서 헤라의 전령[2]이 완전히
퍼져도 품을 수 없을 정도였다.   33

그런 식으로 여덟 번째와 아홉 번째가 이어졌다.
그들은 어느 것이든 중심 테두리에서
멀어질수록 더 느리게 돌았다.   36

가장 맑은 불을 지닌 테두리는
순수한 불꽃[3]에서 가장 가까웠는데
그분의 진실을 더 깊이 공유하기 때문이리라.   39

나의 여인은 나의 열망과 당혹을 보더니
말했다. "모든 자연과 모든
하늘들이 그 점에 의지합니다.   42

거기에 가장 가까운 테두리를 보세요.
그렇게 빠르게 도는 이유는 그렇게 움직이도록 만드는
하느님의 불타는 사랑 때문이지요."   45

"모든 우주가 이 테두리들처럼
질서를 이루고 있다면 제가 지금
여기서 보는 것을 이해하기가 어렵지 않겠지만,   48

우리의 감각 세계에서 관찰하면
회전하는 하늘이 중심에서 멀어질수록

더 성스러운 것으로 보입니다.[4]   51

오직 사랑과 빛을 경계로 삼고 있는
이 놀라운 천사들의 성전[5]에서 배우고자 하는
소망을 마지막으로 이루고자 합니다.   54

왜 원조와 복사물이 서로 맞지 않는지
더 들어 봐야 하겠습니다.[6]
저 혼자서 들여다봐야 헛일이니까요."   57

"그대의 손가락이 약해 그러한 매듭을
풀기 어렵다 해도 놀랄 일은 아니지요.
워낙 단단한 것은 시험을 위한 것이 아니에요."   60

나의 여인은 계속 말을 이었다.
"그대가 이해하고 싶다면 내 말을 잘 듣고
지혜를 가다듬으세요.   63

물질적인 하늘들의 운행이 넓고 좁은 것은
그 각각에 고루 퍼져 있는
덕의 많고 적음에 따릅니다.   66

선이 많을수록 더 큰 축복을 이루고,
더 큰 축복은 더 큰 몸체를 요구합니다.
단 그 몸체의 각 부분들이 완전하다면 말이에요.   69

따라서 이 하늘은 세상의 모든 것에 뻗치면서,
가장 많이 사랑하고 아는,
가장 가까이 도는 둘레와 상응하고 있어요.   72

그대에게 테두리처럼 보이는
이 존재들의 원주가 아니라
내적인 힘에 주목한다면,   75

모든 하늘들이 하느님의 지성과 맺는 관계에서
큰 것에는 더 큰 힘으로, 작은 것에는 더 작은 힘으로,
놀라운 조화를 이루는 것을 관찰할 것입니다."   78

북풍이 조금이라도 더 따스한
북동쪽에서 대기를 정화하고
모든 잡다한 먼지들을 없애 주는   81

미풍으로 불어올 때
지구의 대기는 맑고 온화하여 하늘도
구석구석마다 사랑스러운 미소를 짓는 것처럼,   84

내 여인의 훌륭한 대답을 듣자 곧
내 정신도 그러했다.
진리가 하늘의 별처럼 맑게 빛났다.   87

그녀가 말을 마쳤을 때 모든 불의 테두리에서

빛의 소나기가 내렸다. 끓는 쇳물에서
불꽃이 튀기는 것과 같았다.   90

불의 테두리들마다 수많은 불꽃들이
일었는데, 그 숫자는 체스 판을 수천 번
곱절한 것보다 더 많은 듯했다.   93

그때 합창과 합창이 어우러져[7] '호산나!'를 부르는 소리가
들렸다. 그들이 언제나 있었던 곳에 영원히 두시려는
고정된 점을 향한 노래였다.   96

그녀는 내 혼란스러운 마음을 들여다보고
말했다. "처음 두 테두리들은 그대에게
세라핌과 케루빔들을 보여 줍니다.   99

그들은 할 수 있는 한, 그들의 시야에
맞출 수 있는 한, 그 고정된 점처럼 빛나기 위해
굉장히 빠른 속도로 돌고 있어요.   102

그들 주위를 도는 다른 사랑들은
그 거룩한 모습을 닮은 트로니라 불립니다.
이들이 첫 품계를 이룹니다.   105

그대는 또 모든 정신들의 안식처인
그 진리에 그대의 시각이 깊이 젖어 들수록

축복의 기쁨을 누린다는 것을 아셔야 합니다.   108

그러니 축복을 받는 것은 사랑의 행위가
아니라 보는 행위에 따른다는 것이
보이겠지요. 사랑은 그 뒤를 잇습니다.   111

본다는 것은 이러한 가치가 있으니
선을 향한 의지와 은총으로 생겨나지요.
그렇게 단계를 이루며 나아간다오.[8]   114

두 번째의 품계는 영원한 봄에
만개하는 꽃과 같은데,
염소자리의 추운 밤도 해칠 수 없지요.   117

이 품계는 삼위일체의 세 위격들을 통하여
울리는 세 가닥 선율로
영원히 '호산나!'를 부르고 있어요.   120

여기에는 첫째로 도미나치오니,
다음은 비르투디, 그리고 셋째로는
포데스타디의 순서로 천사들의 위계가 자리합니다.   123

이어 끝에서 두 번째의 춤추는 무리들에는
프린치파티와 아르칸젤리가 돌고 있으며,
마지막에는 온통 안젤리의 환희로 채워져 있어요.   126

이 위격들은 모두가 위를 응시하고
아래로는 나머지를 설복하여 다음 단계로 끌어올려
하느님을 향해 나아가고자 합니다.[9]   129

디오니시우스[10]가 진리를 향한 큰 소망을 지니고
이 위격들을 관조하려 마음을 집중하면서
나처럼 그들의 이름을 짓고 구분한 적이 있었어요.   132

나중에 그레고리우스[11]는 거기에 반대했지만,
그가 죽은 뒤 이 하늘에서 깨어나서 진리를 보고
자신의 실수에 웃었다고 합니다.   135

그런 비밀들이 세상의 필멸자에 의해
밝혀졌다고 놀라실 필요는 없어요.
이곳에서 비밀을 본 사람[12]이 이 테두리에 대한

다른 더 많은 진리들을 말해 주었으니까요."   139

29곡

라토나의 두 아이들[1]이
지평선을 띠로 두르고 각각
양자리와 저울자리에 머무를 때,　　　　　　　　　　3

자오선이 그들의 균형을 맞추는 그 순간부터
그들은 이동을 시작하여
각각 다른 반구로 옮겨 간다. 그러는 동안　　　　6

얼굴에 빛나는 미소를 띤 베아트리체는
침묵을 지켰다. 그녀의 눈은 내가 참아 낼 수 없는
빛을 발하는 중심점에 고정되어 있었다.　　　　9

그녀가 말했다. "그대가 들었으면 하는 것을 묻지 않고
말하는 이유는, 내가 일체의 장소와 시간이 모이는
중심점에서 그대의 소망을 보기 때문이에요.　　12

하느님의 선을 키우기 위해서가 아니고,
그럴 수도 없지만, 오히려 하느님 당신의 빛에 놓인
영광은 영원성 안에 '나 스스로 있다.'라고 선포합니다.   15

일체의 시간을 넘어서, 일체의 이해를 넘어서,
그분이 좋으실 대로, 영원한 사랑은
새로운 사랑들 가운데 피어났지요.   18

그분이 이전에 한가하게 누워 계셨던 것은
아니에요. 하느님의 기운이 물 위로 퍼진 것은
이전에도 이후에도 없었어요.   21

순수한 형식과 순수한 물질이 결합하여
존재의 완전한 상태를 이룬 것은
시위가 셋인 활이 세 화살을 쏜 것과 같습니다.   24

그리고 유리나 호박, 수정에
빛이 찬란하게 비칠 때
전체에 틈이 전혀 없듯이,   27

주님의 세 가지 경로의 창조는
시작도 쉼도 없이 일시에 모든 것이 어울려
존재로 투영되었습니다.   30

실체들과 함께 질서와 구조가

창조되었고, 실체들은 순수한 행위가
생겨났던 세상의 꼭대기에 올랐지요.   33

순수한 잠재적 힘은 가장 낮은 곳을 차지했고,
그 사이에서 현실체와 잠재적 힘을 붙들어 맨 매듭은
결코 풀리지 않을 만큼 단단하게 묶여 있어요.   36

제롬은 그대들에게 쓰기를, 천사가 창조된 것은
나머지 세계가 창조되기
수 세기 전이었다고 합니다.   39

그러나 진실은 성령의 말씀을 기록한 사람들이
여러 곳에 기록하였으니,
조심스럽게 보시면 발견할 거예요.[2]   42

또한 이성은 이 진실을 어느 정도 볼 수 있으니
하늘들을 움직이는 자들[3]이 오랫동안
임무를 수행하지 않았다고 보지 않기 때문이지요.   45

그대는 이제 이러한 사랑들이
어디서, 언제, 어떻게 창조되었는지 알았으니,
그대의 소망의 세 불꽃들은 이제 꺼진 셈이네요.   48

숫자를 셀 때 스물도 채 이르지 못할 만큼
그 빠른 시간 동안 어떤 천사들의 무리가 떨어졌는데,

이것이 그대의 세계에 지진을 일으켰지요.　　　　　　51

다른 천사들은 남았고, 그대가 지금 보시듯, 하느님의
빛나는 점 주위를 쉼 없이, 영원히 돌며
저들의 소임을 기쁘게 수행하고 있어요.　　　　　　54

타락의 원인은 그대가 저 아래에서 보았듯,
지옥의 심연에서 우주 전체의
무게에 눌린 자⁴⁾의 저주받은 교만이었어요.　　　　　　57

그대가 여기서 보는 다른 천사들은
저들의 위대한 지성이 저들의 군주의 선에서
오는 것임을 겸손하게 인정하고 있어요.　　　　　　60

그들의 시각은 하느님의 빛을 여시는 은총과
그들 자신의 가치에 의해 높이 올랐고,
이제 그들의 의지는 굳건하고 충만해졌지요.　　　　　　63

그대에게 바라건대, 의심이 간다면,
은총을 받아들이는 능력은
사랑의 능력과 같다는 것을 믿어야 할 거예요.　　　　　　66

지금까지 내 말을 이해했다면
더 이상 도움을 받지 않아도 이 거룩한 장소에 대해
결론을 더 잘 내릴 수 있을 거예요.　　　　　　69

그러나 천사의 본성이 이해와 기억,
그리고 의지라고 그대들이
세상에서 가르치기 때문에 나는   72

더 말을 해 주고 순수한 진리를 보여 주려고 합니다.
세상에서는 순수한 진리를 이러저러한 논쟁들로
모호하게 만들며 혼동하고 있어요.   75

하느님의 얼굴에는 모든 것이 드러나니,
천사들은 그 안에서 축복을 발견하는
처음 순간부터 결코 그로부터 시선을 돌리지 않았어요.   78

새로운 대상이 그들의 시선을 가로막지 않으며
그들은 기억을 필요로 하지 않아요. 그들은
여러 갈래의 사고를 할 필요가 없기 때문이지요.   81

저 아래에서는 잠을 자지 않아도 꿈을 꾸면서
올바르거나 잘못된 믿음을 말하는데
잘못된 믿음보다 더 큰 죄와 수치는 없습니다.   84

저 아래 그대들은 철학을 하면서
하나의 길을 따르지 않아요. 그래서
외관에 집착해 정신을 못 차리는 것입니다.   87

그러나 여기 위에서는 거룩한 말씀을

배제하거나 왜곡하는 것을
그보다 더 불손한 것으로 칩니다.   90

사람들은 하느님의 말씀이 세상에 뿌리내리기까지
얼마나 많은 피를 흘리는지, 그리고 성서를 마음으로
겸손하게 받아들이는 자가 얼마나 기쁜 마음을 갖는지   93

생각하지 않아요. 대신 사람들은 으스대느라
저들이 꾸민 진리를 들이대고, 설교자들은
복음서 얘기는 한마디도 없이 이를 더 꾸며 내지요.   96

누군가는 말하길 그리스도의 수난 동안 달이
거꾸로 돌아 태양 앞을 가로막아서
태양빛이 세상에 미치지 못했다고 합니다.[5]   99

그것은 거짓말입니다. 그 빛은 스스로를 감춘 것입니다.
유대인뿐 아니라 스페인과 인도에서도 사람들은
이 일식을 보았기 때문입니다.   102

여기저기 강단에서 이런 얘기들을
쏟아 내고 있는데, 한 해에 쏟아지는 것만 해도
라포와 빈도보다 적지 않을 겁니다.[6]   105

그러니 공기로 배를 채우고 풀밭에서
돌아오는 무지한 어린 양들이

죄를 보지 못한다는 것은 변명이 안 됩니다.　108

그리스도께서는 당신의 첫 수도원[7]에게
'가서 세상에 너절한 얘기를 전하라.' 라고 말씀하지
않으셨습니다. 반대로 진실의 바탕을 주셨지요.　111

그래서 그들의 입술에는 그리스도의 말씀만
담겨졌기에, 믿음을 불태우는 전쟁터에 가서
복음을 유일한 칼과 방패로 삼았어요.　114

그러나 지금은 설교를 한답시고
격언이나 농담을 늘어놓으며 어떻게든 웃기려 하고
저들의 수도복을 교만으로 부풀리기나 하지요.　117

그것이 그들이 원하는 전부예요. 그러나
수도복의 끝에 둥지를 튼 악마의 새를 보고 사람들은
그들에게서 받은 사면의 진상이 어떠한지 알 거예요.　120

쉽게 믿는 사람들은 얼마나 무지한지요!
증거도 증명도 필요 없이 사람들은
어떤 약속이든 쉽게 하고 쉽게 매진하지요.　123

이런 식으로 성 안토니오는 돼지를 길렀고
그가 기른 돼지보다 더 큰 돼지들이
인각 없는 동전으로 살을 불렸지요.[8]　126

얘기가 좀 벗어났으나
정신의 눈을 진리의 길로 돌리세요.
우리에게 남겨진 시간 동안 논의를 마쳐야 합니다.   129

천사들의 본성은 인간이 셀 수 있는
수의 단위를 훨씬 넘어섭니다.
인간의 말이나 개념으로는 거기에 다다를 수가 없습니다. 132

다니엘의 책을 보세요. 그가
말한 수천이라는 수는
미정의 수 혹은 무한한 수라는 뜻이에요.[9]   135

최초의 빛께서는 그들 모두를 통하여
빛을 내리시고, 짝 지을 수 있는 빛들의 수만큼이나
많은 방식으로 그들을 관통하십니다.   138

그래서 인지하는 행위[10]는 애정에
앞서며, 사랑의 축복은 천사들마다 다르게
내리셔서 타오르거나 미지근한 것입니다.   141

이제 높은 곳을 보시고 영원한 선의 숨결을
보세요. 그분의 숨결은 그 자체를 비추는
셀 수 없이 많은 거울들로 나뉘면서

언제나 그러했듯 하나로 남아 계십니다."   145

30곡

아마도 멀리 팔만 킬로미터 떨어진 그곳에
여섯 번째 시간이 뜨겁게 빛나고 이 세상의
그림자는 벌써 평평한 침상으로 수그러지고 있었다.[1]   3

하늘 한복판 깊숙한 곳에서는 변화가 일어났다.
여기저기서 별빛들이 꺼지기 시작하면서
우리에게서 완전히 사라지고 있었다.   6

태양의 가장 맑은 시녀[2]가 가까워 오면서
하늘은 연이어 빛들을 닫기 시작하고
가장 큰 빛도 사라져 간다.   9

함유하는 것에 의해 함유되는 듯한,
나를 압도한 그 점 주변을 영원히
돌고 있는 승리도 다르지 않았으니,   12

내 시야에서 점점 꺼져 갔다.
아무것도 보이지 않자 사랑이 나의 눈을
베아트리체에게로 다시 돌리게 했다. 15

지금까지 그녀에 대해 말한 모든 것이
단 하나의 찬송에 모아진다고 해도
나를 바치기에는 정녕 부족하리라. 18

내가 본 아름다움은 우리의 한계를
넘어설 뿐 아니라, 내 분명 믿노니,
그것을 만드신 조물주만이 온전히 즐기시리라. 21

여기서 나는 패배를 인정한다. 희극이든 비극이든
어떠한 시인도 지금 나만큼이나
자기가 다루는 주제에 압도되지는 않을 것이다. 24

햇빛이 가장 약한 눈에 그러하듯이,
그녀의 사랑스러운 미소를 생각만 해도
나는 정신을 잃고 분간을 할 수 없게 된다. 27

속세의 삶에서 그녀의 얼굴을 바라본
첫날부터 지금 그녀를 보기까지
나의 시는 그녀를 찬미한다는 믿음이 있었다. 30

그러나 지금 내 글에서 그녀의 아름다움을

추구하려는 노력은 그만두어야 하겠다.
최고에 오른 예술가만큼이나 난 많은 것을   33

해 왔기 때문이다. 힘겨운 얘기는 이제
마감하고, 나보다 더 위대한
나팔을 부는 악대에게 그녀를 넘겨주려 한다.   36

그녀는 길잡이로서의 임무를 다했다는 표정과 몸짓으로
말했다. "우리는 가장 위대한 하늘로부터
순수한 빛의 하늘로 나왔어요.   39

지성의 빛, 사랑으로 가득한 빛, 환희로 가득한
진정한 선의 사랑, 가장 감미로운 기쁨도
초월하는 환희의 빛이에요.   42

그대는 여기서 천국의 두 군대를
볼 거예요. 그 하나는 마지막 심판의 날
그대가 보게 될 모습을 하고 있어요."   45

느닷없는 번쩍임이 시각을
마비시켜 해맑은 대상조차
눈에서 사라지는 것처럼,   48

영광의 살아 있는 빛이 나를 에워싸고
그 빛의 너울로 아주 단단하게 얽어매서

나는 빛만을 겨우 볼 수 있었다.   51

"이 하늘을 영원히 고요하게 하는 사랑은
인사하며 들어오는 모든 영혼을 맞아들이시며, 그렇게
그 사랑의 불을 붙일 초는 언제든 준비되어 있습니다."   54

이 간결하고 당당한 말이 귀에 들어오자 곧
나는 당장 내 몸에 새로운 힘이
나 자신의 힘을 넘어 솟구치는 것을 느꼈다.   57

새로운 시각의 힘이 내 눈을 비추었기에,
이제는 아무리 밝았던 빛이라도
감당하지 못할 정도는 아니었다.   60

마치 봄의 기적과도 같은 현란한 색을 칠한
두 언덕 사이로 불꽃들이 눈부시게
타오르며 강물처럼 흐르고 있었다.   63

이 강물로부터 살아 있는 불꽃들이 나와서
꽃들을 쏘아 올리고 그 위에 올라앉고 있었다. 그들은
황금 고리에 둘러싸인 루비들처럼 보였다.   66

그러고 나서 그 향기에 취한 듯 그들은
그 불가사의한 강물로 되돌아 뛰어들었고, 어떤 것은
잠기는가 하면 어떤 것은 다시 날아올랐다.   69

PAR. Canto 30

"그대가 보는 것에 애를 태우며, 열렬하게
대답을 찾고자 하는 그대의 소망이
불타오를수록 나는 더 기쁩니다.   72

그러나 당신의 갈증이 풀리기 전에 먼저
이 물을 마셔야 합니다."
내 눈의 태양이 그렇게 말했다. 그녀는   75

말을 이었다. "뛰어들다가 솟구치는
보석들과 강물, 미소 짓는 꽃들은
모두 그들의 예상(豫想)들입니다. 이들이   78

그 자체로 불완전해서가 아니라,
그대의 시각이 그 높이에 이를 만큼
강하지 않기 때문이에요."   81

여느 때보다 무척 늦게 잠에서 깬
젖먹이가 엄마 젖을 찾아
아무리 빨리 열심히 얼굴을 돌려도,   84

흐르는 강물에 얼굴을 숙여
내 눈이 그 빛을 더 잘 비추어 내고자 하는
열망에는 미치지 못했으리라.   87

내 눈꺼풀이 강물에

적셔지자마자, 강은 곧바로 흐르던
흐름을 둥그렇게 트는 것 같았다.[3]   90

그리고 가면을 쓴 사람들이 자신들을
감추었던 자기가 아닌 얼굴을 벗어 버릴 때
이전과 생판 다르게 보이듯이,   93

그때 거기서 눈앞에 비친 불과 꽃들은
거대한 축제로 변했다. 하늘의 궁정들이
내 눈에 두 개로 생생하게 나타나는 듯했다.   96

하느님의 찬란한 빛이시여! 당신을 통해서
진실한 왕국의 승리를 보았으니,
이제 힘을 주시어 본 대로 기록하게 하소서!   99

피조물이 창조주를 볼 수 있게
해 주는 빛이 저 위에 있다. 피조물의 평화는
창조주를 바라보는 것에만 있다.   102

이 빛은 둥그런 형태로 퍼져 있다.
너무나 광활해서 그 주변은
태양을 묶는 끈치고는 너무 느슨한 듯했다.   105

그 퍼진 모습은 한 줄기 빛으로부터 온다.
그 빛은 원동천의 꼭대기를

반사하고 있으며, 그로부터 생명의 힘이 나온다.　　　　　108

마치 풀과 꽃으로 무성한 언덕이
그 풍요로움을 비추어 보려고
호수를 내려다보는 것처럼,　　　　　111

그 빛 속에서 수천도 더 되는 영혼들이
층을 이루어서 제 모습들을 비추어 보고 있었다.
우리 가운데 하늘로의 복귀를 성취한 자들이었다.　　　　　114

가장 낮은 층 하나로도 그렇게 거대한 빛을
모으고 있으니, 이 장미의 맨 가장자리 꽃잎이
뻗치는 공간은 얼마나 넓을 것인가!　　　　　117

그러나 그렇게 거대한 넓이와 높이를 보아도
내 눈은 흐려지지 않았다.
오히려 축복의 양과 질을 온전히 담아 냈다.　　　　　120

거기에는 가깝고 멀기가 더해지지도 없어지지도
않으니, 하느님께서 대리인 없이 다스리시는 곳에서는
자연의 법칙이 적용되지 않기 때문이다.　　　　　123

영원한 장미의 노랑.[4) 꽃잎의 겹들이
향기롭게 퍼져 영원히 지속하는
봄의 태양을 찬미하는 그곳에서 나는　　　　　126

말하고 싶은 마음이 컸지만 침묵을 지키고 있었다.
그런 나를 이끌며 베아트리체가 입을 열었다. "보세요!
하얀 옷을 입은 저 무리가 얼마나 광활하게 퍼져 있는지! 129

우리의 도시가 얼마나 드넓은지 보세요.
우리 자리가 이렇게 찼으니, 몇 자리만이
하늘이 아직 원하시는 영혼들에게 남아 있답니다. 132

일찍이 면류관이 놓인, 그 때문에
그대의 눈을 끄는 그 위대한 옥좌에는
그대가 이 혼례 잔치에 초대받기 전에, 135

황제가 될 운명의 그 위대한 하인리히의
영혼이 앉을 겁니다. 그는 언젠가 이탈리아가
준비하기도 전에 바로잡으러 올 거예요.[5] 138

유모가 있지만 쫓아낸 불쌍한 아이처럼
굶어서 죽어 가도록 만드는
눈먼 탐욕에 그대들은 홀려 있어요. 141

그 시기에 내놓고든 숨어서든
하인리히와 다른 길을 가는 사람[6]이
하느님의 궁정에서 제독이 될 거예요. 144

그러나 하느님께서는 그에게 성스러운 임무를

오래 맡기지 않으실 거예요. 그는 곧
마술사 시몬[7]이 죄를 짓는 곳에 떨어져

알라냐[8]의 그자를 더 깊은 곳에 처박히게 만들 거예요.[9]   148

31곡

그리스도께서 피로써 신부로 삼으신
하늘의 거룩한 군대가 흰 장미의 형태로
이제 그렇게 나에게 나타나고 있었다.   3

저들의 사랑을 이끄시는 분의 영광과
저들을 위대하게 만드신 선을 보고
노래하면서 날고 있는 다른 천사들의 무리는   6

잎들을 보석처럼 펼친 장려한 꽃 위로
단숨에 내려갔다가 사랑의 샘이
영원히 깃드는 곳으로 다시 돌아 날아왔다.   9

마치 꽃 속으로 들어갔다가
꿀을 빚는 일자리로
돌아가는 꿀벌들 같았다.   12

그들의 얼굴은 살아 있는 불꽃으로
환하게 빛났고, 그들의 황금 날개와
다른 부분들은 세상의 어떤 눈보다도 하얬다.   15

층층이 꽃으로 들어가면서 그들은,
하느님께 날아오르려는 날갯짓을 하여 모아들인
사랑의 평화와 따스함을 제각기 퍼뜨렸다.   18

꽃과 저 위를 다스리는 분 사이에서
날고 있는 이 많은 무리는
하느님의 찬란한 빛을 막지 않았다.   21

하느님의 빛은 모든 부분들의 공덕에 따라서
우주에 스며들고 아무것도 그 길을
막을 수 없기 때문이었다.   24

옛사람들과 새 사람들로 그득한
이 아늑한 기쁨의 왕국은 지성과 의지를
한 가지 목표에 고정시키고 있었다.   27

하나의 별로 그들의 시야에 반짝거리는
삼위의 빛이여! 충만한 기쁨을 채우시는 분이시여!
이곳 세상의 풍랑을 굽어 살피소서!   30

헬리케는 사랑하는 아들과 함께

하늘을 여행하면서 매일 북쪽 나라를 들른다.
그쪽에서 오는 야만인들은   33

세상의 모든 예술을 압도하며 높이 솟은
라테라노 대성당의 로마를 보았을 때,
그 웅장한 기념비들에 놀라 충격을 받았다고 한다.   36

필멸의 세상에서 하늘로 올라오면서,
인간의 시간에서 신성한 영원으로 오면서,
피렌체에서 정의롭고 건전한 사람들로 오면서,   39

나는 얼마나 더 큰 놀라움에 사로잡혔던가!
정녕 나는 놀라움과 기쁨 사이에서
듣거나 말하지 않아도 즐거웠다.   42

또 보고 싶었던 성전을 둘러보고 난 뒤,
기쁨으로 피로를 씻은 순례자가 집으로 돌아가서
이를 어떻게 묘사할까 고민하는 심정으로   45

나는 살아 있는 빛을 통하여 축복받은 자들 사이로,
때로는 위로, 때로는 아래로, 때로는 빙빙 돌며,
층층대를 향하여 시선을 옮기고 있었다.   48

거기서 나는 사랑에 빠진 얼굴들을 보았다.
하느님의 빛과 그들 자신의 미소로

치장한 얼굴들, 고결하고 존귀한 거동들을 보았다.   51

지금까지 나는 천국의 전반적인 형태를
재빨리 둘러보았지만 어느 한 곳이고
확실하게 본 적은 없었다. 그래서   54

새롭게 불붙은 알고 싶은 소망에
나는 내 정신이 아직 충분히 이해하지 못하는 것들을
물어보려 나의 여인에게 몸을 돌렸다.   57

그때 본 것은 기대했던 것이 아니었다.
베아트리체를 보리라 생각했건만, 내 눈에 들어온 사람은
하늘의 성인들의 옷을 입은 한 노인[1]이었다.   60

그의 눈과 볼은 온화한 기쁨으로 그득했고
그의 태도는 자애로운 아버지라면
누구나 알 사랑으로 차 있었다.   63

나는 그에게 "그녀는 어디에 있습니까?" 하고
물었다. 그러자 그가 대답했다. "너의 소원을
풀어 주라고 베아트리체가 나를 보냈다.   66

눈을 들어 맨 위층에서부터 세 번째 둘레를
보면 거기에 자신의 공덕으로 마련된
옥좌에 앉은 그녀가 보일 것이다."   69

나는 아무 말 없이 눈을 들어
그녀가 앉은 모습을 보았다. 그녀는 영원한 빛을
반사하면서 면류관을 이루고 있었다.   72

천둥소리가 나오는 그 높은 곳에서
바다 밑바닥까지 인간의 눈이
멀리 내다본다고 해도 베아트리체에서 내 눈에   75

이르는 거리만큼은 아니었을 것이다. 그러나 그 거리는
아무런 차이도 만들지 않았다. 그녀의 모습은
중간에 섞이지 않은 채 내게 내려왔다.   78

언제나 나에게 희망을 불어넣고
나의 구원을 위해 지옥의 문턱에
발자국을 남기는 수고를 한 나의 여인이여!   81

당신의 힘을 통해, 당신의 미덕을 통해,
그동안 내 눈으로 본, 그 많고도 많은
모든 것들을 받아들입니다.   84

가능한 모든 길들로, 모든 수단들을 사용하여,
당신은 나를 속박에서 자유로 이끌었습니다.
당신은 모든 것을 이루는 힘을 지녔습니다.   87

당신의 큰 사랑을 내 안에 간직하여

당신이 치료해 준 나의 영혼이 육신에서 놓여날 때
당신에게 기쁨이 되게 하소서. 90

이렇게 기도하자 멀리 있던, 혹은 멀리 있는 듯 보였던
그녀는 나를 바라보고 미소를 지었다. 그리고
영원한 빛으로 다시 돌아갔다. 93

그러자 거룩한 노인이 말했다. "네가
여행을 완벽하게 성취하도록
거룩한 사랑과 기도가 나를 보내셨다. 96

눈으로 이 하늘의 정원을 날아 보아라.
하늘의 정원을 응시하는 것은
하느님의 빛을 직관할 준비를 하는 것이다. 99

나는 언제나 하늘의 여왕[2]을 향한
사랑의 불로 타오르는 충실한 베르나르이기에,
그분은 우리에게 온갖 은총을 베푸실 것이다." 102

어떤 이가 크로아티아처럼 먼 곳에서
오랫동안 갈망한 우리의 베로니카[3]를 보러 왔다가,
충분히 오랫동안 볼 수 없지만, 105

그것이 나타나 있는 동안 마음속으로 이렇게 말한다.
'오 나의 주, 예수 그리스도, 참된 하느님이시여!

당신의 얼굴은 그때 진정 그러했습니까?'   108

바로 그렇게 세상에서 살면서 관조를 통해
그러한 평화를 맛본 그분의 살아 있는 은총을
응시하며 나도 그런 생각을 했다.   111

그가 다시 말했다. "은총의 아들아!
저 아래 세상만 바라보는 한
이 축복된 존재의 상태는 도저히 알 수 없을 것이다.   114

가장 높은 테두리들을 올려다보아라! 그리고
이 왕국을 주관하시고 왕국의 충성을 받으시는
여왕께서 좌정하신 모습을 바라보아라!"   117

나는 눈을 들었다. 동이 틀 무렵
지평선의 동쪽 끝이 해가 기우는
지점보다 더 밝게 빛나듯이,   120

나의 눈은 골짜기에서 정상으로 오르다가
마침내 가장 높은 지점에서 그 모든 장려한
가장자리보다 더 강렬하게 빛나는 하나의 빛을 보았다.   123

파이톤의 수레의 부서진 굴대를 볼 수 있을
우리의 하늘은 주위의 모든 빛을
희미하게 만들면서 가장 환하게 타오른다.   126

그렇게 평화의 화려한 빛이 한가운데에서
높이 솟아 비추는 한편, 사방에서 그 빛은
똑같은 정도로 사그라들고 있었다.   129

중심 주변에는 수천의 즐거운 천사들이
각기 다른 밝기와 재주를 지닌 채 날개를
펴고 있었다. 그들의 놀이와 노래에   132

미소를 짓는 아름다움을 보았는데,
그분은 다른 성인들의 눈에서
축복으로 빛나고 있었다.   135

내가 기억만큼 말에서도 풍부하다 하더라도
감히 그런 아름다움의 하나라도
묘사하지 못할 것이다.   138

베르나르는 자신의 뜨거운 정열에
경건하게 눈길을 주는 나를 보더니,
너무나 깊은 사랑으로 그녀에게 몸을 돌려

그들을 바라보는 나의 눈을 더욱 뜨겁게 만들었다.   142

32곡

그녀의 기쁨에 감화를 받아
선생의 역할을 자청한
관조하는 영혼이 거룩한 말을 하기 시작했다.   3

"마리아께서 치료하고 아물게 해 주신 상처.
그 상처를 그때 넓게 열었던 여자,[1]
그 아름다운 여자가 마리아의 발치에 자리하고 있다.   6

그 여자 바로 아래 셋째 층의
옥좌들 사이에 라헬[2]과 베아트리체가
있으니, 네가 보는 바와 같다.   9

자기가 저지른 죄의 고통 때문에
'나를 불쌍히 여기소서.' 라고 노래하던
시인의 증조모와 사라, 리브가, 그리고 유딧을 보라.[3]   12

내가 층층을 내려가면서 그들의 이름을
순서대로 부르면 그들이 장미의 꽃잎 하나하나를
타고 내려오는 것을 너는 보리라.   15

그리고 일곱 번째 줄로부터 히브리 여자들이
장미의 꽃잎들을 나누면서
줄지어 내려오고 있는데,   18

이들은 그리스도를 향한 저들의
믿음의 방식에 따라
거룩한 사다리를 층층이 나눈다.   21

꽃이 마지막 잎사귀에 활짝 피어나는
이편에는 앞으로 오실 그리스도를
믿었던 자들의 영혼이 자리한다.   24

자리가 띄엄띄엄 빈 반원의
저편에는 이미 오신 그리스도를
바라본 자들이 자리한다.   27

그렇게 이편에 영광스러운 성모 마리아의
옥좌가 있듯이, 저편 아래에서는
그 위대한 경계 벽을 이루고 있다.   30

그런 식으로 그분을 마주하고 요한의 옥좌가 있다.

언제나 거룩하신 요한은 사막에서 고통을 받으시고
순교했으며, 그런 다음 이 년 이상 지옥을 겪었다.[4]　　　　33

그분 아래로는 프란체스코와 베네딕투스, 그리고
아우구스티누스와 다른 복자들이
둘레에서 둘레로 내려오며 나뉘어 있다.[5]　　　　36

이 정원은 한 가지 믿음의 이런저런 모습으로
동등하게 꾸며질 것이기에, 이제 너는
하느님의 계획의 위대함을 보고 경탄할 것이다.[6]　　　　39

그리고 이 거대한 전체 둘레를 둘로 갈라놓는
층이 있는데, 그 아래에 있는 어린 영혼들은
자기 공이 아닌 부모의 기도로 인해 그곳에 앉아 있다.　　　　42

일정한 조건 아래에 놓여 있는,
이들은 자유롭게 선택할 수 있는 나이에
이르기 전에 육신에서 벗어난 영혼들이다.　　　　45

그들의 얼굴을 눈여겨보고
목소리를 잘 들어 보면 그들이
어린아이들임을 잘 알 수 있을 것이다.　　　　48

너는 말을 잊은 채, 그 두꺼운 의심[7]을
감추지 않는구나. 너의 생각을 단단하게

묶어 놓은 매듭을 풀어 주겠다.   51

이 광활한 영역 내에서는 슬픔이나
목마름, 굶주림이 없듯이
우연은 티끌만큼도 있을 수 없다.   54

네가 여기서 보는 모든 것은 손가락에
반지가 딱 들어맞듯이
완벽하고 영원한 법으로 정해진 것이다.   57

그러니 이 진실된 삶으로 서둘러 온 영혼들은
이유 없이 높고 낮은 곳에 있는 것이 아니라,
다 저들의 공덕에 따른 것이다.   60

이 왕국을 더 이상 무엇도 바랄 것이
없을 만큼 너무나 큰 사랑과 기쁨으로
편안하게 하시는 우리의 왕께서는   63

당신의 축복 속에서 모든 정신들을 창조하시면서
당신께서 바라시는 만큼의 은총을 각자에게 주셨으니,
앞에 보이는 것으로 충분히 알 것이다.   66

어머니의 배에 있을 때 서로 다툰
쌍둥이에 관한 성서의 구절이
이를 분명하고 풍부하게 나타내 준다.   69

쌍둥이라고 해도 머리카락의 색에 따라서
하느님의 가장 높은 은총의 빛은
그들의 머리에 다르게 내리시는 것이다.[8]   72

결국 저들의 행적에 따라 각자
다른 자리에 있는 것이 아니라, 오직 하느님께서
창조하실 때부터 내리신 은총에 따른 것이다.   75

아담부터 아브라함에 이르는 시대에서
순수한 어린이들이 구원을 받기 위해서는
부모들의 믿음만으로 충분했다.   78

그러나 그러한 인간의 처음 시대가 끝났을 때
모든 남자들은 하늘로 날아오를 힘을
순수한 날개에 주기 위해 할례를 받아야 했다.[9]   81

그리고 은총의 시대가 인간에게 왔을 때
그리스도 안에서 세례를 받지 않은
그런 순수한 어린이들은 림보에 머물러야 했다.   84

이제 그리스도와 가장 닮은 얼굴을 바라보아라.
오직 그분의 빛을 받아야
그리스도를 볼 준비를 할 수 있을 것이다."   87

나는 그 거룩한 높이까지 날아오르도록 창조된

천사들이 부여한, 성모 마리아의 얼굴에
비처럼 내리는 축복을 보았다.   90

그곳에 가기까지 목격했던 어떤 것도
이렇게 나를 놀라움에 젖게 하지는 않았고
그렇게 확연하게 하느님의 모습을 보여 주지도 않았다.   93

맨 처음에 마리아께 내려왔던 천사가 거기서
그분 앞에 날개를 활짝 펴고 "아베 마리아!
은총 가득 받으시도다!" 하며 노래했다.   96

이 거룩한 찬미에 축복의 궁정 각처에서
화답을 하니, 모든 천사와
성인의 얼굴 들이 더 밝게 빛났다.   99

"오, 거룩한 아버지시여! 영원히 당신을 위해
예정된 옥좌를 두고 나를 위하여
이 먼 세상까지 내려오신 분이시여!   102

하늘의 여왕의 눈을 그렇게 기쁨에 찬 눈으로
곧게 바라보는 저 천사는 누구입니까?
불처럼 타오르는 사랑에 빠진 듯이 보입니다."   105

신선한 햇빛을 받은 새벽별처럼
마리아의 아름다움 안에서 빛을 발하던 그분에게

나는 다시 한 번 가르침을 얻고자 하였다.   108

"모든 사랑의 지존과 은총이 깃든 기쁨은
성인의 영혼이나 천사가 소유할 수 있는 만큼
그 천사[10] 안에 온전히 있고 우리도 그럴 것이다.   111

이는 그 천사가 하느님의 아들 그리스도께서
인간의 육신의 무게를 견디기를 원하셨을 때
종려나무를 들고 마리아께 내려왔던 분이기 때문이다.   114

이제 내가 설명하는 대로 내 말에
시선을 맞추어라. 그리고 이 지극히 의롭고 거룩한
왕국의 위대한 장로들을 잘 보아라.   117

성모 마리아에 가장 가까이 있기 때문에
가장 많은 축복을 누리며 앉아 있는
저 두 분은 우리의 장미의 뿌리와 마찬가지다.[11]   120

그녀의 왼편에 가까이 앉아 있는 분은
그 주제넘은 입맛 때문에 인간이
아직 고통의 쓴맛을 보고 있는, 우리의 아버지시다.   123

오른편에는 이 아름다운 장미의 열쇠를
그리스도로부터 받으신 거룩한
교회의 숭엄한 아버지가 앉아 있다.   126

그 곁에는 그리스도께서 창과 못으로
스스로 얻고자 했던 아름다운 신부의 슬픈 나날들을
죽기 전에 예언했던 이가 앉아 있고,[12]   129

변덕스럽고 완고하며 배은망덕한
족속을 하느님의 만나로
보살폈던 지도자[13]가 앉아 있다.   132

베드로의 맞은편에 성모 마리아의 어머니
안나가 앉아 있는데, 눈을 꼼짝도 하지 않은 채
호산나를 부르며 딸을 바라보는 행복에 젖어 있다.   135

성녀 루치아가 인류의 아버지를 마주 보고
앉아 있구나. 네가 파멸의 길에서
고개를 숙이고 있었을 때 너의 여인을 보내신 분이다.   138

네가 잠드는 시간이 달아나니까,[14]
천에 맞추어 재단을 하는 능숙한 재봉사처럼,
여행에서 남은 시간을 잘 활용하여   141

제일의 사랑이신 하느님께 눈을 돌리고
그분을 오롯이 바라보면서 가능한 한
그분의 빛을 깊이 꿰뚫도록 하라.   144

그러나 자신의 힘으로 오른다고 믿으면서

날개를 퍼덕이며 뒤로 물러나지 않으려면,
기도로써 은총을 불러일으켜야 한다.   147

너를 도울 힘을 가진 성모 마리아의 은총 말이다.
이제 경건한 마음을 다하여 나를 따르라.
너의 마음이 내 말에서 떨어지지 않도록 주의하라."

그리고 그는 거룩한 기도를 시작했다.   151

33곡

"동정녀 마리아, 당신의 아들의 딸이시여![1]
하느님의 영원한 계획으로 선택된,
모든 피조물들 중 가장 겸손하고 가장 높으신 분이여!　　3

당신은 인간의 본성을 고귀하게
하신 높은 분이시기에, 하느님께서는
스스로 인간이 되기를 꺼리지 않으셨습니다.　　6

당신의 배 속에서 따스함을 준 사랑이
다시 불타올랐으니, 그 따스함으로 이렇게 무량한
평화 속에서 꽃이 피어나고 있습니다.　　9

당신은 우리에게 한낮의 횃불이시며,
저 아래 세상에서는 영원한 희망의
살아 있는 샘이시옵니다.　　12

당신은 그렇게 위대하고 강하셔서
당신께 회귀하지 않고 은총을 구하려는 자는
날개 없이 날고자 하는 것과 같습니다.   15

당신의 친절은 그것을 구하는 사람에게만
오는 것이 아니며, 청하기 전에도
항상 먼저 몸소 달려오십니다.   18

당신 안에는 자비가, 당신 안에는 박애가 있습니다.
하느님의 창조된 것들 안에 있는
모든 선은 당신 안에 모여듭니다.   21

이 사람은 우주의 가장 깊은 구멍에서부터
여기까지 오르면서 영혼들의 삶을 하나하나
목격했습니다. 그가 힘을 얻기 위해   24

당신의 은총을 갈구하니,
마지막 축복을 향해 눈을
더 높이 올리도록 그에게 힘을 내려 주소서.   27

제 눈을 위해 불타오른 적이 없는 제가
그의 눈을 위해 불타오르기보다는
저의 온 기도를 바쳐 당신께 원하노니,   30

당신의 기도로 그의 필멸의 운명이 지닌

안개를 걷어 주시고 그의 눈앞에 즐거움의 극치께서
모습을 드러내도록 하시옵소서.　　　　　　　　　　　　33

거듭하여 기도하오니, 원하시는 모든 것을
이루시는 여왕께 또한 비는 것은, 그가 하느님을 뵙고
돌아가거든 애정을 굳건히 지키도록 해 주소서.　　　　36

그를 육신의 충동에서 지켜 주소서.
모든 복자들과 함께 베아트리체가 저의 기도를 위해
두 손을 꼭 맞잡고 기도하고 있음을 보소서."　　　　　39

하느님의 사랑과 존경을 받으신 두 눈²⁾이
기도하는 자에게 지긋이 향하니, 그 기도가
얼마나 값지고 진실한지 분명히 알 수 있었다.　　　　42

이어 그녀는 영원한 빛을 바라보았는데,
피조물로서 어떻게 그렇게 밝은 눈으로
예리하게 바라볼 수 있을까 참으로 믿기 어려웠다.　　45

이제 모든 인간의 염원의 끝에
접근하고 있던 나는 나의 불타는 소망을
높이 올리도록 모든 힘을 다 짜냈다.　　　　　　　　48

베르나르가 내게 미소를 보내
저 위를 바라보라고 했으나, 나는 이미

본능적으로 그가 내게 바라는 것을 하고 있었다.　　　51

나의 눈은 이제 더 맑아져 갔고,
스스로 진실한 저 드높은 빛줄기로
점점 더 파고들고 있었다.　　　54

그때부터 나의 봄[見]³⁾은 말함이 보여 주는 것보다
더 컸다. 말함은 그런 시각 앞에서는 실패한다.
기억은 그러한 한없음 앞에서 굴복한다.⁴⁾　　　57

마치 꿈을 꾸면서 뭔가를 보는 사람이
꿈에서 깨어나면 그 열정은 자국으로
남고, 나머지는 마음으로 돌아가지 않듯이,　　　60

내가 지금 그러하다. 비록 나의 눈은 흐릿하고
아무것도 보이지 않지만, 내 눈으로 본
그 달콤함은 가슴속에 아직도 방울진다.　　　63

그렇게 눈 위에 찍힌 표시들은
햇살에 희미해지고 잎사귀에 새긴
시빌라의 점괘는 바람에 날려 사라졌다.⁵⁾　　　66

아, 인간의 지성이 다다르지 못할
지고의 빛이시여! 당신의 조그만 부분이라도
내 마음에 다시 더하셔서　　　69

미래의 사람들에게 남길 수 있도록
당신의 영광의 단 한 순간 불티라도
포착할 정도의 힘을 나의 혀에 주소서.　　　　　72

그렇게 나의 정신에 잠시라도 돌아오고
나의 시에서 비슷하게나마 울리면
당신의 승리는 사람들에게 더 드러나는 까닭입니다.　　75

그때 살아 있는 햇살의 날카로운 찬란함을
견디어 냈건만, 나의 두 눈이 그에게서 벗어났더라면,
나는 길을 잃고 헤맸을 것이다.　　　　　78

지금 기억하면 그 햇살이 나에게
더 많은 힘을 주어 나의 시선에
무한한 가치를 연결할 수 있었던 것이다.　　　　81

감히 영원한 빛을 응시하도록 허락하신
풍요의 은총이시여! 저의 눈은 그 빛 속에서
저 가능성의 끝까지 도달했습니다.　　　　84

나는 그 깊숙한 곳에서 보았다.
우주의 조각조각 흩어진 것이
한 권의 책 속에 사랑으로 묶인 것을.[6]　　　　87

그 안에서 실체와 사건, 그리고 그들의 관계가

아우러져 있었다. 내가 지금 말하는 것은
단지 그 빛의 깜빡거림들일 뿐이다.   90

나는 이 매듭의 우주적 형식을 보았다고 생각한다.
지금 이렇게 말하는 동안 내 마음은
기쁨으로 뛰고 있음을 느끼기 때문이다.   93

아르고의 배 그림자가 넵튠의 얼을 뺀
저 사건이 있은 지 이천오백 년이 지났건만,
한순간이 그보다 더 긴 망각으로 나를 실어 간다.[7]   96

이렇게 나의 정신은 미동과 잡념 없는
깊은 응시에 온전히 잠겼다. 바라보면 바라볼수록
더 보고픈 열망이 불타올랐다.   99

그 빛 속에 그렇게 젖어들면 누구라도
눈을 돌리려는 생각은
아예 가능하지 않을 것이다.   102

의지의 목표인 선이 모두 거기에
모이기 때문이고, 그 외부에서는
완전이 곧 결핍이기 때문이다.   105

그러니 지금 기억하는 것들을 재현하는 나의 말은
어머니의 가슴에 혀를 적시는

어린애의 응얼거림보다 더 짧을 것이다.   108

내가 바라보던 살아 있는 빛 속에
유일한 얼굴 이상이 있어서가 아니다.
그 빛은 존재했던 대로 언제나 존재하신다.   111

그것은 내가 나의 시각을 통해 내 안을 바라보고
더 강해지면서, 그 유일한 모습이
내가 변하는 대로 변하는 것처럼 보였기 때문이다.[8]   114

그 숭고한 빛의 깊고 밝은
본질 속에서 세 개의 색을 지닌 세 개의
원들이 하나의 차원으로 내게 나타났다.   117

첫 번째 원은 다음 원을 무지개가 겹쳐
비추는 듯했고, 세 번째 원은 다른 두 원들에게서
똑같이 숨을 받은 불꽃과도 같았다.   120

아, 말이란 얼마나 약하며, 내 생각에 얼마나
미치지 못하는가! 내가 본 것이 그러하니 그저
'아무것도 아니다.'라고 말해야 하리라.   123

오로지 스스로 안에만 홀로 정좌하신
영원한 빛이시여! 당신 자신에게만 알려지고 당신만을
아시는 당신은 알고 알려지면서 사랑하고 빛을 내십니다. 126

그렇게 발원하여 당신 안에 비추어진
빛으로 나타난 그 원을 나의 눈이 잠시
집중하여 바라보았을 때,   129

자체의 내부에서, 자체대로 물들여진 그것은
우리의 모습으로 그려진 듯했으니, 나의 눈은
그 모습에 온전히 고정되었습니다.   132

고심하며 원을 측량하려는 기하학자가
담겨진 원리를 발견하지는 못하고 다만
자기가 할 수 있는 대로 생각하듯이,   135

나도 그 새로운 시야에 그러했다. 나는
우리의 모습이 그 원에 어떻게 들어맞았는지,
거기서 어떻게 자리를 잡았는지 보고 싶었다.   138

내 날개는 거기에 오르기에는 너무 약했지만,
내 정신은 그 광휘로 깨어나
원했던 것을 마침내 이루었다.   141

여기서 나의 환상은 힘을 잃었다. 하지만
내 소망과 의지는 이미, 일정하게
돌아가는 바퀴처럼, 태양과 다른 별들을

움직이시는 사랑이 이끌고 있었다.[9]   145

옮긴이 주

• 1곡 •

1) 3월 31일 수요일, 정오가 조금 지난 시각.

2) 엠피레오.

3) 파르나소스에는 니사와 치르라라는 두 개의 봉우리가 있는데, 각각 아홉 뮤즈들과 아폴론이 살고 있다. 지금까지는 뮤즈들의 영감으로 지옥과 연옥을 재현했으나 천국의 재현을 위해서는 시의 신이면서 태양의 신인 아폴론까지 필요하다는 의미다. 아폴론은 시의 신이면서 태양의 신이다. 말하자면 문학과 신학에 걸친 존재다. 단테는 자기에게 주어진 임무를 완수하기 위해 최고의 존재에서 나올 영감을 구하고 있다.

4) 상체는 사람, 하체는 산양의 몸을 지닌 신화 속의 존재로, 아폴론이 산 채로 가죽을 벗겨 죽였다.

5) 월계수. 승리와 성취의 상징이다.

6) 아폴론.

7) 강의 신 페네오스의 딸 다프네는 아폴론의 끈질긴 구애를 견디지 못하고 아버지에게 자기를 월계수로 바꿔 달라고 부탁했고 아폴론은 그녀를 잊지 못해 월계관을 지니고 다녔다고 한다.

8) 파르나소스 산에 있는 봉우리 중 하나.

9) 지옥과 연옥에서 그랬듯이, 단테는 천국의 여행 시기를 제시한다. (「지옥편」 1곡 주 8) 참조) 여기서 여행 시기를 표현하는 방식은 좀 더 구체적이다. 일 년 중 태양("등불")은 하늘의 지평선 여러 곳에서 떠오른다. "네 개의 원이 세 개의 십자가로 교차하는 곳"은 이분경선, 천구의 지평선, 천구의 적도, 황도가 교차하며 세 개의 십자로를 형성하는 지점으로, 춘분 혹은 추분(밤낮의 길이가 같은 날)에 해가 뜨는 곳을 가리킨다. 이 지점에서 태양은 양자리(3월 21일에서 4월 20일까지)에 위치하게 되는데, 이는 하느님이 우주를 창조한 때(「지옥편」 1곡)이며 그리스도의 잉태와 부활이 이루어진 때다. 혹자는 네 개의 원은 각각 분별, 용기, 절제, 정의를, 세 개의 십자가는 각각 믿음, 소망, 은총을 가리킨다고 보았다. 태양이 춘분에 이를 때 모든 덕성이 한곳에 모이니 "세상의 초를 따뜻하게 데워 제 모양에 더 가까이 인장을 찍는다." 즉 세상에 가장 은혜로운 힘을 내린다. 순례자가 천국을 여행하는 이상적인 시간이다. 십자가와 삼위일체가 현현되는 전체 주기가 태양과 그 빛이 구원을 상징하듯, 구원을 향한 순례자의 소망이 가장 큰 화답을 얻는 때다.

10) "저기"는 정죄산과 지상 낙원이 있는 지구의 남반구를, "여기"는 단테가 돌아와 『신곡』을 쓰는 이 세상을 가리킨다. 전자에서 순례자는 에우노에 강물을 마시고 하느님의 빛과 하나가 되지만, 이 세상에 돌아와서는 무지와 죄에 둘러싸여 그곳의 행복을 기억하고 있다. 그들 각각이 "아침"과 "저녁"으로 표상되는 것은 자연스러운 일이다. 순례자는 지옥 여행을 저녁에 시작하고 연옥은 새벽에, 그리고 천국 여행은 정오에 시작한다.

11) 저도 모르는 새에 순례자는 지상 낙원에서 떠올라 지구를 둘러싼 공기의 하늘을 거쳐 불의 하늘로 접근하고 있다. 순례자는 태양을 향해 오르는 동안 점점 더 밝게 빛나는 빛에 둘러싸인다. 마치 또 다른 태양이 비추는 것처럼. 이제 순례자는 하느님의 은총을 받는 궤도에 몸을 실었다.

12) 순례자는 아직 태양을 바라보고 있는 베아트리체를 보며 마법의 약초를 먹고 바다의 신으로 변한 어부 글라우코스를 떠올리고 자기도 변신하고 있음을 느낀다.

13) 천국에 들어가기 위해서는 신성을 지녀야 하므로 필멸의 몸으로 천국에 들어갈 수 없는 순례자는 천국의 계단을 오르며 하느님의 사랑을 이해하고 초인이 되어 간다. 이 변신은 천국에 들어서는 준비 단계와 같은 것이다.

14) 순례자는 변신의 여러 예들을 들어 보이며 스스로의 변신을 준비하고 있다. 앞서 월계수로 변한 다프네, 바다의 신이 된 글라우코스, 그리고 뒤(『천국편』 2곡)에 나올 이아손은 순례자가 인성을 초월하는 여러 측면들을 비춰 준다. 순례자의 순화는 이미 지상 낙원에서 이루어졌다. 지금 새로운 상태에서 그는 하느님의 사랑을 완전히 이해하는 단계에 다다르기 위한 준비를 하고 있다. 그는 이미 필멸자의 한계를 넘어섰으며, 나머지 여행이 필멸자의 지성의 눈을 초월하는 초인의 지각으로 이루어질 것임을 예고한다. 단, 그러한 신성화는 "하느님의 은총으로 경험"된다. 그 전까지는 글라우코스의 예에 기대서만 자신의 놀라운 모험을 어림할 뿐이다.

15) 스타티우스가 설명한 대로(『연옥편』 25곡), 하느님은 모든 것을 창조한 후에 육체에 영혼을 불어넣으셨다. 인성의 초월을 자세히 설명할 수 없는 순례자는 천국에 자기 육체과 영혼이 모두 올라갔는지 육체만 올라갔는지 혼란스러워한다. 이에 대해서는 작가 단테 스스로도 확실하게 언급하지 않는다. 그는, 자기 육신이 천국에 올랐는지를 드러내지 않은 성 베드로처럼 교묘히 회피하고 있다. 다만 하느님의 은총으로 그가 천국에 다가가는 동안 놀라운 변신을 하고 있다는 것만 알 뿐이다.

16) 번개는 불의 하늘에서 출발하여 지상에 닿는다. 그 속도보다 더 빠르게 순례자는 자기 영혼이 발원한 천국으로 오르고 있다. 번개의 고향과 단테의 영혼의 고향이 서로 역전된 비유를 이룬다.

17) 지구를 둘러싼 공기의 하늘과 불의 하늘을 가리킨다.

18) 하느님의 우주 작용에 대한 베아트리체의 강의가 끝난 지금, 더 이상의 문제는 없다. 순례자가 그녀와 함께 천국으로 오르는 것은 이제 자연스럽다. 이 모든 것은 베아트리체가 천국으로 가는 길을 바라보는 이 한 문장에 담겨 있다. 이 문장의 서술의 틀은 이어지는 2곡의 처음 부분으로까지 연장된다. 베아트리체는 같은 자세를 유지하고 순례자도 또한 베아트리체를 계속 보고 있다. 두 인물의 동작이 멈춘 시간을 채우는 것은 『신곡』 전체에서 극히 드물게 일어나는, 독자에게 하는 작가의 말이다.

• 2곡 •

1) "영웅들"은 콜키스에서 황금 양털을 얻으려 이아손과 함께 항해한 선원들을 가리킨다. 이아손이 황금 양털을 손에 넣기 전에 해야 했던 일들 중의 하나는 쇠로 된 뿔과 청동 다리를 가진, 불을 내뿜는 두 마리 소를 부려 밭을 갈고 거기에 뱀의 이를 뿌려 군사를 키우는 것이었다.(『변신 이야기』 vii, 104~122) 황금 양털을 얻기 위한 이아손의 노력에 영웅들이 놀랐던 것보다 천국에서 "양털"을 얻으려는 자신의 여행이 독자들을 더 놀라게 할 것이라고 단테는 말한다.

2) 달.

3) 이탈리아 사람들은, 하느님께서 카인을 달에 보내 가시덤불을 지고 다니게 했는데, 그 덤불이 달 표면의 검은 자국처럼 보인다고 말한다.

4) 순례자는 달의 농도가 높은 부분은 햇빛을 많이 반사하여 밝게 보이고 농도가 낮은 부분은 햇빛이 그냥 통과해서 빛을 반사하지 않기 때문에 검게 보인다고 생각하고 있다. 단테는 같은 견해를 『향연』(II, xiii, 9)에서도 표명했다. 이어지는 베아트리체의 말을 통해 단테는 달의 자국에 대한 발전된 이론을 개진한다.

5) 별.

6) 단테의 시대에 책은 동물의 가죽에서 나온 피지로 만들어졌다. 가죽이 종이 구실을 할 정도로 다듬어진 뒤에도 털이 있던 면과 속살이 닿았던

부분은 결이나 밝기, 색상 등에서 차이가 났다.

7) 베아트리체는 이 비유를 통해 하느님의 덕은 어디서나 차이를 두지 않고 한결같지만, 그것을 받아들이는 별과의 관계에 따라 더 강하거나 약하게 될 수 있다고 말한다.

8) 정화천("가장 높은 하늘")은 원동천("몸체")을 품고 있는데, 원동천은 정화천의 힘을 받아서 다음 하늘(항성천)을 움직인다.

9) 원동천에서 나온 정화천의 힘이 여러 별들("본질들")을 통해 다음 하늘들로 퍼져 나간다.

10) 베아트리체는 긴 설명을 마친다. 하늘의 모든 존재들은 하느님 안에서 차이가 없지만, 여덟 번째 하늘을 통해 내려오는 하느님의 빛을 반사하는 정도에 따라 다르게 나타난다. 이 빛이 축복받은 몸과 만날 때, "행복이 살아 있는 눈을 통해 빛을 내"듯이, 특별한 방식으로 그 몸과 섞인다. 영혼이 몸에 그 힘을 배분할 때 그를 받아들이는 몸의 각 부분과 기능에 따라 다르게 나누듯, 하느님의 무차별한 힘도 별들에 내재한 특성에 따라 달라질 수 있다. 이로써 모든 별은 자체의 개별 특성에 따라 빛을 발한다. 그래서 모든 별은 빛을 받으면서 주는 것이다. 달의 예처럼 빛은 하늘마다, 별들마다 달라진다. 달의 검은 자국은, 단테가 감각으로 추정한 것과 달리, 농도의 차이 때문에 생긴 것이 아니다. 즉 하늘들을 통해 전달된 것은 하나의 특성이 아니라 여러 가지의 '섞임'이다. 이 섞임에 따라 달에 어둡고 환한 부분이 만들어진다. 이런 논의는 「천국편」의 처음 구절을 떠올리게 한다. "모든 것을 움직이시는 그분의 영광은 온 우주를 가로지르며 빛나지만, 어떤 부분에서는 더하고 어떤 부분에서는 덜하다." 천국은 빛에서 시작하여 빛으로 끝난다.

• 3곡 •

1) 3월 31일 수요일, 오후 1시에서 3시 사이.

2) 베아트리체.

3) 나르키소스는 샘에 비친 자신의 허상을 실체로 알고 사랑에 빠졌으나, 순례자는 반대로 실체를 두고 허상으로 착각하고 있다.

4) 달의 하늘에 사는 이들은 하느님께 서원을 했다가 어기거나 무시한 영혼들이다. 달의 하늘이 하느님이 계시는 엠피레오에서 가장 멀고 지구에서

가장 가까운 것처럼, 그들은 천국의 위계에서 가장 낮은 등급을 누린다. 따라서 달의 하늘은 가변성의 상징이다. 순례자가 소개받는 영혼들은 수녀원을 떠나 정략 결혼의 희생자가 된 수녀들이지만, 일반적으로 가변적인 사람 모두를 포함한다.

5) 피카르다 도나티. 단테의 아내의 친척이며 단테의 친구 포레세의 동생(「연옥편」 23곡)이자, 단테를 추방하는 데 일조한 장군 코르소 도나티의 동생이다.(「연옥편」 24곡 주 17) 참조) 그녀의 얼굴은 지복의 기쁨으로 변화되어 순례자는 처음에 알아보지 못한다.

6) 두 개의 해석이 가능하다. 첫째, 이 순간의 피카르다의 행복은 처음에 사랑에 빠졌던 여자의 행복과 같다는 것. 둘째, 그 행복은 하느님의 빛으로 타오를 만큼 강하다는 것. 아마 단테는 이 둘, 혹은 그 이상의 의미를 담아 일부러 모호하게 표현한 듯하다.

7) 키아라 쉬피(1194~1253년)를 가리킨다. 그녀는 1212년 성 프란체스코와 함께 여성을 위한 최초의 프란체스코 수도원을 세웠던, 부와 미를 겸비한 귀족이었다. 이 교단은 1247년 그레고리우스 9세가 공인했고, 키아라 쉬피는 1255년 교황 알렉산드로스 4세가 성인으로 추앙하여 산타 클라라라는 이름을 헌정했다. 그 교단은 엄격하기로 정평이 나 있다.

8) 페데리코 1세의 아들 하인리히 6세와 결혼하여 페데리코 2세를 낳은 황후. 한때 수녀였으나 하인리히 6세와 결혼하도록 강요받았다고 알려졌다.

9) 단테가 슈바벤의 세 왕을 "돌풍"이라고 표현한 것은 그들의 통치가 거세고 단명했기 때문일 것이다. 첫 번째는 페데리코 1세 바르바로사(시아버지), 두 번째는 하인리히 6세(남편), 세 번째는 아들 페데리코 2세를 가리킨다. 단테는 페데리코 2세가 로마의 마지막 황제였다고 생각했다.(『향연』 IV, iii, 6)

• 4곡 •

1) 「다니엘」(2:1~46)에 쓰인 대로, 다니엘은 느부갓네살을 괴롭힌 꿈을 정리하고 해몽했다. 그것은 바빌론의 어느 현자도 하지 못한 일이었다. 다니엘의 해몽을 듣기 전에 느부갓네살은 현자들의 무능력에 분노하여 그들을 사형에 처하라고 명령했고, 다니엘은 그를 달랬다. 다니엘이 느부갓네살의 뒤엉킨 꿈을 정리하고 해설했던 것처럼, 베아트리체도 순례자를 혼

란스럽게 하는 두 개의 의문을 분별하고 설명한다.

2) 피카르다가 영원히 서원을 지키고자 했다면, 그녀를 결혼시키려는 오빠의 강요에도 불구하고 그녀의 공덕은 깎이지 않아야 하는 것이 아닌가? 순례자를 일인칭 단수로 놓고 순례자의 질문을 정리하는 것이 흥미롭다.

3) 플라톤의 『티마이오스』에 나오는, 영혼이 죽으면 그 영혼이 왔던 별로 돌아간다는 생각에 대한 혼란이다. 플라톤의 생각은 창조주의 역할을 자유의지의 부여로 보는 그리스도교 교리와 대치되었다. 6세기에 콘스탄티노플 공의회는 플라톤 학설과 유사한 수많은 이론들을 이단으로 규정하고 모든 영혼은 육신의 탄생과 함께 하느님이 창조하셨다고 선언했다. 이 두 번째 의문은 이런 중대한 신학적 오류를 지니기 때문에 더 해롭다고 베아트리체는 말한다. 베아트리체는 복자의 영혼들이 죽음 이후에 거하는 천국은 오직 하나라고 설명한다. 이 단일한 천국 안에서 영혼들은 서로 다른 단계 혹은 상태에 처한다. 그것은 별이나 하늘이 자의적으로 영혼들에 배정되었기 때문에 혹은 영혼들이 어떤 구체적인 별에서 왔기 때문이 아니라, 다양한 하늘들이라는 개념이 영혼들에 깃든 다양한 정도의 축복됨을 상징하는 것이기 때문이다.

4) 플라톤의 대화록 『티마이오스』에 등장하는 대화자의 이름.

5) 단테는 「연옥편」(25곡)에서 영혼의 기원에 대한 이론을 펼쳤는데, 이는 알베르투스 마그누스의 『영혼의 본질과 기원에 대하여(De natura et origine animae)』에서 따온 것이다. 영혼이 자기 별로 돌아간다는 플라톤의 이론도 『티마이오스』에서 직접 가져온 것이 아니라 알베르투스의 저서에서 온 것이다. 단테는 『향연』(IV, xxi, 2~3)에서 이렇게 주장한다. "플라톤은 영혼들이 별에서 나왔다고 생각했다. 그의 의견은 완전히 올바르다고 할 수 있다." 위의 본문에서 이어지는 구절들과 같은 주장인데, 이로써 단테가 플라톤의 이론과 정통 그리스도교 교리의 조화 가능성을 재확인하는 것으로 볼 수 있다.

6) 피카르다 수녀와 코스탄차 수녀.

7) 라우렌티우스는 교황 섹스투스 2세가 자신에게 맡긴 교회 보물을 은닉한 장소를 밝히지 않아 258년 뜨거운 철판 위에서 순교했다. 그는 병들고 가난한 사람들이 교회의 진정한 "보물"이라고 주장했다. 몸이 구워지면서도 그는 보물의 행방을 밝히지 않았고, 다른 면도 잘 구워지도록 몸을 뒤집으라고 말하며 고문관들을 조롱했다고 한다. 무키우스는 기원전 6세기 말 에트루리아가 로마를 점령하던 때에 에트루리아의 왕이었던 포르세나

를 암살하려 했던 로마 시민이었다. 그는 잘못해서 왕의 호위병을 찔렀고 화형을 언도받았다. 그러자 그는 자신의 잘못이 오른손에 있다고 하며 옆에 있던 불에 손을 찔러 넣고 태연스레 견뎠다. 포르세나는 그의 용기에 감동을 받아 살려 주었다고 한다. 단테는 『향연』과 『제정론』에서도 같은 애기를 인용한다.

8) 하느님.

9) 알크마이온에 대해서는, 「연옥편」12곡 49~51의 주 12) 참조. 여기서 알크마이온의 행위는 '절대 의지'가 아니라 '조건 의지'의 예로 볼 수 있다. 절대 의지는 나쁜 일을 결코 허용하지 않는 반면, 조건 의지는 상황에 따라 허용할 수도 있는, 즉 하지 않으면 더 큰 위험에 빠질 수 있다는 두려움 때문에 악한 일을 저지르는 의지를 말한다.

• 5곡 •

1) 천국의 여러 하늘을 오르는 동안 베아트리체는 더욱더 아름다워지고 빛을 낸다. 베아트리체에게서 나오는 빛의 밝기는 그녀의 기쁨이 커지는 만큼 높아진다. 베아트리체는 사랑으로 빛을 내는데, 이 사랑은 지상의 감정과 전혀 관계없는 완전한 시각에서 나오는 사랑이다. 그런 시각을 지닌 영혼은 자연스럽게 그것이 지각하는 선("완전한 시각")으로 기울어진다. 순례자는 인간의 시각을 잃는 대신에 완전한 시각을 이루어 나가고, 베아트리체는 그런 순례자를 바라보며 사랑의 열기를 더 뜨겁게 달군다. 결국 베아트리체는 순례자를 하느님에게 인도하고 그렇게 하느님에게 나아가는 순례자를 보면서 스스로의 사랑을 키우는 것이다. 베아트리체의 사랑은 완전한 선에서 나온다. 「지옥편」1곡에서 밝혔듯이, 단테가 이 여행 전체를 시작하기로 결심하는 동기도 바로 선을 보여 주기 위해서였다. 따라서 베아트리체의 빛은 선을 이해하고 선에 참가하는 그녀의 능력의 결과다. 순례자의 눈이 어쩔해진 것은 그녀의 빛 때문이었다.

2) 여행이 진행되면서 하느님을 알고 이해하는 순례자의 힘이 자라난다. "영원한 빛"은 하느님의 빛으로, 순례자의 영혼에 사랑과 정신적 계몽을 북돋우고 있다.

3) 작가로서의 단테는 『신곡』에서 시제와 인칭의 균형을 계속해서 조절하고 있다. 작가 단테는 이미 일어난 사건을 쓰고 있는 한편, 등장인물 단테

는 현재적 시점에서 움직이고 있음을 상기시킨다. 즉 작가 단테는 현재에서 과거를 다루고 등장인물 단테는 과거에서 현재로 존재하는 것이다. 이 구절에서 단테는 분리된 그 두 시간대를 절묘하게 결합한다. 지금 베아트리체는 등장인물 단테에게 뭔가를 말하면서 그와 함께 여행하는 동반자로 제시되지만(지금까지 그래 왔지만), 바로 이 구절에서 그녀는 그 여행에서 걸어 나와 작가 단테와 함께 『신곡』을 구성하는 존재로도 제시된다. 한편 단테는 위 문장에서 "이 곡(questo canto)"이라고 말하고, 이 곡의 마지막 구절에서 "다음 곡(seguente canto)"이라고 말하면서 작가의 존재감을 강하게 드러낸다. 이 구절은 과잉된 것으로 볼 수 있지만, 나는 『신곡』의 또 다른 묘미를 보여 주는 핵심 구절이라고 생각한다. 그것은 작가 단테와 등장인물 단테, 그리고 독자들에게 깃드는 단테와 같은 단테의 여러 얼굴들을 추정하면서 『신곡』의 여러 측면들을 살펴보는 효과를 가져온다.

4) 베아트리체는 하느님과 맺은 계약을 어긴 인간은 그에 대해 다른 어떤 것으로도 보상할 수 없다고 말한다. 왜냐하면 그 계약을 맺을 때 인간은 자신의 자유의지를 포기하기 때문이다. 의지의 자유가 인간에게 주는 하느님의 가장 큰 선물이듯이, 인간이 자기 의지의 방향을 하느님께 향하는 것은 인간이 하느님께 바치는 가장 큰 선물이다. 따라서 인간이 자기 서원과 자기 봉헌물을 파기하고 그에 따라 자기 의지로 하느님께 나아가는 능력을 상실할 때, 인간은 그가 하느님께 바쳐야 하는 가장 큰 선물을 철회하게 된다. 더욱이, 하느님께 완전히 헌신하는 것보다 더 높은 인간 의지의 목적은 없기 때문에, 인간이 하느님께 바쳤던 선물을 거둬들인 이상, 그 선물은 아무런 쓸모가 없게 된다. 즉 이미 버린 것을 잘 쓸 수도 없고 어쩌다 얻은 것으로 좋은 일을 할 수도 없는 것이다.

5) 바로 앞에서 베아트리체는 하느님과 맺은 서원을 지키지 않은 인간은 다른 어떤 것으로도 보상할 수 없고, 다만 인간과 하느님의 온전한 관계가 깨지고 인간의 자유의지도 상실된다고 했으나, 이 구절에서는 교회는 어떤 경우에 서원을 깰 수도 있다고 말한다.

6) 여기서 "봉헌"은 서원의 의식을 가리킨다. 서원을 하면서 하느님께 자유의지를 바치는 의식에는 두 가지가 포함된다. "하나"는 서원자가 성취하겠다고 약속하는 서원의 내용(예로, 순결, 금욕, 청빈 등)이며, "다른 하나"는 서원자가 자유의지를 포기하고 하느님과의 믿음을 지키겠다고 서약하는 서원의 본질이다.

7) 개인이 하느님과 맺은 계약의 사실과 이 계약에 수반되는 의지의 방향은

서원의 맥락에서 바뀔 수 없지만, 계약의 내용, 즉 그 약속된 것 자체는 계약을 무효화하지 않고도 개인이 바꿀 수 있다. 그러나 하나를 다른 것으로 대체할 수 없고 사제의 권위를 통해 보정을 얻어야 한다. 여기서 "하얀" 혹은 은 열쇠는 서원에서 벗어나려는 소망의 정당성을 판단하는 사제의 능력을, "노란" 혹은 금 열쇠는 그 벗어나는 행위를 실행시키는 힘을 상징한다.(「연옥편」 9곡)

8) 약속된 것, 서원의 내용은 더 쉽게 완수할 수 있는 것으로 대체될 수 없다. 새로운 것은 이전의 것을 담고 그보다 더 많은 것을 담아야 한다. 그러나 어떤 서원에서는 그 내용이 너무 고도의 것이어서, 대체가 불가능하다. 이것이 피카르다와 코스탄차의 경우다. 베아트리체의 지적대로, 그런 종교적 서원에서 선물로 주어지는 자유의지는 그 무엇도 대신할 수 없는, 그런 것이다.

9) 이스라엘의 판관 입다(기원전 1143~1137년)는 전쟁에서 이기면 집으로 돌아오는 길에 만난 첫 번째 생물을 하느님께 바치겠다고 맹세했다. 그가 만난 것은 자신의 딸이었다.(「판관기」 11: 30~40)

10) 아가멤논. 그는 디아나 여신이 총애하던 사슴을 죽여 여신의 분노를 샀다. 여신은 폭풍을 일으켜 아가멤논의 군대가 트로이로 출정할 수 없게 했다. 예언자는 아가멤논의 딸 이피게네이아를 제물로 바쳐 여신을 달래야 한다고 조언했다. 고심 끝에 그는 딸을 죽여 순풍을 얻었거나(아이스킬로스의 『오레스테이아』) 죽일 준비를 하던 중 기적적으로 사슴이 제단에 대신 올랐다.(에우리피데스의 『이피게네이아』)

11) 일반적으로 종교 교단들의 탐욕을 가리키거나, 특히 얼마의 돈을 받고 사람들을 서원에서 풀어 주었던 성 안토니오 교단을 가리킨다. 베아트리체는 나중에(「천국편」 29곡) 이 주제로 돌아온다.

12) 유대인은 쉽게 면죄하는 길을 찾는 그리스도교인을 조롱한다. 유대인은 오직 구약이 인도하는 대로 그들의 서원을 지키고 있기 때문이다.

13) 수성의 하늘.

14) 수성.

15) 수성의 하늘에 있는 영혼들. 이들을 하느님처럼 생각하라는 말은 신성 모독처럼 들리지만, 하느님의 진실에 참여하는 복자의 영혼은 하느님을 닮기 때문에 그리스도교 교리에 부합한다.

16) 복자들의 환희는 그 빛의 성격에서 표명된다. 빛이 강할수록 그들의 사랑도 강하며, 그에 따라 기쁨도 더 크다. 단테는 복자의 형상을 보지 못하

며 대신 그들의 빛나는 눈만 볼 수 있다. 그래서 그의 눈에는 복자가 자체의 빛 속에서 환희에 젖어 스스로를 안으로 감추는 것처럼 보이는 것이다.

• 6곡 •

1) 콘스탄티누스(288~337년) 황제는 312년 그리스도교로 개종했다고 하지만, 세례를 받은 것은 337년 죽기 바로 전이었다. 324년 그는 로마제국의 수도를 비잔티움으로 옮겼고, 도시 이름을 콘스탄티노플로 개명했으며, 330년 새로운 그리스도교 로마제국으로 공식화했다. 독수리로 표현된 로마제국은 과거에 창건될 당시 트로이에서 이탈리아 반도로 건너와 라비니아와 결혼하여 로마를 세운 아이네이아스("옛사람")가 "하늘의 길," 즉 태양의 방향대로 서쪽으로 향했던 것과 반대로 이제 동쪽으로 방향을 바꾸어 터를 옮겼다. "카이사르"는 로마 황제의 상징이다. 유스티니아누스는 527년 황제가 되어 이탈리아의 재정복에 나섰으니, 약 이백 년 동안 로마는 콘스탄티노플에 머문 셈이다.
2) 유스티니아누스 황제는 그리스도가 단 하나의 본성, 즉 신성만 지녔다고 믿었지만 아가페투스 교황은 교리에 따라 그리스도가 신성과 인성을 함께 가진다는 "말씀"으로 유스티니아누스를 참다운 신앙의 길로 나아가게 했다. 그 두 본성은 적어도 아리스토텔레스 논리학에서 보기에 분명 서로 양립할 수 없지만, 신앙의 차원에서 볼 때는 전혀 문제가 없다. 유스티니아누스 황제는 이렇게 진정한 신앙을 확립하고("교회와 더불어 발길을 옮기자"), 로마 법전을 정비하기 시작했다.
3) 단테는 유스티니아누스의 입을 빌려, 로마제국("신성한 상징", 즉 독수리)의 정통성을 주장하는 기벨리니파와 그를 거부하면서 교황권을 옹호하는 궬피 파가 서로 충돌하고 있지만, 이들이 내세우는 이유가 뒤이어 나오는 아이네이아스("그")의 "덕"에 비해 얼마나 치졸하고 불경한 것인지 강조한다.
4) 팔라스는 현재 로마의 자리인 라티움에 왕국을 건설했던 그리스인 에우안드로스의 아들이다. 그들은 아이네이아스와 함께 투르누스에 맞서 싸워 승리를 거두지만, 팔라스는 전사한다. 따라서 팔라스는 미래의 로마제국의 승리를 위한 희생자의 최초의 상징이다.
5) 아이네이아스가 죽자 그의 아들 아스카니우스는 왕국을 알바 롱가로 옮

긴다. 거기서 아이네이아스의 가문은 삼백 년 이상 지속되었으며, 나중에 툴루스 호스틸리우스(기원전 670~638년) 치하에서 알바의 쿠라티이 삼 형제는 로마의 명문 호라티우스 삼 형제와 로마의 위치를 놓고 싸운다. 그 와중에 호라티우스의 두 형제가 죽지만, 남은 하나가 쿠라티이 형제들을 무찌른다. 결국 알바 롱가는 몰락하며, 제국은 로마에서 건설된다.

6) 사비니는 중부 이탈리아에 살았던 고대 종족으로, 로물루스가 로마를 세운 뒤 남자가 모자라자 이 종족의 여자들을 납치해 왔다. 로물루스가 성공적으로 로마를 기초한 이래 일곱 왕이 주위의 땅을 정복하면서 계속해서 로마를 번영시켰다. 그 마지막 왕 타르퀴니우스 수페르부스의 아들 섹스투스는 형수 루크레티아를 겁탈하여 자살하게 만들었다. 로마인들은 섹스투스를 축출했고 기원전 510년 공화국을 세웠다.(「지옥편」 4곡 127~129)

7) 공화정 시대 동안 거둔 수많은 승리들을 가리킨다. 브렌누스는 골족의 지배자였는데, 기원전 390년 로마에 패배했다. 피루스는 에피루스의 왕으로, 로마에 맞서던 그리스인들을 돕다가 기원전 275년 패하면서 죽었다. "겨루다"는 말을 세 번 반복하면서 단테는 로마의 거칠 것 없는 승리의 역사를 강조하고 있다.

8) 이 넷은 모두 로마의 영웅들이다.

9) 여기서 말하는 "아랍인"은 카르타고 사람들이다. 단테 시절에 카르타고는 아랍인들이 점령하고 있었다. 카르타고의 장군 한니발(기원전 247~183?년)은 2차 포에니 전쟁을 치르던 기원전 218에 알프스를 넘어서 이탈리아로 진입해 이어 사 년 동안 승리를 거두고 난 뒤, 아프리카로 돌아갔다. 이후 기원전 202년에 벌어진 아프리카 자마 전투에서 스키피오에게 패했다.

10) 스키피오와 폼페이우스는 둘 다 젊은 시절에 전쟁 영웅으로 떠올랐다. "저 언덕"은 피렌체를 굽어보는 피에솔레 언덕을 가리킨다. 그 언덕에 로마에 반역한 카틸리나가 숨어 있었는데, 키케로가 집정관 시절(기원전 62년) 그를 진압하기 위해 보낸 군대를 폼페이우스가 지휘했다고 한다. 그런 상황에서 "신성한 상징"은 피에솔레에게 쓴 기억으로 남아 있다.

11) 프랑스 남부의 강.

12) 프랑스의 강들이다.

13) 위의 강들이 흘러서 모인 강으로, 프랑스의 동남부에서 지중해로 흘러드는 강. 카이사르가 갈리아 전쟁에 참가할 때, 동으로는 바로 강이, 북으

로는 라인 강이 갈리아를 가두고 있었다.

14) 카이사르 시대에 북부 이탈리아의 작은 강이었던 루비콘은 이탈리아와 알프스 남쪽에 거주한 갈리아의 경계를 이루었다. 기원전 49년 카이사르는 원로원의 허가를 받지 않은 채 그 강을 건너 라벤나에서 리미니로 이동하면서 폼페이우스에 대항하는 내전에 참가했다.

15) 기원전 49년에 카이사르는 폼페이우스의 군대를 스페인에서 무찔렀다. 이듬해에 그는 아드리아 해에 면한 디라키움에서 폼페이우스와 싸웠고, 마침내 그리스의 파르살루스에서 완파했다. 이집트로 달아난 폼페이우스는 프톨레마이오스에 의해 살해되었다.

16) 안탄드로스는 트로이 근처의 해안 도시이며, 시모이스는 그 근처를 흐르는 강이다. 트로이에는 트로이 전쟁의 영웅 헥토르의 무덤이 있다. 로마("그")는 아이네이아스가 안탄드로스에서 배를 타고 이탈리아 반도로 건너와서 세웠으니, 그곳까지 세력을 넓힌 것은 제 고향을 다시 방문한 셈이다. 이집트의 왕 프톨레마이오스 7세(기원전 51~47년 재위)는 동생 클레오파트라와 함께 아버지에게서 이집트를 물려받았으나, 삼 년 후 클레오파트라는 권력에서 밀려났다. 그녀는 카이사르의 도움으로 오빠를 다시 밀어냈다. 프톨레마이오스는 도망치던 중 익사했다.

17) 카이사르의 뒤를 이은 황제는 아우구스투스였다. 그는 기원전 43년 모데나에서 안토니우스를 굴복시키고 그와 동맹을 맺었다. 이듬해에 두 사람은 카이사르의 암살자 브루투스와 카시우스(「지옥편」 34곡 64~67)를 물리치고 또 다음 해에는 안토니우스의 형제인 루키우스를 페루자에서 격파했다.

18) 카이사르가 죽은 뒤 얼마 되지 않아 클레오파트라는 안토니우스를 만나 연인이 되었다. 안토니우스가 악티움에서 아우구스투스에 패배하자(기원전 31년), 클레오파트라는 알렉산드리아로 도망갔다. 그러나 그녀가 죽었다는 잘못된 보고를 받고 안토니우스가 자결하고, 그녀 역시 아우구스투스의 군대에 잡히지 않으려고 곧바로 자살했다.

19) 로마에 있는 야누스 신전은 전시에는 열리고 평시에는 닫힌다고 한다.

20) 티베리우스 황제를 가리킨다. 카이사르와 아우구스투스, 그리고 티베리우스로 이어지기에 세 번째 카이사르라고 표현했다. 그의 치하에서 예수 그리스도가 태어나고 죽었다.

21) 티투스 황제(기원후 79~81년 재위)는 왕자였던 시절(기원후 70년) 예루살렘을 파괴했다. 단테는 티투스가 예루살렘을 파괴한 것이 그리스도의

죽음을 복수한 것이라고 보았다.
22) 단테는 칠백 년의 세월을 건너뛴다. 샤를 마뉴는 롬바르디아의 왕 데시데리우스("롬바르디아의 이빨")가 교회를 공격하자 이에 맞서서 교회를 옹호하며 그를 폐위시켰다.(774년) 단테는 샤를 마뉴를 고대 로마 전통의 계승자로 보았다. 여기서 "이빨"은 성서적 표현이다.(「시편」3: 8, 56: 5, 123: 6) 샤를 마뉴에 대해서는 「천국편」18곡 43 참조.
23) 궬피는 프랑스("노란 백합")를 지지하여 로마("만인의 상징")에 대치하였고, 기벨리니는 제국의 상징 독수리가 보편적인 권위의 상징임에도 불구하고 자기 당의 상징으로 삼았다.
24) "새로운 샤를"은 궬피 당을 이끌었던 나폴리의 왕 샤를 앙주를 가리킨다. 궬피 당은 제국을 지지한 기벨리니 당에 반대하여 교회를 지지했다. 샤를 앙주는 순례자가 금성의 하늘(8곡)에서 만날 샤를 마르텔의 아버지였다. 단테는 로마("그 상징")를 훼손하지 말고, 강력한 영주("사자")들을 장악한 로마의 정통성("발톱")을 두려워할 것을 샤를 앙주에게 권하고 있다.
25) 이 구절은 샤를 앙주의 아들 샤를 마르텔의 불행에 관련된다. 8곡에서 길게 언급된다.
26) 수성.
27) 로메오 빌뇌브(1170~1250년)에 관련된 이 일화를 단테는 빌라니의 『연대기』에 기록된 전설에서 따오고 있다. 궁색하게 떠돌던 로메오는 프로방스의 백작 라몬 베렝게르 4세의 궁정에 들어와 총애를 받으며 그의 딸들(막내인 베아트리스는 샤를 앙주와 결혼했다.)의 결혼을 주선했으며 궁정의 살림을 맡았다. 그러나 이를 시기한 다른 신하들이 모함하는 바람에 백작은 그의 재정 관리를 의심하기 시작했다. 로메오는 백작이 자길 의심한다는 얘길 듣고 궁정을 떠나 전처럼 방랑자의 삶을 살았다.

• 7곡 •

1) 베아트리체(Beatrice)를 가리킨다.
2) 아담.
3) 이 구절 하나로 단테는 스콜라 철학이 제기한 변증법적 역설을 요약한다. 하느님이 보시기에 그리스도의 죽음은 아담과 나아가 인간 모두의 죄

를 구속한 것이다. 그것은 하느님의 기획하신 일의 일부로서 바람직했고 하느님을 기쁘게 했다. 그것은 유대인도 기쁘게 했지만, 전적으로 다른 측면에서였다. 그리스도의 죽음을 원했던 그들은 사악했고(「사도행전」2: 28), 그들이 느낀 기쁨은 하느님의 벌을 받아 마땅한 것이었다.

4) 그리스도가 십자가에 매달려 죽었을 때 지진이 일어났고(「마태오의 복음서」27: 51), 최후의 심판까지 인간에게 닫혔던 천국의 문이 열리고 그리스도에 의한 구속이 일어난 것도 예수의 수난을 통해서였다.

5) 유대인들이 그리스도를 십자가에 매단 것은 실질적으로 하느님의 의지를 수행한 것이지만, 그들의 동기가 사악했기에 죄를 지은 것이다.

6) 자비와 정의.

• 8곡 •

1) 3월 31일 수요일, 오후 5시에서 7시 사이.

2) 금성의 궤도. 순례자는 지금 천국의 세 번째 하늘인, 금성의 하늘에 올라서 있다.

3) 여기서 말하는 "치프리냐"는 사이프러스에 면한 바다에서 떠올랐다고 믿는 비너스 여신(여기서는 구체적으로 샛별 혹은 금성)을 가리킨다. 비너스는 제우스와 디오네의 딸이며 큐피드의 어머니다. 비너스와 함께 디오네와 큐피드는 감각적 사랑을 불어넣는 힘을 지닌 신으로 이교도들의 숭배를 받았다. 이교도들의 신이기에 "위험한 믿음을 가졌다"고 말하는 것이며, 따라서 "한때"의 "세상"은 특히 이교도인들을 가리킨다.

4) 디도는 벨루스의 딸이며 피그말리온의 동생인데, 숙부 시카이우스의 아내가 되었다. 후에 피그말리온이 시카이우스를 죽이자 그녀는 아프리카로 도망가서, 전설에 따르면 카르타고를 세웠다고 한다. 거기서 그녀는 아이네이아스와 사랑에 빠졌고, 아이네이아스가 이탈리아로 떠날 때 자살했다. 베르길리우스는 큐피드가 아이네이아스의 어린 아들 아스카니우스의 모습으로 디도의 무릎에 앉아 아이네이아스를 대신하여 그녀와 사랑을 나누었다고 기술한다.(『아이네이스』I. 657~722)

5) 단테는 지금 금성에 대해 묘사한다. 금성은 새벽("목덜미")과 저녁("눈썹")에 나타난다. 금성은 여기서 새벽과 저녁에 태양의 사랑을 받는 여자로 의인화되어 있다.

6) 일반적으로 최고 부류의 천사들을 말하며, 『신곡』에서는 하느님의 주위를 돌며 노래하는 아홉 합창대의 첫 번째 무리를 이룬다.

7) 이 "빛"은 샤를 마르텔(1271~1295년)을 가리킨다. 샤를 앙주 2세와 헝가리 왕의 딸 마리 사이에서 태어났다. 그는 합스부르크의 클레멘차와 결혼하여 자식 셋을 두었으나 스물네 살에 피렌체를 방문하던 중 콜레라로 죽었다. 빌라니의 『연대기』에 의하면 그는 피렌체에서 환대를 받아 이십여 일을 머물렀다. 앞에서 샤를이 단테의 『향연』에 나오는 문장("세 번째 하늘을 지성으로 돌리는 분들"(36~37))을 큰 애정을 품어 인용하는 것으로 보아, 그들은 피렌체에서도 만났고 친한 사이였던 것 같다.

8) 샤를 마르텔이 상속받은 프로방스.

9) 역시 샤를 마르텔이 상속받은 나폴리 왕국. "아우소니아"는 라틴 시인들이 이탈리아를 가리키던 이름이다.

10) 헝가리. 샤를 마르텔은 1290년 헝가리의 왕이 되었다.

11) 이 "만"은 남동풍 시로코의 거친 바람이 몰아치는 이탈리아 반도와 시칠리아 섬 사이의 카타니아 만을 가리킨다. "파키노"(지금은 파세로)는 시칠리아의 남동쪽 끝의 곶을, "펠로로"(지금은 파로)는 북동쪽 끝의 곶을 지칭한다. "티폰"은 백 개의 머리를 가진 거인으로, 신과 인간을 지배하려 하다가 제우스의 번개를 맞아 죽어 시칠리아의 에트나 화산에 묻혔다. 오비디우스에 따르면(『변신 이야기』), 이 산의 화산 활동은 거기서 벗어나려는 티폰의 몸부림이라고 한다. 그러나 단테는 화산 활동이 유황 연기가 가득 차서 생긴다고 믿고 있다.

12) 시칠리아를 가리키는 용어. 단테는 이 용어를 오비디우스(『변신 이야기』 v, 346)와 베르길리우스(『아이네이스』 III, 570)에서 찾은 것 같다. 그러나 이 용어는 앞의 "아우소니아"와 마찬가지로 그저 시적인 명칭이기도 하다.

13) "샤를"은 앙주의 샤를 1세, 즉 샤를 마르텔의 할아버지를, 루돌프는 합스부르크의 루돌프, 즉 샤를 마르텔의 장인을 가리킨다.

14) 샤를 마르텔은 여기서 1282년 3월 30일 프랑스의 지배에 맞서 일어난 소요를 말하고 있다. 시칠리아 사람들은 프랑스인들을 죽이고 시칠리아 왕권을 앙주 가문에게서 빼앗아 카탈루냐의 아라곤 가문으로 넘겼다. 샤를 마르텔의 "동생" 로베르는 카탈루냐 왕이 억류하고 있던 아버지 샤를 2세를 지지하던 카탈루냐인들을 규합하여 여기에 대항했고 마침내 1309년 나폴리와 시칠리아의 왕이 되었다. 그러나 카탈루냐인들은 그의 궁정에서

요직을 독점하고 탐욕을 부려 대단히 포악했고 재정을 어렵게 만들었다. 사실 로베르가 출범시킨 "배"는 여러 어려운 상황에 처해 있었지만, 신하들은 물론 로베르 자신의 인색과 탐욕으로 그 어려움이 가중되었다. 로베르의 인색함과 달리 그의 아버지 샤를 2세는 한결 관대했다.

15) 아테네의 유명한 법조인. 그리스의 7대 현자 중 하나.

16) 페로니아의 왕. 그리스에 반대하는 운동을 펼친 인물.

17) 「창세기」(14: 18)에서 "살렘의 왕", "가장 높은 하느님의 사제"로 묘사되는 인물.

18) 다이달로스.

19) 자연은 혈통에 관계없이 그 성격을 결정한다. 샤를 마르텔은 순례자에게 두 가지 예를 들어 보인다. 야곱과 에서는 쌍둥이였지만 성격은 태중에서부터 달랐다. 퀴리누스(로물루스)는 위대한 인간이었지만, 그의 동료들은 영웅은 고귀한 핏줄에서 나온다는 잘못된 믿음을 가졌기에 로물루스가 천한 집안 출신임을 믿지 않고 마르스의 아들이라 여겼다.

20) 96행에서 순례자의 뒤에 있던 것이 이제는 앞으로 왔다는 것은 깨달았다는 의미다. 「연옥편」에서 그랬듯이(28곡 136), 그에 더하여 샤를 마르텔은 순례자에게 부가 설명을 해 준다.

• 9곡 •

1) 3월 31일 수요일. 오후 7시경.

2) 샤를 마르텔의 아내를 가리키는 듯하다. 그러나 시기의 문제가 있다. 단테가 이 구절을 쓴 때(1300년)로부터 이미 칠 년 전쯤에 클레멘차는 죽었기 때문이다. 한편 "클레멘차"는 샤를 마르텔의 동명의 딸을 가리킨다고 볼 수도 있다. 그러나 이 경우 당시 딸은 너무 어린 나이여서 단테가 "당신의 샤를"이라고 말하는 투에는 맞지 않는다. 아마 단테는 하나의 사실로서가 아니라 과거를 기억하면서 이 문장을 쓴 것 같다.

3) 샤를 마르텔의 영혼.

4) 순례자를 향해 뻗어 온 영혼의 빛은 쿠니차 다 로마노(1198~1279년)를 가리킨다. 그녀는 트레비소를 다스리던 에첼리노("햇불")의 여동생이다. 에첼리노는 폭력을 휘두른 죄인을 벌하는 지옥의 일곱 번째 고리에서 끓는 피의 강에 잠겨 있다. 쿠니차는 생전에 네 명의 남편과 두 명의 애인을

두었다. 하지만 그녀의 생애는 동정심과 자비로 가득했다.

5) 순례자는 아직 이 영혼이 쿠니차의 영혼임을 모르고 있다.

6) 쿠니차는 금성의 영향이 자기 일생을 지배했음을 인정한다. 레테의 강물에 몸을 적심으로써 죄의 쓴 기억이 사라져 버렸으므로 과거를 회상하면서 그녀는 오직 하느님에 대한 감사만 느낄 뿐이다.

7) 여기서 쿠니차는 그녀 곁에 서 있는, 다음에 말할 영혼을 지적한다. "첫 번째 삶"은 살아 있을 때의 삶을, "두 번째 삶"은 죽은 뒤의 명성을 가리킨다. 천국의 복자가 다른 영혼이 지상에 남긴 명성에 관심을 두는 것은 이상하게 들린다. 그러나 이어지는 쿠니차의 얘기에서 보듯, 쿠니차는 세속적 명성을 중시하는 자신의 생각을 스스럼없이 펼친다.

8) "탈리아멘토"와 "아디체"는 이탈리아 북부, 쿠니차의 고향 트레비소를 감싸며 흐르는 강들이다. "파도바의 피"는 비첸차를 더럽힐 텐데, 파도바인들이 제국에 협력하지 않았기 때문이다. 이 구절은 1314년 파도바가 비첸차에 패배한 일을 가리키는 것 같다.

9) 실레 강과 카냐노 강은 트레비소에서 만난다.

10) 리카르도 다 캄미노를 가리킨다. 그는 아버지 "어지신 게라르도"(연옥 16.124)의 영지를 차지하고 아버지를 이어 트레비소의 영주가 되어 폭정을 했다. 1312년 체스를 두다가 그의 오만을 참지 못한 어느 영주로 추정되는 이에게 살해되었다.

11) 1314년 일어난 사건. 일단의 기벨리니 당원들이 페라라에서 꾸민 음모가 발각되어, 펠트로의 추기경("그녀의 불경한 목자") 알렉산드로 노벨로다 트레비소(1298~1320년)의 비호 아래 펠트로에 망명했다. 추기경은 그들을 받아들인 뒤 페라라에 다시 넘겼고, 이들은 사형당했다. 당시에 "말타"라고 불리던 감옥은 여섯 개가 있었으나, 그중 성직자들을 가두던 볼세나 호수에 있는 교회 감옥을 가리키는 것으로 보인다. 그러나 m이 소문자로 쓰인 것으로 보아 일반명사로 볼 수도 있다. "말타"는 진흙, 타락, 비참을 함의한다. 한편 "페라라의 피"는 추기경의 배반으로 죽은 기벨리니 당원들의 피를 가리킨다.

12) 펠트로의 추기경을 비꼬는 말이다. 그는 궬피 당원이었다.

13) 일곱 번째 천국 혹은 목성의 하늘을 움직이는 제3서열의 천사들. 쿠니차가 말하려는 것은 천국에는 천사들("거울")이 있고, 그들을 통해서 영혼들은 하느님께서 지상의 인간에게 내리시는 심판이나 징벌을 볼 수 있다는 것이다. 그러니 자신이 신성을 더럽히는 얘기를 늘어놓는다고 해도

하느님으로부터 나오는 것이니 괜찮다는 것이다.

14) "저 위"는 천국을, "여기"는 지상을, "저 아래"는 지옥을 가리킨다. 이
들의 관계를 기쁨과 빛을 중심으로 평가하고 있다. 작가 단테의 현재적
시점이 확연히 드러나는 구절이다.

15) 하느님의 사랑의 사절인 세라핌 천사들이다. 「이사야」(6: 2)에 이 천사
들은 여섯 개의 날개를 지녔다고 나온다. "날개 둘로는 얼굴을 가리고 둘
로는 발을 가리고 나머지 둘로 훨훨 날아다녔다."

16) 대서양.

17) 지중해.

18) 유럽과 아프리카의 해안들.

19) 스페인의 에브로 강 어귀와 이탈리아의 마그라 강 어귀의 거의 중간,
즉 마르세유.

20) 부제아는 아프리카 해안 도시로, 마르세유와 거의 같은 경도에 있다. 마르
세유는 기원전 49년 카이사르가 정복했을 때 피로 물들었다고 한다.

21) 시카이우스는 디도("벨로스의 딸")의 남편이었다. 디도는 남편에게 영
원한 정절을 맹세했지만, 남편이 죽은 후 아이네이아스에게 정열을 쏟았
다. 크레우사는 아이네이아스의 아내였으며, 트로이 함락 뒤 아이네이아
스와 헤어지고 나서 절망 끝에 죽었다. 아이네이아스를 유혹하면서 디도
는 두 사람 모두에게 잘못을 저질렀다.

22) "로도프"는 트라키아에 있는 산이다. 트라키아의 왕 시토네의 딸 필리
스는 데모폰과 결혼하려 했으나 데모폰이 결혼식장에 나타나지 않자 목을
매 자살했고, 아몬드 나무로 변했다. 알키데스는 원래 헤라클레스의 아버
지인데, 여기서는 헤라클레스를 가리킨다. 그는 테살리아의 왕 에우리토
스의 딸 이올레를 사랑하여 그녀의 아버지를 죽인 뒤 그녀를 유괴했다.
헤라클레스의 아내 데이아네이라는 남편의 사랑을 찾기 위해 네소스의 피
가 젖은 옷을 보냈다. 그녀는 피가 사랑의 묘약이라고 믿었으나 이는 네
소스의 계략이었고, 헤라클레스는 온몸에 독이 퍼져 죽었다. 이후 좌절과
괴로움으로 그녀는 자살했다. 지금까지 단테는 폴코의 시인으로서의 명성
을 강조했고, 이후에는 종교적 역할을 강조한다.

23) 레테의 망각의 효과를 가리킨다.

24) 여리고의 창녀. 라합은 여호수아가 전투를 벌이기 전에 보낸 정탐꾼들
을 숨겨 주었고 탈출을 도왔다. 그녀는 이스라엘 민족이 약속된 땅을 탈
환하도록 도왔고, 그 결과 그리스도가 십자가에 못 박히신 뒤에 그녀의

영혼은 림보에서 천국으로 곧바로 올랐다.

25) 프톨레마이오스 천문학에 의하면 지구의 그림자는 원뿔 형태를 이루는데, 그 꼭지점은 금성의 하늘보다 더 나아가지 않는다. 은유적으로 이 구절은 금성이 한때 세속적 경향이 강했던 영혼들을 품는 마지막 하늘임을 말해 준다.

26) 보니파키우스 8세. 단테는 그가 성지 회복보다는 유럽 내에서 자기 권력의 확장에 전력을 기울였다고 본다.(「지옥편」 27곡)

27) 피렌체.

28) 루키페르.

29) 루키페르가 아담과 이브의 행복을 질투하여 원죄를 짓도록 만들었고, 그 결과 인류의 고통을 가져왔다.

30) 피렌체의 동전에는 백합이 새겨져 있었다. 당시 유럽에서 가장 권위 있는 화폐였다.

31) 베드로가 십자가에 거꾸로 매달려 처형되었던 로마의 언덕에 베드로 성당이 세워졌고, 이곳에 바티칸 교황청이 있다.

32) 카타콤을 가리킨다.

• 10곡 •

1) 3월 31일 수요일, 오후 8시경.

2) 성부와 성자.

3) 황도대. 황도대는 적도에 대해 23.5도 기울어져 있다. 이 기울어짐 때문에 계절의 변화가 일어난다. 황도대를 따라서 태양이 움직이는 것을 관찰하면 이 사실을 알 수 있다. 겨울에 태양은 하늘에서 낮게 위치하면서 빛을 옆에서 비추고 또 낮의 길이도 짧아짐에 따라 온도가 내려가고, 반면 여름에는 하늘의 높은 곳에서 정면으로 빛을 내리쬐고 낮의 길이도 길어 온도가 올라간다. 이에 따라 식물의 생장이 일어나고 계절이 순환한다.

4) 춘분점.

5) 두 반구를 가리킨다.

6) 태양.

7) 천국의 네 번째 하늘인 태양천.

8) 달의 여신 디아나.

9) 이 말을 하는 영혼은 토마스 아퀴나스(1225?~1274년)다. 귀족 가문에서 태어나 도미니쿠스 수도회에 들어가 알베르투스 마그누스("쾰른의 알베르투스")에게서 가르침을 받았고 열여섯 살 때까지 나폴리 대학에서 육 년 동안 공부했다. 그 뒤 쾰른과 파리, 로마, 볼로냐에서 가르쳤고 나폴리 대학으로 돌아와 교수직을 받았다. 『신학대전(Summa theologica)』에서 그리스도교의 교리와 아리스토텔레스 철학을 종합했다.

10) 알베르투스 마그누스(1193?~1280년). 귀족 가문 출신으로 도미니쿠스 수도회에 속해 아퀴나스를 가르쳤다. 1260년 레겐스부르크의 주교로 임명되었다. 그는 아리스토텔레스의 이론을 완전하게 이해한 최초의 학자로 알려져 있다.

11) 베네딕투스 수도사. 11세기 말 토스카나에서 태어났다. 법률가로서 세속법과 조화를 꾀하면서 교회법 해석의 확고한 기초를 제공하려 했다.

12) 피에트로 롬바르디아(1100?~1160?년). 1159년 죽기 얼마 전에 파리 주교로 임명되었다. 자신의 저서를 가난한 과부의 비유(「루가의 복음서」 21:1~4)를 들며 교회에 바쳤다.

13) 다윗 왕의 아들. 여기서 유일하게 구약의 인물로 등장한다. 단테는 그의 현명한 정치와 뛰어난 창작(「잠언」의 저자)으로 인해 그를 하느님으로부터 지혜의 선물을 받은 최고의 현자로 묘사하고 있다. "너 같은 사람은 전에도 없었고 앞으로도 없으리라."(「열왕기 상」 3: 12) 솔로몬이 과연 구원을 받았는가 하는 문제는 논쟁의 대상이다.

14) 디오니시우스의 영혼. 「천국편」 28곡 주 10) 참조.

15) 이 빛은 스페인의 사제였던 파울루스 오로시우스로 여겨진다. 그는 세상이 그리스도 이래 더럽혀져 왔다는 이교도의 주장을 역사적인 증거를 들어 반박하는 책을 썼다. 아우구스티누스의 『신국』을 역사적으로 밑받침하는 역할을 했으며, 단테의 시대에 높이 평가되었다. 한편 아우구스티누스는 로마 가톨릭에서 4대 교부 중 하나임에도 불구하고 지금 처음으로 간단하게 언급되고, 「천국편」 32곡에 한 번 더 언급되지만 극히 짧막하다.

16) 이 영혼은 정치가이자 철학자였던 보에티우스다. 480년경 로마에서 태어나 524년 파비아에서 죽었다. 파비아의 감옥에 있을 때 유명한 책 『철학의 위안』을 썼다. 510년 오스트로고트의 테오도리쿠스 왕의 중신이었으나 반역죄로 몰려 처형되었다. 그의 죽음은 사후에 순교로 인정되었고, 성 세베리누스로 추앙되었다. "치엘다우로"는 '치엘로 도로(cielo d'oro: 황금의 하늘)'란 뜻으로, 보에티우스가 묻힌 파비아의 산 피에트로 성당을

가리킨다.

17) 성 이시도루스(570?~636년)는 초기 중세의 가장 중요한 사상가들 중
하나였다. 시간의 과학적 지식을 담은 백과사전을 썼다. 비드(673?~735
년)는 영국사의 아버지로 알려진 영국 수사로서 『영국 민족의 교회사』를
썼다. 리처드는 스코틀랜드에서 태어난 것으로 알려져 있으며, 성 빅토르
라고 불린다. 파리 대학에서 철학과 신학을 공부했고, 1162년부터 파리의
빅토르 수도원의 원장이 되었다. 구약의 해설과 윤리를 다룬 그의 저작은
아퀴나스가 종종 인용했다.

18) 시지에리(1226?~1284?년)는 파리 대학에서 교편을 잡았던, 유명한 아
베로이즘 철학자였다. 세상의 시작은 없었다고 주장하고 영혼의 불멸을
의심하면서 오랫동안 아퀴나스와 논쟁을 벌였고, 결국 이단으로 몰렸다.
생전에는 두 사람이 적이었지만 천국에서는 나란히 있다. 시지에리가 이
런 위치를 갖는 이유는 풀리지 않는 문제로 남아 있다. 아마 뒤이어 나오
는 구절처럼, "서로가 서로를 끌어당기며 사랑을 준비하는 영혼들"의 짝
역할을 하는 것일 수도 있다.

19) "신부"는 교회를, "신랑"은 그리스도를 가리킨다.

• 11곡 •

1) 날개로 날아오르는 비유는 「천국편」에 자주 나오는 비유다. 물질만 추구
하고 정신의 목표는 외면하는 인간의 그릇된 욕망을 비판하고 있다.

2) "법"은 세속법과 교회법을, "경구"는 히포크라테스를 가리킨다. "사제
직"은 돈이나 세속적 명성을 추구하는 성직자들을 가리킨다. 법률가와 의
사, 성직자, 위정자들이 세속적인 욕망을 추구하는 한편 순례자는 정신적
인 구원을 위해 천국에 와 있다. 단테는 『향연』(III, xi, 10)에서 이렇게 말
한다. "이익 때문에 지혜를 가까이하는 자는 진정한 철학자라고 할 수 없
다. 법률가와 의사, 그리고 모든 종교인도 마찬가지로 지식을 위해서 공
부하는 대신 돈이나 지위만 얻으려 한다."

3) 교회.

4) "두 고귀한 왕자들"은 도미니쿠스파와 프란체스코파를 가리킨다. 프란
체스코파는 "세라핌"의 사랑으로 상징된다. 세라핌은 천사들의 가장 높은
위계이며 하느님께 바치는 가장 위대한 사랑의 상징이다. 한편 도미니쿠

스파는 "케루빔"과 어울린다. 케루빔은 두 번째로 높은 천사들의 위계로서 지혜의 상징이다.

5) 성 프란체스코가 태어난 아시시의 지리를 묘사하는 부분. 아시시는 토피노 강과 키아시오 강("강물") 사이에 있다. 우발도는 굽비오의 주교가 되기 전에 키아쇼가 발원하는 언덕에서 은둔 생활을 했다. "고귀한 산"은 수바시오 산을 가리키는데, 여름에는 페루자에 빛을 반사하고 겨울에는 찬 바람을 보낸다. "포르타 솔레"는 태양의 문이란 뜻으로, 아시시 쪽으로 난 페루자의 성문이다. "괄도"와 "노체라"는 수바시오 산 동쪽, 페루자 반대편에 있는 마을들로, 페루자처럼 날씨가 좋지 않다. 혹은 페루자에 정치적으로 예속되었던 사실을 가리킨다고 보는 이들도 있다.

6) 여기서 "그곳"은 아시시를, 아시시에서 태어난 "분"은 성 프란체스코를 가리킨다. 단테는 그가 태양처럼 세상에 떠올랐다고 묘사하고 있다. 그가 태어난 아시시(Assisi)는 단테 당시에 "ascesi"라 불렸고, 이탈리아어로 '나는 떠올랐다'는 뜻을 갖고 있다. 단테는 "아시시"라는 말로는 충분하지 않으며("짧게 말하느라") 그보다는 태양이 떠오르는 동쪽을 가리키는 "오리엔트"라는 말이 "떠오름"의 뜻을 더 잘 부각시킨다고 보고 있다.

7) 청빈을 가리킨다.

8) 1207년 프란체스코가 스물세 살 되던 봄에, 그는 성 다미아노 교회를 보수하기 위해 말 한 필과 여러 벌의 옷을 팔았다. 화가 난 아버지는 주교 앞에 데리고 가서 상속을 하지 않겠다고 말했다. 도리어 즐거워한 프란체스코는 옷을 벗어 아버지에게 주며 세속의 모든 부와 안락을 버리고 청빈을 실천하겠다고 선언했다.

9) 청빈의 첫 남편은 그리스도였다.

10) 가난한 어부 아미클라스는 세속적인 부를 전혀 소유하지 않은, 글자 그대로 청빈의 상징이다. 그는 전쟁을 벌이던 카이사르가 아드리아 해를 배로 건네달라고 그의 오두막에 나타났을 때 두려워하지 않았다고 한다.

11) 그리스도는 벌거벗은 채 십자가에 올랐기 때문에 죽을 때까지도 청빈과 함께했다고 볼 수 있다.

12) 1170년경 아시시의 명문가에서 태어나 프란체스코를 섬겼다. 프란체스코의 임종을 지켰으며, 아시시의 성 프란체스코 성당에 묻혔다.

13) 1190년 아시시에서 태어난 에디지오는 어려서부터 프란체스코를 추종했다. 아시시의 탐욕스러운 주교였던 실베스트로는 꿈에서 아시시를 위협하던 용이 프란체스코의 입에서 나온 십자가에 격퇴되는 것을 보고 프란

체스코("신랑")의 청빈의 뜻("신부")을 이어받았다.

14) 프란체스코 교단의 인준을 받기 위해 프란체스코("아버지이자 스승")가 당시 교황 인노켄티우스 3세에게 갔다는 뜻이다. 프란체스코 교단은 1209년에 인준을 받았다. 여기서 "초라한 끈"이란 프란체스코 교단 수도사들이 허리에 매는 끈을 가리키는데, 청빈의 상징이며 청빈을 중심으로 그리스도인들을 서로 이어 주는 역할을 한다. "끈"의 비유는 『신곡』의 여러 곳에 등장한다.(「지옥편」 16곡, 27곡, 「연옥편」 1곡, 「천국편」 26곡의 본문과 주 참조)

15) 성 프란체스코는 아버지("피에트로 베르나르도네")가 평범한 상인이었다는 사실을 부끄러워하지 않았다. 오히려 제자들에게 자기를 "피에트로 베르나르도네의 아들"이라 부르도록 해서 평범한 출신임을 스스로 상기하고자 했다.

16) 프란체스코에 대한 전통적인 이미지와 다르게 단테는 그에게 영웅적인 모습을 부여한다. 그것은 여자, 청빈을 지키려는 고귀한 싸움을 높이 산 때문일 것이다. 그 결과 단테는 프란체스코를 투사로 만드는 독특한 해석을 했다. 당시의 교회가 세속의 부와 권력을 탐한다고 보고 이를 비판한 단테의 입장에서 프란체스코는 그에 대항하는 최고로 적절한 전투적 상징이었을 것이다.

17) 프란체스코 교단은 1223년 호노리우스 3세 교황에게 다시 인준되었다.

18) 1226년 10월, 프란체스코는 임종을 맞으면서 제자들에게 자기 옷을 벗기고 벌거벗긴 채 맨 땅에 눕혀 달라고 했다. 이는 청빈에 대한 완전한 헌신을 마지막까지 보여 준 것이다.

• 12곡 •

1) 3월 31일 수요일, 저녁 9시경.

2) 무지개의 여신 이리스를 가리킨다.

3) 나르키소스를 사랑했지만 응답을 받지 못하여 쇠진한 채 뼈와 목소리만 남은 님프 에코의 이야기(오비디우스, 『변신 이야기』 iii, 339~510)에서 따온 구절로 보인다. 그녀의 뼈는 돌이 되었고 목소리만 남아 허공에 떠돌았다고 한다.

4) 「창세기」(9: 8~17)에 의하면, 홍수가 끝난 뒤 하느님은 노아에게 이제

다시는 홍수를 내리지 않겠다고 약속하시고 그 계약의 표시로 무지개가
나타나게 하셨다.
5) 두 길잡이는 각각 성 프란체스코("나의 길잡이")와 성 도미니쿠스("다른
길잡이")를 가리킨다.
6) 십자가.
7) 유럽의 서쪽에 위치한 스페인을 가리킨다. 성 도미니쿠스가 태어난 곳을
묘사하는 대목이다. 묘사가 비교적 자세하지 않은 것은 단테 자신이 아시
시에 더 친숙하기 때문일 것이다. "제피로스"는 고대에 서풍을 가리켰던
말로서, 봄을 몰고 온다고 여겨졌다.
8) 카스티야의 방패에는 사자와 탑이 쌍을 이루어 아래위로 나뉘어 새겨져
있다. 그래서 위편에서는 "사자가 (탑을) 지배하"고 아래편에서는 "사자
가 (탑에) 지배받"는다는 것이다. "칼라로가"는 카스티야 지방의 작은 마
을로, 도미니쿠스가 태어난 곳이기에 "행운"이라고 묘사하고 있다.
9) 갓 태어나 세례를 받는 상황을 가리킨다.
10) 라틴어로 "하느님의"라는 뜻이다.
11) 신빈(神貧).
12) 행복.
13) 하느님의 사랑.
14) "오스티아 사람"은 엔리코 다 수자를 가리킨다. 그는 파리와 볼로냐에
서 교회법을 가르쳤고 율법 주석가로 이름을 떨쳤다. 1262년부터 1271년
죽을 때까지 오스티아의 대주교를 지냈다. "타데우스"는 볼로냐 대학의
유명한 물리학자였고 의과대학을 창설한 것으로 알려져 있다. 이 둘을 따
른다는 것은 법과 의학을 공부했다는 말이다.
15) 교황의 자리.
16) 가난한 사람들에게 갈 몫을 떼어 교회 지도자들의 부를 늘리는 것을 의
미한다.
17) 포도주 통의 이미지. 잘 관리된 경우가 아니면 통 주둥이에 곰팡이가 핀다.
18) 단테는 도미니쿠스회의 규범을 성 도미니쿠스의 뜻에 따라 잘 이행할
것을 강조하고 있다. 그러나 이 규범에 충실하지 못한 내부의 흐름이 둘
있으니, 하나는 우베르티노 다 카살레의 추종자들과 다른 하나는 마테
오 디 아쿠아스파르타의 추종자들이다. 우베르티노는 1259년 카살레 몬
페라토에서 태어나 1273년 프란체스코 교단에 들어가서 토스카나와 움브
리아에서 몇 년을 보내다가 피렌체를 거쳐 파리로 건너간 후 구 년 동안

신학을 강의했다. 마테오는 어려서 프란체스코 교단에 들어가서 1288년 보니파키우스 교황 시절에 추기경이 되어 피렌체로 부임하여 백당과 흑당의 분쟁을 조정하라는 명을 받았다. 그러나 실제로는 보니파키우스의 입장을 대변했다.

19) "바뇨레지오"는 이탈리아 중부 지방의 이름이다. "보나벤투라"는 1221년에 태어나 1255년경 프란체스코 교단의 수장이 되었다. 어렸을 때 심한 열병에 걸렸으나 성 프란체스코가 치료해 주었다고 한다. 치료되었을 때 성 프란체스코는 "다행이야!" 하고 외쳤는데, 이탈리아어로 "보나벤투라"는 그런 뜻을 담고 있다.

20) 성 프란체스코를 따른 초기 제자들.

21) 지금 순례자와 베아트리체를 두 겹으로 둘러싼 성인들은 모두 스물네 명이다.

• 13곡 •

1) 큰곰자리를 가리킨다.

2) 작은곰자리를 가리킨다.

3) 아리아드네. 그녀가 죽었을 때 바코스와 결혼하며 썼던 화관이 성운으로 변했는데, 이를 아리아드네의 관 혹은 북쪽 왕관자리라 부른다.(『변신 이야기』viii, 174~182)

4) 앞의 곡(12곡)에서 순례자와 베아트리체의 주위를 두 겹으로 돌던 스물넷의 영혼들("진실된 성좌")의 광채를 지금 단테는 하늘의 밝은 별들에 견주고 있다.

5) 토스카나 지방을 가로질러 오르비에토 가까이에서 테베레로 흘러드는 강. 중세에는 물이 말라 습지로 변했는데, 그 주변의 계곡은 발디키아나라고 불렸다.(「지옥편」 29곡 46에 등장.) 단테는 습지 때문에 아주 느린 흐름으로 기억하는 듯하다.

6) 원동천.

7) 아폴론.

8) 성부, 성자, 성신.

9) 신성과 인성을 동시에 가진 그리스도의 이중성.

10) 은총을 기뻐하며 춤추고 노래하는 일과 단테에게 설명하는 일.

11) 아담과 그리스도.

12) 솔로몬.

13) 지금 시작되는 논의는 「천국편」 2곡에서 베아트리체가 달의 자국에 관련해서 설명한 것과 비슷하다. 토마스 아퀴나스는 완전한 존재가 만들고 유지하는 우주에 어떻게 불완전이 존재할 수 있는지 설명한다. 모든 피조물("죽는 것이나 죽을 수 없는 것")은 이데아(성자)를 반영한다. 이데아는 창조를 통해 그 원천, 즉 하느님(성부)으로부터 나오지만 하느님(성부)과 분리될 수 없으며, 또한 그분의 사랑(성신)과 함께 삼위일체로 결합되어 있다.

14) 각각 생물과 무생물을 가리킨다.

15) 아담과 그리스도.

16) 여기서 "일어나다"라는 말은 권력으로 오르거나 보통 사람들 위에 군림한다는 말이다. 아담이나 그리스도는 왕이 아니었고 또 인간들보다 더 위에 오를 수도 없었으니, 그것은 그들이 이미 인간들보다 위에 있는 존재로 창조되었기 때문이다.(「천국편」 10곡 114)

17) 파르메니데스는 기원전 513년경 이탈리아의 엘레아에서 태어난 그리스 철학자다. 제논이 그의 철학을 이어받았다. 역시 그리스 철학자였던 브리슨과 멜리소스는 파르메니데스의 제자들이었다.

18) 위에 거명한 사람들처럼 성서의 진실을 제대로 비추지 못하고 마치 칼날이 왜곡된 이미지를 비추듯이 진실을 왜곡한 자들을 가리킨다. 칼날의 이미지는 이단의 폭력을 상징하기도 한다. 시벨리우스는 3세기경에 이단으로 분류된 자로서, 삼위일체 교리를 부정하고 성부와 성자, 성령의 용어들이 제각각 유일자 하느님을 가리킨다고 주장했다. 아리우스는 성부와 성자가 일체가 아니라고 믿은 아리아 이단의 수장이었다. 그들은 성자는 성부보다 낮은 단계로 창조된 최초의 피조물이고, 성령은 성자의 힘으로 창조되었다고 믿었다.

• 14곡 •

1) "둘"은 그리스도로 표상되는 신성과 인성을, "셋"은 성부와 성자와 성신을 가리키고, "하나"는 이들이 통일을 이룸을 나타낸다.

2) 봄(visione)과 은총, 구원의 관계에 대해서는 「천국편」 33곡 주 3) 참조.

3) 하느님. 그리스어 helios(태양)와 히브리어 ely(하느님)가 담은 의미들을 결합한 용어다.

4) 베아트리체의 눈동자.

• 15곡 •

1) 3월 31일 수요일, 오후 9시에서 11시 사이.

2) 베르길리우스의 『아이네이스』에서, 아이네이아스의 아버지 안키세스는 아들이 엘리시온에 들렀을 때 그를 기쁘게 맞았다. 이 예화를 끌어온 것은 지금 순례자가 맞는 별이 단테와 가족의 관계에 있기 때문이다. 한편 "우리의 가장 위대한 시인"이라고 하며 베르길리우스를 지칭하는 것은 베르길리우스가 다른 시인들에게 영감을 주는 존재이기 때문이다. 단테와 베르길리우스의 교류가 다시 한 번 강조된다. 이어지는 구절("오 나의 피여! 하느님의 가늠할 길 없는 은총이여! 그대 말고 그 누구에게 하늘의 문이 두 번씩이나 열렸단 말인가!")이 라틴어로 쓰인 것도 그런 측면에서다. "하늘의 문이 열렸다"는 것은 단테가 앞으로 구원될 예정이라는 것을 암시한다.

3) 하느님의 마음.

4) 피렌체인.

5) 로마에 있는 산.

6) 이전 구절의 "한 여자"가 갓 결혼한 처지임에 비해, 나이가 든 부인.

7) 단테 당시의 언어에서 "가족(familglia)"은 하인들까지 포괄하는 개념이었다.

8) 로마의 집정관. 정직하고 청렴한 정치로 유명했다.

9) 로마의 정숙한 부인. 「지옥편」 4곡에 등장한다.

10) 단테의 당대에 유명했던 피렌체 출신의 과부. 남편이 죽은 뒤 피렌체로 돌아와 죽을 때까지 사치와 방탕에 젖어 살았다.

11) 피렌체의 시인. 단테의 친구였던 그는 남 앞에 나서길 좋아하는, 정치적 협잡꾼과 같은 사람이었다.

12) "황제 쿠라도"는 시기로 보아 호엔슈타우펜의 코라도 3세(1138~1152년 재위)를 가리킨다. 그는 2차 십자군전쟁(1147~1149년)에 참가했다. 그러나 피렌체가 거기에 참가했는지는 분명하지 않다. 오히려 코라도 3세

는 이탈리아에 내려온 적이 없으며, 귀차르디니가 그를 따를 기회도 없었고, 따라서 단테는 코라도 3세를 코라도 2세(1024~1039년 재위)와 혼동했으리라는 것이 중론이다. 빌라니의 『연대기』(IV, 9)에 의하면, 코라도 2세는 피렌체인들을 기사로 받아들이고 칼라브리아에 상륙한 사라센인들과 싸웠다.

13) 성지, 즉 예루살렘을 가리킨다.

• 16곡 •

1) 이탈리아어로 voi는 흔히 "너희들"을 의미하는 2인칭 복수 대명사지만, 상대방 개인을 높여 부르는 극존칭으로도 쓰인다. 『신곡』에서 이 존칭으로 불리는 이들은 베아트리체, 파리나타, 카발칸티, 브루네토 라티니, 코라도 말라스피나, 아드리아노 5세(교황임을 알고 난 후에), 그리고 귀도 귀니첼리로 제한된다. 카치아귀다가 누군지 몰랐을 때 호칭은 친근하게 상대방을 동격으로 부르는 tu였다.(「천국편」 15곡 85~87) 흥미롭게도 단테는 다음 곡에서 호칭을 voi에서 tu로 바꾼다. 아마 둘의 관계가 친근해졌기 때문일 것이다.

2) 랜슬롯의 기사 로망스에서 왕녀는 랜슬롯과 귀네비어가 밀회를 하며 나누는 사랑의 대화를 목격한다.(「지옥편」 5곡 127 이하 참조) 왕녀는 귀네비어의 말을 듣자 곧 자기가 두 연인의 비밀을 알게 됐다는 것을 알리려고 기침을 한다. 베아트리체의 미소는 순례자가 자기 가문에 자부심을 가진 것을 알게 돼서 나온 것인데, 순례자는, 아마도 귀네비어처럼, 어떤 비밀을 들킨 듯한 느낌이 들었을 것이다. 그녀의 미소는 용기를 주려는 것이었을까, 아니면 다른 생각이나 경고의 표시였을까? 어쨌든 비난은 아닐 것이다. 순례자는 이미 연옥을 성공적으로 지나왔다. 또한 순례자가 천국의 구조와 작동 원리에 대해 잘못 이해하는 것에 대해 성자들과 베아트리체는 가끔 웃음을 보였다. 헛기침을 한 왕녀와 미소를 지은 베아트리체, 그리고 귀네비어와 순례자가 함께 짝을 이룬다. 위의 본문에서 "처음 실수"란 비밀스러운 사랑을 드러나게 한 그 위험한 대화를 의미한다.

3) 성 요한을 수호신으로 삼는 피렌체를 가리킨다.

4) 당대의 피렌체 언어가 아니라 카치아귀다가 쓰던 옛날 언어를 가리킨다. 라틴어 혹은 복음의 언어라고 보는 이들도 있다.

5) 수태 고지가 있었던 때(「루가의 복음서」 1: 28)부터 카치아귀다가 태어
난 때까지 화성은 사자자리의 자기 자리로 580번 되돌아갔다. 화성이 한
번 도는 주기는 687일로 어림된다. 580에 687을 곱하고 이를 365로 나누
면 카치아귀다가 태어난 해는 1091년이었음을 알 수 있다.

6) 매년 6월 24일에 열리는 성 요한 축제에서는 말 경주를 벌이는데, 그 경
주가 피렌체의 온 동네들을 돌아다니다 마지막으로 이른 동네의 초입에 엘
리세이 가문의 저택이 있었다. 카치아귀다는 아마 그 후손이었던 것 같다.

7) 마르스 상이 서 있던 베키오 다리(「지옥편」 13곡 참조)와 세례 요한 성
당이 있는 곳 사이를 가리킨다. 피렌체의 중심부다.

8) 피렌체 근처의 작은 마을들.

9) 단테 시절의 법률가이자 정치인. 굉장히 다채로운 경력을 쌓았던 그는
1299년 니콜로 아치아이올리가 꾸민 음모에 연루되었다.(「연옥편」 12곡
104~105) 아굴리오네라는 이름은 발도의 가문이 터를 두었던 발 디 페자
에 위치한 어느 성의 이름이다.

10) 파치오 데 모르발디니를 가리킨다. 시냐는 피렌체 서쪽의 작은 마을이
다. 그는 신성로마제국 황제 하인리히 7세가 이탈리아에 개입하는 것을
적극 지지한 단테와 대립했고, 단테가 망명길을 떠나는 데 일조했다.

11) 신성로마제국의 황제를 가리킨다.

12) 이들이 누구인지는 알 수 없다. "세미폰테"는 피렌체 남서쪽의 마을로,
1202년 피렌체에 의해 파괴되었다.

13) 피스토이아로부터 몬테무를로 성을 지키지 못한 무능한 귀도 백작 가
문은 성을 피렌체에 팔았다. 작은 마을 아코네의 하층민 출신인 체르키는
피렌체에서 부와 권력을 얻었다. 그 과정에서 그의 가문은 교회와 제국의
관계를 둘러싼 수많은 잡음을 만들어 냈다. 부온델몬티 가문은 피렌체가
세력을 확장하면서 그레베의 계곡("발디그레베")에 있는 성이 파괴되자
1135년 피렌체로 이주했다. 이 가문은 피렌체 궬피 당의 중심 세력이 되었
다.

14) 단테의 시절에 폐허로 남았던 고대 도시들.

15) 인간 자신을 포함해 모든 세상사에 종말이 있다는 것은 오랜 세월 동안
반복된 진실이지만 사람들이 그것을 잘 모르는 것은, 그 오랜 세월에 비
해 인간의 생이 짧기 때문이다.

16) 모두 옛날에는 명문이었지만, 나중에 후손이 끊겨 몰락한 가문들이다.

17) 라비냐니는 단테 시대에 유명한 가문이었다. 라비냐니 가문에 속한 벨

린치오네 베르티(「천국편」 15곡 112)는 카치아귀다의 시절에 괄드라다를
귀도 궤라 4세에게 시집보냈고, 그들 사이에서 귀도 백작(「지옥편」 16곡
38)이 태어났다.

18) "프레사"는 기벨리니의 유력한 가문이었으나 1258년 피렌체에서 축출
당했다. "갈리가이오"는 피렌체의 유서 깊은 가문이었으나, 프레사 가와
마찬가지로 1258년 기벨리니의 패배와 함께 추방당했다.

19) 필리 가문을 가리킨다. 빨간 바탕에 세로로 줄무늬가 그려진 모피를 문
장으로 삼았다.

20) "사케티" 가문은 단테 가문의 적이었다.(「지옥편」 29곡 27) "주오키"와
"피판티", "바루치", "갈리"는 모두 피렌체의 명문가였다. "저울을 속이다
들켜 창피를 당한 자들"은 키아라몬테시 가문을 가리킨다. 그들은 소금
거래에서 사기를 친 것으로 널리 알려졌다.(「연옥편」 12곡 104)

21) "칼푸치"는 단테 시절에 세력을 떨친 궬피 집안이었으며, 도나티 가문
("기둥")에서 갈려 나왔다고 한다. 궬피 집안들인 "아리구치"와 "시지" 가
문은 기벨리니파가 몬타페르티 전투에서 승리를 거둔 후 1260년 피렌체
를 떠났다.

22) 우베르티 가문. 독일 출신의 기벨리니 집안이었다. 10세기경 피렌체로
들어왔다. 파리나타가 이 집안의 유명 인사였는데, 지옥에서 이교도들 사
이에 갇혀 있다.(「지옥편」 10곡) 이 가문은 1260년 몬타페르티에서 기벨
리니가 승리를 거두고 궬피를 쫓아내는 데 큰 기여를 했다.

23) 람베르티 가문의 방패에는 푸른 바탕에 황금색 구슬이 새겨져 있다. 이
가문의 일원이었던 악명 높은 모스카(「지옥편」 28곡 106)는 아미데이를
선동하여 부온델몬티를 죽였다. 이 가문의 붕괴는 궬피와 기벨리니의 분
쟁과 함께 시작되었다.

24) 비스도미니 가문과 토신기 가문을 가리킨다. 이들은 피렌체의 주교직
이 비어 있을 때마다 재정을 관리했는데, 나중에는 재정 관리에서 재미를
보기 위해 주교직을 더 오랫동안 공석으로 두는 술수를 부렸다.

25) 아디마리 가문. 여기에 속한 이들은 테기아이오(「지옥편」 6곡 79), 아
르젠티(「지옥편」 8곡 32~62) 등 『신곡』에 여럿 등장한다. 알리기에리 가
문과는 오랜 원수지간이었다.

26) 궬피에 속했던 아디마리 가문은 1248년 피렌체에서 추방되어 1260년
기벨리니가 승리를 거둘 때까지 루카에서 피난 생활을 했다. 이 가문은
단테가 망명해 있는 동안 단테의 재산을 소유했으며 단테가 다시 돌아오

는 것을 집요하게 막았다. "우베르틴 도나티"의 장인은 벨린치오네 베르티. 도나티 가문은 아디마리와 대립했기에, 베르티는 딸을 아디마리 집안에 시집보내는 것을 반대했다.

27) 피에솔레 출신의 이 가문은 피렌체 기벨리니를 창설한 가문들 중 하나였다. 1280년 망명에서 돌아온 후 궬피 백당과 손을 잡았고, 백당과 함께 1302년 다시 추방당했다.

28) 이들은 오래된 기벨리니 가문들이다.

29) "페라"는 이탈리아어로 '배[梨]'를 의미한다. 한때 이들의 배 문장이 피렌체의 성문에 그려져 있었다고 한다.

30) 피렌체의 "남작 우고"는 황제 오토 3세의 대리자로서 피렌체의 여섯 가문에 기사 작위를 수여했던 가문의 대표자였다. "자노 델라 벨라"는 우고 집안의 "휘장"을 장식하던 집안 출신인데, 1293년 귀족 제도에 반대하는 개혁을 일으켰다가 1295년 축출되었다. "남작 우고"는 성 토마스의 축일인 12월 21일(1001년)에 죽었다. 당시에 "남작"이란 용어는 기사 작위뿐 아니라 위대한 인물이나 혹은 예수 그리스도와 성인들을 가리키는 데 사용되기도 했다.(「천국편」 24곡 115)

31) 이들은 단테 시절에 몰락한 피렌체의 가문들이다. 보르고 지역을 다스렸다.

32) "집안"은 아미데이 가문을, "너희들"은 부온델몬티 가문을 가리킨다. 아미데이 가문의 딸과 정혼한 부온델몬티 가문의 부온델몬티는 괄테로티 도나티가 부추기는 바람에 결혼식 날 혼인을 포기했다.(나중에 그는 도나티의 딸과 결혼했다.) 이는 아미데이 가문에 심각한 모욕이었고, 가문의 집안들은 "정당한 복수"로 부온델몬티를 살해하여 피렌체의 피비린내 나는 파벌 싸움의 발단이 되었다.

33) 카치아귀다는 부온델몬티 가문이 피렌체로 이주해 왔기 때문에 그런 비극이 생겼다고 한탄하고 있다. 에마 강은 피렌체 근처에 있다. 한편 "잘라진 돌"은 피렌체의 첫 번째 수호신이었던 전쟁의 신 마르스의 석상을 가리킨다. 부온델몬티는 1216년 부활절 아침 마르스의 석상 아래에서 살해되었다. 카치아귀다는 이 사건이 전쟁의 신에게 제물을 바쳐 피렌체의 내분에 불을 당긴 사건이라고 말하고 있다.

34) 1251년 궬피가 기벨리니에 승리를 거둔 후 피렌체의 문장이 흰 백합에서 붉은 백합으로 바뀌었다.(빌라니, 『연대기』 VI, 43)

·17곡·

1) 아폴론과 클리메네 사이에 태어난 파이톤은 자기가 신의 아들이 아니라
는 말을 듣고 이를 어머니 클리메네에게 물어본 뒤 타지 말라는 아폴론의
전차를 타고 태양의 궤도를 돌다가 벗어나는 바람에 제우스의 번개에 맞
아 죽었다.

2) 방금까지 긴 얘기를 들려준, 단테의 조상 카치아귀다를 가르킨다.

3) 완전한 안정을 뜻한다.

4) 우연적이고 부수적인 것들은 물질세계를 넘어서서 존재하지 않는다. 즉,
우연은 영원성 앞에서 온전하게 파악된다. 그러나 우연적인 것들을 하느
님이 온전히 볼 수 있다는 사실은 하느님의 선지식이 우리가 강물을 따라
내려가는 배를 보며 방향을 알 수 있는 이상의 어떤 일을 예견한다는 뜻
은 아니다. 그러나 이런 식의 단테의 비유는 일면 적절하지 않게 보인다.
왜냐하면 인간의 눈은 강물을 따라 내려가는 배를 볼 수 있고 방향을 알
수 있는 한편 배의 방향을 조절하지는 못하지만 하느님은 모든 것을 조절
하시기 때문이다.

5) 테세우스의 아들 히폴리토스는 계모 파이드라에게서 사랑을 요구받고
이를 거절했다. 그러자 계모는 자기를 모욕했다고 테세우스에게 일러바쳐
히폴리토스가 아테네를 떠나게 만들었다.(『변신 이야기』 xv, 497~505)
여기서 강조되는 것은 추방된 자의 무죄다. 단테도 역시 무고하게 추방될
것이라는 예언이 담겨 있다.

6) 단테는, 이 여행을 하던 당시(1300년) 교황 보니파키우스 8세("그리스도
를 하루 종일 사고파는 곳")가 이미 자신과 백당의 동료들을 피렌체에서
추방하려는 음모를 꾸미고 있었다는 생각을 표현하는 듯하다.

7) 스칼리제르 가문의 바르톨로메오 델라 스칼라를 가리킨다. 그의 두 팔은
황금 사다리에 앉은 제국의 독수리와 같았다. 단테는 망명 시절 베로나에
서 그에게 피난처를 구한 적이 있다.

8) 바르톨로메오의 동생인, 베로나의 영주 캉그란데 델라 스칼라를 가리킨
다. 그는 1291년에 태어났다. 그래서 순례를 하던 당시(1300년)에 "하늘
의 축이 구 년 동안 그의 주위를 돌았다."라고 하는 것이다. 그는 1311년
베로나의 영주가 되어 1329년 죽을 때까지 다스렸다. 단테는 그에게 보낸
편지에서 『신곡』의 제목과 주제를 설명하면서 「천국편」을 그에게 바친다
고 말했다. 캉그란데에게 뚜렷하게 별이 찍혔다는 것은 그가 마르스의 영

향 아래 태어나 군사 분야에서 혁혁한 공을 세우게 되기 때문이다.

9) 1312년 클레멘스 5세 교황("과스코 사람")은 하인리히 7세 황제("자존심 강한 하인리히")를 지지하여 이탈리아로 초청했지만, 곧 지지를 철회하고 반감을 내보였다.

• 18곡 •

1) "말"은 내적 사고를 가리킨다.

2) 여기서 천국은 나무로 비유된다. 나무가 영양을 얻는 것은 나무의 잎과 가지를 통해서이며, 그 최첨단인 정수리는 하느님이 계시는 우주의 끝이다. 화성의 하늘은 천국의 여러 층들 중 다섯 번째에 위치한다. 잎이 지지 않는 나무의 비유는 「에제키엘」(47: 12)에 나온다. "이 강가 양쪽 언덕에는 온갖 과일나무가 자라며 잎이 시드는 일이 없다. 그 물이 성소에서 흘러나오기 때문에, 다달이 새 과일이 나와서 열매가 끊어지는 일이 없다. 그 열매는 양식이 되고 그 잎은 약이 된다."

3) 샤를 마뉴(742~814년)는 신성로마제국의 황제로서, 사라센에 맞서 그리스도교를 지키기 위해 싸웠다. 중세 영웅담의 중심에 있으며, 수많은 창작의 소재가 되었다. 단테는 무엇보다 그를 "롬바르디아의 이빨"(「천국편」 6곡 94~96)에 물린 교회의 수호자이며 로마제국의 계승자로 기억한다.

4) 샤를 마뉴의 위대한 전사였다.(「지옥편」 31곡 16~18) 여기서는 사라센에 대항한 역할이 강조된다.

5) "굴리엘모"는 오란제의 공작이었으나 812년 수도자가 되어 죽었다. "레노아르도"는 굴리엘모를 따라 수도자가 되었다. 이들은 사라센인들과 싸웠다. "고티프레디"는 1차 십자군을 지휘했으며, 1100년에 예루살렘에서 죽었다. "귀스카르도" 역시 사라센과 싸워 큰 공을 세웠다. 단테는 이들을 모두 이교도에 대항한 존재들로 부각시키고 있다.

6) 순례자는 지금 화성의 하늘("발그레한 얼굴")에서 목성의 하늘("하얀 빛"의 "온화한 별")로 오르고 있다.

7) D, I, L은 뒤이어 나오는 DILIGITE의 머리글자를 가리킨다.

8) 정의를 사랑하라.

9) 세상을 심판하는 자들이여.

10) 목성은 영혼들이 지어 내는 황금 글자 M의 배경을 이루는 은으로 된 판

의 꼴을 하고 있다. 여기서 M은 로마를 상징하는 독수리의 모양을 하고 있으며, 군주제(Monarchia)를 지시하는 기호라는 것이 일반적인 해석이다. 단테는 『군주론(*De monarchia*)』(I, xi, 2)에서 이렇게 말한다. "지고의 정의는 한 군주 아래에서만 얻어진다. 따라서 세상에서 완벽한 질서를 누리기 위해서는 군주제 혹은 제국이 있어야 한다."

11) 교황청을 가리킨다.

12) 세례 요한은 헤롯이 자기 앞에서 춤을 춘 살로메에게 내린 상으로 목이 잘렸다.(「마태오의 복음서」 14: 1~12, 「마르코의 복음서」 6: 14~29) 단테가 비판하는 부패한 성직자들은 세례 요한을 따른다고 말할지 모르나, 사실 그들이 숭상하는 것은 세례 요한이 새겨져 있는 피렌체의 금화가 아니냐는 비판이다.

• 19곡 •

1) 4월 1일 목요일, 오후 3시에서 9시 사이.

2) 정의를 표상하는 독수리는 다수의 영혼으로 구성되지만 한목소리로 말하는 하나의 실체다. 개개 영혼들의 의지가 하나로 되는 것은 정의의 본성이 오로지 하느님의 의지에 부합한다는 표시다.

3) 루키페르. 그는 가장 아름다운 천사였고 모든 피조물 중에서 하느님에 가장 가까이 있던 존재였으나, 그 자신을 완전하게 해 줄 하느님의 은총의 빛을 기다리지 않고 교만을 부려 지옥으로 떨어졌다.(「지옥편」 33~34곡)

4) 독수리.

5) 여기서 독수리는 그리스도인임을 자칭하는 사람들이 사실 그리스도를 모르는 사람보다 그리스도로부터 더 멀리 있다고 말한다. "나더러 '주님, 주님' 하고 부른다고 다 하늘나라에 들어가는 것이 아니다. 하늘에 계신 내 아버지의 뜻을 실천하는 사람이라야 들어간다. 그날에는 많은 사람들이 나를 보고 '주님, 주님! 우리가 주님의 이름으로 예언을 하고 주님의 이름으로 마귀를 쫓아내고 또 주님의 이름으로 많은 기적을 행하지 않았습니까?' 하고 말할 것이다. 그러나 그때에 나는 분명히 그들에게 '악한 일을 일삼는 자들아, 나에게서 물러가라. 나는 너희를 도무지 알지 못한다.' 라고 말할 것이다."(「마태오의 복음서」 7: 21~23)

6) "에티오피아인"과 "페르시아인"은 비(非)그리스도교인들을 가리킨다.

7) 1298년 황제로 선출된 합스부르크의 알베르트(「연옥편」 6곡 97)는 1304년 보헤미아의 벤체슬라우스 4세(「연옥편」 7곡 99)를 공격하여 초토화시켰다. 문장이 미래 시제인 것은 『신곡』이 취하는 허구적 날짜보다 이 일이 나중에 일어나기 때문이다.

8) 미남 왕 필리프는 플랜더스와 전쟁을 벌이느라 프랑스 경제를 파탄으로 몰고 갔다. 1314년 그는 말을 타던 중, 멧돼지가 달려드는 바람에 말에서 떨어져 죽었다.

9) 잉글랜드의 에드워드 1세와 2세는 스코틀랜드와 전쟁을 벌였다. "지독한 교만"은 정복욕을 가리킨다.

10) 각각 카스티야를 다스린 페르디난트 4세(1295~1312년 재위)와 보헤미아를 다스린 벤체슬라우스 4세(「연옥편」 7곡 주 7) 참조)를 가리킨다.

11) 치오토는 샤를 앙주 2세의 별명이다. 로마자로 I는 하나를, M은 천을 가리킨다. 샤를은 한 가지의 덕성과 천 가지의 악을 지녔다는 말이다.

12) 페데리코 2세를 가리킨다. 그는 한때 제국을 지지했으나 하인리히 7세가 죽자 태도를 바꿨다. 하인리히 7세를 지지했던 단테로서는 비열한 인물로 볼 수 있다. "불의 섬"은 화산이 있는 시칠리아를 가리킨다.

13) 덴마크와 전쟁을 한 하콘 5세(1299~1319년 재위).

14) 디오시니오 아그리콜라 왕(1279~1325년 재위)으로 매우 포악했다고 한다.

15) 라쉬아는 세르비아의 수도였다. 세르비아의 왕 우로슈 2세(1275~1321년 재위)는 베네치아 화폐를 위조했다.

16) 키프로스의 도시들.

17) 키프로스는 앞서 열거한 폭군들처럼 프랑스인 앙리 루시냥 2세가 펼치는 폭정 때문에 고통을 당하고 있었다.

• 20곡 •

1) 독수리.

2) 다윗 왕. 그의 「시편」은 성령의 감화를 받아 쓰였고 성궤를 예루살렘으로 옮겼다.(「열왕기 하」 6: 2~17, 「연옥편」 10곡) 단테는 다윗의 시편 창작이 혼자만의 능력이 아니라 하느님의 은혜에서 나왔음을 말하고 있다. 뒤이어 나오는 네 영혼의 예도 하느님의 계획을 이해하는 인간의 능력이

제한되어 있음을 말해 준다.

3) 트라야누스. 단테는 「연옥편」 10곡에서 일화를 직접 소개하고 있다.

4) 히스기야. 유대의 왕이었던 그는 죽음이 닥쳐오자 하느님에게 자기의 신
실한 회개와 헌신을 기억해 달라고 기도했다. 그래서 그는 기록된 것보다
십오 년을 더 살았다.(「열왕기 하」 20: 1~6 , 「이사야」 38: 1~22)

5) 콘스탄티누스 황제. 로마제국의 수도를 비잔티움으로 옮겼고 로마를 교
황들에게 맡겼다. 이런 행위 자체는 나쁘지 않았으나 결과는 좋지 않았
다. 왜냐하면 이때부터 신앙의 권위와 세속 권력이 나뉘지 않고 서로 얽
혀 갈등을 일으키기 시작했기 때문이다.

6) 굴리엘모 2세는 나폴리와 시칠리아의 왕(1166~1189년)이었다. 일명
"나쁜 자"로 불린 아버지 굴리엘모 1세(1154~1166년)와 달리, "선한 자"
로 불릴 만큼 선정을 베풀었다. 이에 비해 샤를과 페데리코는 폭정을 한
왕들이다.

7) 트로이 함락 당시 전사한 영웅들 중 하나. 베르길리우스는 그를 가리켜
최고로 의로운 자라고 평했다. 그래서 이교도임에도 불구하고 그는 천국
에 있다. 이는 하느님의 정의가 인간이 이해할 수 없는 경지에 있음을 보
여 준다.

8) 각각 트라야누스와 리페우스.

9) 트라야누스.

10) 그레고리우스의 열렬한 기도와 소망은 원래 지옥에 있던 황제 트라야
누스에게 생명을 주고 구원에 이르는 세례를 받는 기회를 갖게 해 주었
다. 이는 하느님의 의지를 이긴 것으로 볼 수도 있으나, 하느님의 의지가
꺾인 것 자체가 하느님의 의지이며 은총이다.

11) 리페우스.

12) 그리핀이 끌던 전차의 바퀴.

13) 믿음과 소망, 사랑을 상징한다.

• 21곡 •

1) 여기서 베아트리체는 이전과 달리 위엄을 보인다. 순례자를 새로운 영역
으로 안내하고 있기 때문이다. 그곳은 춤도, 노래도 없는 관조의 하늘이
다. 관조의 터인 수도원이 세속적 삶과 천국의 삶의 사이에 있는 곳이듯,

이곳 토성의 하늘도 이전의 여섯 개의 하늘에서 이후의 두 개의 하늘로 건너가는 다리 역할을 한다.

2) 제우스가 세멜레와 사랑을 나누는 걸 알고 질투한 헤라가 세멜레를 부추기는 바람에 세멜레는 제우스에게 가장 환하게 빛나는 모습을 보게 해 달라고 졸랐다. 그러자 너무 강렬한 그 빛에 세멜레는 타 버려 재가 되었다.(「지옥편」 30곡 주 2) 참조)

3) 시각.

4) 토성.

5) 아드리아 해와 티레니아 해를 말한다.

6) 라벤나의 산타마리아 수도원.

7) "죄인 베드로"라 불린 피에트로(베드로) 다미아노(1007?~1072년)는 가난한 가정에서 태어나 폰테 아벨라나에 있는 베네딕투스 수도원의 원장을 거쳐 추기경이 되었다. 다미아노에 대한 이 부분은 수많은 논쟁을 불러일으켰다. 논쟁의 근본은 화자가 누구냐 하는 것이다. 한 사람의 피에트로 다미아노가 두 개의 이름으로 순례자에게 자신을 소개하고 있는지, 아니면 피에트로 다미아노가 한 사람이고, 나머지 하나는 1119년에 죽어 아드리아 해변의 산타마리아 수도원에 묻히고 그 비명에 "죄인 베드로(Petrus Peccans)"라 새겨진 오네스티 출신의 피에트로인지 하는 것이다.

• 22곡 •

1) 여기서 "외침"은 21곡 끝에서 피에트로 다미아노가 묘사한, 타락하고 부패한 사제들을 징벌하라는 기도였다. "닥쳐올 복수"는 무엇을 말하는지 분명하지 않다. 베아트리체는 보니파키우스 8세의 수모(「연옥편」 20곡 주 15) 참조) 혹은 교황청이 아비뇽으로 옮겨진 것 등을 말하는 것일 수 있다. 또는 「연옥편」에서 이루어진 예언(33곡의 "그때 하느님께서 보내신 오백과 열과 다섯이 거인과, 그와 더불어 죄지은 논다니를 죽일 거예요.")의 성취를 말하는 것일 수도 있다.

2) 카시노 산에는 아폴론과 비너스를 섬기는 신전이 있었는데, 성 베네딕투스는 이를 부수고 수도원을 세웠다.

3) 성 마카리우스의 이름을 가진 성인은 여럿이나, 가장 유명한 사람은 둘이다. 둘 다 4세기에 살았으며, 고행과 기도를 하면서 수도사들을 이끌었

다. 성 로무알두스는 970년 경 베네딕투스 교단에 들어가 수도 생활을 했고, 이후 여러 수도원을 세워 순수한 명상 생활을 장려했다.

4) 쌍둥이자리. 쌍둥이자리는 단테가 타고 태어난 별자리다. 그는 거기서 자신의 문학의 재능이 생겨났다고 믿고 있다. 여기서 단테는 자신의 진정한 고향으로 돌아간 기분을 마음껏 발산하고 있다.

5) 태양.

6) 지금 순례자는 달보다 더 높은 곳에서 달의 이면을 바라보고 있기 때문에 이전에 달보다 낮은 곳에서 보았을 때 보였던 "어두운 자국"이 보이지 않는 것이다. 그만큼 그는 인간의 눈에서 천국의 영혼의 눈을 갖춘 존재로 변신한 것이다.

7) 히페리온은 태양의 신 엘리오스의 아버지다. 이제 순례자는 처음으로 태양을 똑바로 바라볼 수 있다. 태양으로 상징되는 하느님을 대면하고 이해할 정도로 성장했다는 증거다. 한편 마이아는 수성의 어머니이고 디오네는 금성의 어머니다.

8) 토성.

9) 화성.

• 23곡 •

1) 밤새도록 둥지를 지키다가 나뭇가지 사이로 하늘을 보며 새끼들에 먹이를 더 열심히 물어다 줄 수 있도록 동이 트기를 기다리는 어미 새의 이미지에는 부드러움과 열정, 그리고 긴장이 혼합되어 있다. 순례자를 돌보는 어미 새 베아트리체는 순례자에게 정신적 음식을 주기 위해 밝아 오는 하늘을 바라보고 있다.

2) 달.

3) 그리스도.

4) 별.

5) 시의 뮤즈들 중 하나.

6) 성모마리아.

7) 정화천.

• 24곡 •

1) 그리스도.
2) 성 베드로의 영혼을 가리킨다.
3) "베드로가 예수께 '주님이십니까? 그러시다면 저더러 물 위로 걸어 오라고 하십시오' 하고 소리쳤다. 예수께서 '오너라' 하시자 베드로는 배에서 내려 물 위를 밟고 그에게로 걸어갔다."(「마태오의 복음서」14: 28∼9)
4) 순례자가 천국으로 들어가기 위한 시험은 믿음과 소망, 사랑의 세 가지 주제로 구성된다. 24곡에서 성 베드로는 순례자의 믿음에 대해 점검하고, 25곡에서는 성 야고보가 소망에 대해, 26곡에서는 성 요한이 은총 혹은 사랑에 대해 질문한다.
5) 바울을 가리킨다.
6) 순례자가 내린 믿음의 정의는 사도 바울에 따른 것이다. "믿음은 우리가 바라는 것들을 보증해 주고 볼 수 없는 것들을 확증해 줍니다."(「히브리인들에게 보낸 편지」11: 1)" 토마스 아퀴나스는 이 진술에 대해 믿음이란 영원한 삶이 우리 안에서 시작되도록 하는 정신의 습관이라고 설명한다. 따라서 믿음은 영원한 삶을 향한 우리의 소망이 터를 두는 곳이다. "실상"과 "증거"는 뒤이은 성 베드로의 말에 나오는 "실체"와 "논증"에 해당한다.
7) 각각 구약성서와 신약성서를 가리킨다.
8) 이 성가는 성 암브로시우스가 아우구스티누스의 개종에 붙인 노래로 연옥문을 통과할 때도 나왔다.(「연옥편」9곡)
9) "남작"은 성 베드로를 가리킨다. 중세에는 그리스도와 다른 성인들도 그렇게 불렸다. 여기서 순례자의 믿음은 생명과 강인함의 상징인 나무에 비견된다. 순례자는 질문들을 거쳐("가지마다") 이제 시험의 끝("가지 끝 잎사귀")에 도달하고 있다.
10) 그리스도의 무덤.

• 25곡 •

1) 성 베드로.
2) 성 야고보. 그의 무덤은 스페인의 북서부, 갈리시아 지방에 있는 산티아

고 디 콤포스텔라에 있다. 이곳은 로마 이후 중세에서 유럽의 중요한 성
지가 되었다.
3) 베드로와 야고보, 요한. 그들은 그리스도의 세 가지 주요한 모습을 목격
한 특별한 제자들이었다. 그것은 현성용(顯聖容)(「마태오의 복음서」 17:
1~8), 겟세마네 동산(「마태오의 복음서」 26: 36~38), 그리고 야이로의
딸을 살리신 것(「루가의 복음서」 8: 50~56)이다.
4) 야고보.
5) 베드로와 야고보.
6) 베아트리체.
7) 다윗.
8) 신약성서의 「야고보의 편지」를 가리킨다. 거기서 소망에 대한 언급이 여
러 차례 등장한다.
9) 44년 헤로데 왕은 성 야고보를 죽였다.(「사도행전」 12: 2). "종려나무"
는 순교의 승리를 상징하고, "싸움터"는 인생 자체를 가리킨다.
10) 두 겹 옷을 입는다는 것은 영혼과 육체를 모두 구원의 길로 이끄는 축
복된 삶을 가리킨다. "이스라엘은 갑절이나 수치를 받았고 능욕밖에는 돌
아온 차지가 없었으므로, 이제 저희 땅에서 받을 상속은 갑절이나 되고
누릴 기쁨은 영원하리라."(「이사야」 61: 7)
11) "그 뒤에 나는 아무도 그 수효를 셀 수 없을 만큼 많은 사람이 모인 군
중을 보았습니다. 그들은 모든 나라와 민족과 백성과 언어에서 나온 자들
로서 흰 두루마기를 입고 손에 종려나무 가지를 들고서 옥좌와 어린 양
앞에 서 있었습니다."(「요한의 묵시록」 7: 9)
12) 이 찬란한 빛은 성 요한이다. 거의 태양만큼 밝게 나타난다. 만일 게자
리가 그런 등급의 별을 지녔다면, 게자리가 밤하늘을 지배하는 12월 21일
부터 1월 21일까지 겨울 한 달을 계속해서 하늘을 밝게 만들 것이라는 말
이다.
13) 성 야고보와 성 베드로.
14) 그리스도를 상징하는 새. 펠리컨은 죽어가는 새끼를 자기 피를 먹여
살린다고 알려져 있다. 그리스도 역시 자기 피를 나누어 주어 인간을 정
신적 죽음에서 구해 냈다. 「요한의 복음서」(13: 23)에 다음과 같은 구절
이 있다. "이제 예수가 사랑했던 제자 중 하나가 예수의 가슴에 기대고
있었다."
15) 성모 마리아를 돌보는 일.

16) 그리스도.

17) 순례자는 요한의 눈부신 빛을 통해 요한의 영혼이 육체를 입고 있는지 보고자 한다. 중세에는 요한이 육신을 갖고 천국에 올랐다는 전설이 있었다.

18) 하느님께서 선택하신 자들의 숫자가 채워질 때까지 육신의 부활은 일어나지 않을 것이고, 오직 그리스도와 성모 마리아("두 개의 빛들")만 영혼과 육신("두 벌의 옷")을 지니고 천국("수도원")으로 오르게 되어 있다.

• 26곡 •

1) 순례자는 요한의 육신을 확인하기 위해 그 눈부신 빛을 쏘아보다가 눈이 멀었다. 그러나 성 요한은 순례자의 시력이 사랑 혹은 은총에 대한 시험을 통과하면 회복된다고 말한다.

2) 순례자의 시력을 회복시킬 힘이 베아트리체의 눈짓에 들어 있음을 아나니아의 예화를 통해 말하고 있다. 아나니아는 사도 바울의 시력을 찾아 주었다.(「사도행전」9: 12~19)

3) 단테는 베아트리체를 처음 보자마자 사랑에 빠졌다. 이는 그의 작품 『새로운 인생』에 잘 묘사되어 있다. 사랑이 눈을 통해 들어온다는 이미지는 사랑에 빠진 청년 단테가 속했던 청신체파의 전형적인 주제였다.

4) 천국 혹은 성서.

5) 계시.

6) 하느님.

7) 이 문장은 아리스토텔레스를 참조하고 있다. 아리스토텔레스는 사랑을 일으켜 선이 이해되도록 한다. 선에 대한 이해가 깊을수록 사랑은 우리 안에서 더 뜨겁게 타오른다. 모든 선은 하느님 안에 머문다. 따라서 하느님은 사랑의 제일가는 대상이며, 하느님의 선을 지각하면 인간은 하느님을 사랑할 수밖에 없다. 그러므로 이해(지성의 기능)는 사랑(의지의 기능)을 앞서는 것이다.

8) 아리스토텔레스.

9) "모세가 '당신의 존엄하신 모습을 보여 주십시오.' 하고 간청하자 야훼께서 대답하셨다. '내 모든 선한 모습을 네 앞으로 지나가게 하며, 야훼라는 이름을 너에게 선포하리라. 나는 돌보고 싶은 자는 돌보아 주고, 가엾이 여기고 싶은 자는 가엾이 여긴다.'"(「출애굽기」33: 18~19)

10) 아담.

11) 바벨탑을 쌓는 일을 가리킨다.

12) I는 유대인이 하느님을 부르던 호칭 야훼(Iahweh)의 첫 글자를, EL은 야훼와 함께 유대인이 신을 부를 때 쓴 호칭 엘로힘(Elohim)의 첫 두 글자를 딴 것이다.

13) "첫 번째 시간"은 아침 6시를, "여섯 번째 시간"은 정오에 이어지는 오후 1시를 가리킨다. 따라서 "여섯 번째에 앞선 시간"은 정오를 말한다. 여섯 시간은 하루의 사분의 일에 해당하니, 그동안 태양은 사분의 일을 움직인다. 단테에 따르면 아담이 에덴동산에 살았던 기간은 여섯 시간이었다. 흥미롭게 그리스도가 십자가에 매달려서 죽기까지의 시간, 단테가 지상 낙원에 머문 시간, 그리고 천국의 여덟 번째 하늘에 머문 시간도 여섯 시간이라는 지적들이 있다.

• 27곡 •

1) 베드로, 야고보, 요한, 아담.

2) 성 베드로의 영혼.

3) 목성의 빛은 하얗고 화성의 빛은 붉은데, 이제 희던 베드로의 빛이 화성의 빛처럼 붉게 변했다. 붉은색은 분노를 상징한다.

4) 야고보와 요한, 아담. 그들도 이제 성 베드로가 말하는 내용에 분노를 느낀다.

5) 보니파키우스 8세를 가리킨다. "나의 그 자리"를 세 번 반복하면서 베드로는 강경하고 분연하게 교회의 부패를 비판한다.

6) 이들은 모두 순교한 교황들이다.

7) 오른편에 앉는 것은 선택과 호의를, 왼편에 앉는 것은 반감과 비난을 의미한다. 그렇게 그리스도는 최후의 심판에서 선택된 자들을 오른편에, 죄인들을 왼편에 두실 것이다.(「마태오의 복음서」 25: 31~38) 그러나 단테는 그러한 종교적 비유를 통해 정치적 관심을 드러낸다. 궬피와 기벨리니를 둘러싼 당대의 정치적 혼란과, 그를 부추긴 교황청의 모습은 타락한 교황들이 하느님의 올바른 심판을 올바르게 예견하지 못한 것이었다.

8) 각각 카오르사 출신의 교황 요하네스 22세(1316~1333년 재위)와 과스코냐 출신의 교황 클레멘스 5세(1305~1314년)를 가리킨다. 단테는 이들

을 부패하고 사악한 교황들이라 여기면서, 이들로부터 교회의 타락과 종
말이 시작되었다고 보고 있다.
9) 2차 포에니 전쟁에서 스키피오 아프리카누스가 한니발을 격파하면서 로
마를 구한 것을 이른다.
10) 순례자는 「천국편」 22곡에서 처음으로 세상을 내려다보았다. 중세 지
리학은 인간이 사는 지구(북반구)를 적도에 평행하게 선을 그어 일곱 구
역으로 나눴다. 첫 번째 구역은 하늘의 쌍둥이자리에 상응한다. 지금 순
례자는 쌍둥이자리와 함께 돌고 있다.
11) 스페인 서남 해안의 항구.
12) 지브롤터 해협.
13) 페니키아 해안.(『변신 이야기』 ii, 833~875) 에우로파를 사랑하게 된
제우스가 스스로 황소로 변신해 아무것도 모르는("순수한") 에우로파를
등에 태우고 크레타로 데려갔다.
14) 쌍둥이자리의 카스토르와 폴룩스가 레다의 알에서 태어났다는 신화에
서 "둥지"의 이미지가 나왔다. 여기서는 여덟 번째 하늘 전체를 가리킨다.
15) 율리우스력은 일 년을 삼백육십오 일 여섯 시간으로 정했다. 이는 실제
보다 하루의 백분의 일을 초과한 것이니, 백 년이 지나면 하루의 오차가
생긴다. 이런 식으로 구천 년이 지나면 1월이 4월이 된다. 1582년 그레고
리우스 8세가 이 오류를 정정했다.

• 28곡 •

1) 원동천.
2) 무지개.
3) 하느님.
4) 순례자는 지금 천국의 중심에 와 있다. 지구는 그 중심에서 가장 멀리 떨
어진 곳이다. 따라서 지구로부터 멀어질수록 더 깊숙한 곳으로 표현되고
(「천국편」 30곡) 더 성스러워진다.
5) 원동천.
6) "원조"는 순례자가 지금 목격하는 하늘들의 상징적 모습이다. 그 중심부
에는 하느님의 빛이 있다. "복사물"은 물질적 우주를 가리키며, 그 중심에
는 아홉 개의 하늘로 둘러싸인 지구가 놓여 있다.

7) 아홉 개의 하늘이 서로 화답하는 모습.

8) 여기서 시인은 사랑의 행위가 아니라 지적인 행위를 축복의 우선적 기반으로 확신한다. 사랑의 행위가 봄의 결과라는 것을 시인은 솔로몬의 입을 통해 앞에서 말한 바 있다.(「천국편」 14곡 41~43, 46~51) 봄에 관한 시인의 성찰은 끝 곡에서 절정에 이른다.(「천국편」 33곡 55~57)

9) 여기서 설명된 천국의 하늘들과 그들을 관장하는 천사들의 구조를 정리하면 다음과 같다.

	천국의 하늘	천사
첫 번째 삼품	9. 원동천	세라핌
	8. 항성천	케루빔
	7. 토성천	트로니
두 번째 삼품	6. 목성천	도미나치오니
	5. 화성천	비르투디
	4. 태양천	포데스타디
세 번째 삼품	3. 금성천	프린치파티
	2. 수성천	아르칸젤리
	1. 월천	안젤리

10) 바울의 설교를 듣고 그리스도교로 개종한 아테네의 유명한 학자. 그는 아테네 최초의 주교였고, 95년 순교했다. 신학 이론에 관한 수많은 저작을 썼고 특히 천국의 구조에 대해 상세히 저술했다. 그의 저서 『천국의 질서』는 9세기경 라틴어로 번역되었고, 중세 시대에 천국에 대한 정통 해설서 역할을 했다.

11) 그레고리우스 1세 교황(590~614년 재위)은 천사의 품급을 분류했다. 단테는 『향연』(II, 6)에서 그의 분류를 따랐으나, 여기서 그 분류를 수정하고 아퀴나스가 새로 주장한 이론을 받아들이고 있다.

12) 사도 바울을 가리킨다.

• 29곡 •

1) 해와 달.
2) 성 제롬(340~420년)은 구약의 라틴본을 썼다. 아퀴나스를 따르면서 단테는 천사들이 우주가 창조되기 오래전에 존재했다는 제롬의 견해를 성서에 기대어(『창세기』 1: 1, 『전도서』 18: 1) 반박한다. 여기서 "진실"은 베아트리체가 순례자에게 말하는 진실이다.
3) 천사들.
4) 루키페르.
5) 마태오와 루가는 그리스도가 십자가에 못 박혔을 때 사방이 어두워진 것을 기록한다.("낮 열두 시부터 온 땅이 어둠에 덮여 오후 세 시까지 계속되었다." 『마태오의 복음서』 27: 45, "낮 열두 시쯤 되자 어둠이 온 땅을 덮어 오후 세 시까지 계속되었다." 『루가의 복음서』 23: 44) 베아트리체가 비난하는 "설교자들"은 이 현상을 성서의 설명이 아닌 월식으로 설명한다. 베아트리체는 진실은 설교자들의 말이 아니라 성서에 있다고 강조한다. 즉 그리스도가 십자가 위에서 죽을 때 드리워진 어둠은 스스로 일어난 기적과 같은 일이었다.
6) 라포와 빈도는 피렌체에서 무척 흔한 남자 이름이었다.
7) 그리스도의 첫 열두 제자를 가리킨다.
8) 이집트의 은자 성 안토니오는 250년에 태어나 105세까지 살았다고 한다. 악마의 유혹을 상징하는 돼지가 그의 발밑에 누워 있는 모습이 그의 전형처럼 되어 있는데, 이는 그가 악의 권세를 누린다는 뜻을 담고 있다. 중세에서 그의 수도회의 수도사들은 돼지를 기르며 교구 사람들이 사면을 받으리라는 그릇된 믿음("인각 없는 동전," 즉 위조 화폐는 위조 사면을 뜻한다.)을 갖고 돼지를 떠받들게 했다. 수도사들은 "쉽게 믿는 사람들"을 이런 식으로 부추기면서 성 안토니오보다 더 큰 부를 축적했다. 그들은 기르던 돼지로 살 또한 불렸을 것이다.
9) 『다니엘』(7: 10)에는 다음 구절이 나온다. "그 앞으로는 불길이 강물처럼 흘러나왔다. 천만 신하들이 떠받들어 모시고, 또 억조창생들이 모시고 섰는데, 그는 법정을 열고 조서를 펼치셨다."
10) 하느님을 아는 것. '봄(visione)'의 개념과 상응한다.

·30곡·

1) 지금 단테는 하늘의 중심("하늘 한복판 깊숙한 곳"), 엠피레오에 와 있다. 중세 아랍 천문학자 알프라가누스의 이론에 따라 단테는 지구의 둘레를 이만 사백 마일(삼만이천 킬로미터가량)로 보고 있다. 일출부터 정오까지 대개 여섯 시간이 걸린다고 할 때 지구는 하루의 사분의 일만큼, 즉 오천백 마일을 회전한다. 따라서 태양이 아직 정오("여섯 번째 시간"「지옥편」34곡 주 9) 참조)로부터 육천 마일 떨어져 있다는 것은 오천백 마일에 구백 마일을 더한 시각, 즉 일출 한 시간쯤 전이라는 말이 된다. 단테는 지금 천국에서 여명을 맞고 있으며, 태양이 떠오르면서 지구("이 세상")는 그 너머의 수평선("평평한 침상")으로 그림자를 길게 늘어뜨리고 있다.

2) 새벽.

3) 강물은 지금 둥그렇게 모여들어 거울처럼 변했다. 순례자가 강물에 눈을 적시면서 그의 시각은 점점 초월자의 그것으로 변해 간다.

4) 장미의 중심부의 꽃술을 가리킨다. 그 꽃술을 중심으로 장미의 잎들이 겹치면서 퍼져 나가는 모양은 하늘들이 정화천을 중심으로 퍼져 나간 형태와 닮아 있다.

5) 하인리히 7세는 1308년 교황 클레멘스 5세의 지지를 받으며 황제가 되었다. 그는 1310년 지지와 반대의 혼란 속에서 이탈리아에 들어왔다. 혼란의 삼 년 동안 그는 병에 걸려 1313년 시에나 근처에서 죽었고, 그에 따라 단테와 같이 그를 통해 이탈리아를 바로잡으려는 시도는 꺾이고 만다. 그래서 본문에서는 "다른 길을 가는 사람"으로 표현된다.「천국편」17곡에 관련된 언급이 나온다. 단테는 클레멘스 5세를 성직 매매의 죄를 지은 자들이 갇힌 지옥에 배치하고 있다.(「지옥편」19곡) 클레멘스 5세는 하인리히 7세보다 일 년도 더 오래 살지 못했다.

6) 클레멘스 5세. 프랑스의 세력을 견제하기 위해 하인리히 7세를 지지했지만, 나중에 태도를 바꿨다.

7) 사마리아에서 세례 받은 자들에게 성령을 전하는 역할을 성 베드로와 바울로부터 돈을 주고 사려 했다.

8) 성직 매매에 있어서 클레멘스 5세의 선배인 보니파키우스 8세의 고향이다.

9) 베아트리체의 이 예언은 이미 지옥에서(「지옥편」19곡 참조) 실현된 것

을 볼 수 있다. 보니파키우스의 이름을 직접 거명하지 않은 것은 이곳이 천국이기 때문이다.

• 31곡 •

1) 성 베르나르를 가리킨다. 베르나르라는 이름은 나중에 나오는데, 순례자와 베아트리체가 헤어지는 장면을 더 강조하기 위해서인 듯 보인다. 베아트리체의 역할이 성 베르나르로 옮겨 가는 것은 하늘의 궁극적 모습을 보기 위해서는 단테의 순례가 신비적 관조에 담긴 존재의 인도를 받아야 하기 때문이다. 성 베르나르는 세상에서 하느님의 신비적 직관을 행했다고 알려져 있다. 단테는 성 베르나르의 저작을 즐겨 읽었다고 한다.
2) 성모 마리아.
3) 로마의 산 피에트로 성당에 있는 비잔티움 양식의 성상으로 예수 그리스도의 얼굴 형상이 들어 있다고 한다. 그리스도가 골고다의 언덕에 오를 때 그의 피로 얼룩진 얼굴을 어느 신실한 여자가 손수건으로 닦아 주었는데, 그 수건에 새겨진 형상이 성상의 모습과 같다고 한다. 그리스도가 그 여자의 문둥병을 낫게 해 주었다는 말도 있다. "베로니카(veronica)"는 그 여자의 이름을 딴 것이면서, 또한 "진실의(vero)" "성상(icon)"이라는 뜻이 있다.

• 32곡 •

1) 이브를 가리킨다. 넓게 열었다는 것은 아담까지 죄를 짓게 하고, 결국 모든 인간의 원죄를 만들었다는 뜻이다.
2) 「지옥편」(4곡 60)을 보면, 라헬은 그리스도가 지옥으로 진입하던 때에 림보에서 풀려난 영혼들 가운데에 있었다. 그녀는 또한 순례자의 꿈에서 관조적인 영혼으로 등장한다.(「연옥편」 27곡 100~108).
3) "시인"은 다윗을, "증조모"는 룻을 가리킨다. "사라"는 아브라함의 아내이며 이삭의 어머니다.(「창세기」 16: 15~19) "리브가"는 이삭의 아내이며, 야곱과 에서의 쌍둥이를 낳았다.(「창세기」 25: 19 이하) "유딧"은 느부갓네살의 장군인 홀로페르네스가 잠든 사이 그를 죽여 유대 민족을 구

했다.

4) 세례 요한은 이 년 동안 림보에 있다가 예수 그리스도의 구원과 함께 다른 영혼들과 천국으로 올랐다.

5) 하느님의 빛을 가장 가까이서 둘러싼 영혼들은 두 구역으로 나뉜다. 우선 성모 마리아를 중심으로 이브, 라헬, 사라, 리브가, 유딧과 같은 그리스도 이전의 히브리 여인들이 있고, 세례 요한을 중심으로 프란체스코(「천국편」 11곡 43~117), 베네딕투스(「천국편」 22곡 28~98), 그리고 아우구스티누스(「천국편」 22곡 58~63) 같은 그리스도 이후의 성인들이 있다. 두 구역에는 각각 세례를 받지 않은 아이들(그리스도 이전의 시대)과 세례를 받은 아이들(그리스도 이후의 시대)이 있다.

6) 하느님은 그리스도 이전에 살았던 사람들만큼이나 그리스도 이후에 태어난 사람들을 위한 자리를 하늘에 마련해 놓으셨다는 뜻이다. 그런데 그리스도 이후의 자리에는 "몇 자리만이"(「천국편」 30곡 131~132) 남아 있다. 단테는 아마 세상의 종말이 멀지 않았다고 생각했던 것 같다.

7) 순례자는 지금, 아이들은 선행을 쌓을 기회도, 그를 위한 자유의지를 지닐 기회도 없었는데 어떻게 천국에 들어올 수 있었는지 생각하고 있다.

8) 야곱과 에서는 이삭과 리브가의 쌍둥이 아들이었다.(「창세기」 25: 21~34) 성 베르나르는 그들을 은총의 신비의 예로 들어 말한다. 머리카락 색깔의 은유는 빨간 머리카락의 에서가 검은 머리카락의 야곱과 닮지 않았다는 사실과 관련된다. 검은 머리카락이 히브리인들의 정체성을 더 확연하게 드러내며, 따라서 하느님의 진정한 은총의 대상이라는 것이다. 하느님은 인간이 태어나기 전부터 인간의 운명을 정해 놓으시며, 그 운명은 하느님의 자비에 달려 있다.(「로마서」 9: 10~16 참조)

9) 할례는 불완전한 세례로 간주되며, 세례의 신성함을 미리 나타낸다.

10) 가브리엘 천사를 말한다.

11) 아담과 성 베드로를 가리킨다. 아담은 최초의 인간이었고 베드로는 그리스도 이후에 신앙의 터가 되는 교회를 세웠기에 "뿌리"라고 하는 것이다.

12) 요한과 「요한의 묵시록」을 가리킨다. 요한은 죽기 전에 계시를 받았고, 십자가의 희생으로 그리스도가 일구어 낸 교회의 박해와 고난을 「요한의 묵시록」에서 예언했다.

13) 모세.

14) 모호한 표현이다. 비평가 바르비에 의하면, 이 구절은 살아 있는 존재를 환기시킨다. 살아 있기에 너무 오래 깨어 있을 수 없다는 것이다. 또는

심오한 신비의 명상에 빠져 드는 것일 수도 있다. 하느님의 숭고한 신비를 명상하는 시간이 왔다는 것인데, 인간이 거기에 부응하려면 감각에서 완전히 벗어나야 하고, 따라서 잠드는 상태처럼 된다는 것이다.

• 33곡 •

1) 『신곡』의 마지막 장은 우아한 문체에 전례(典禮)의 형식을 띠고 있으며, 가장 유명한 부분들 중 하나다. 궁극의 구원을 주관하는 존재는 하느님이지만, 여기서는 성모 마리아의 재현을 통해 단테의 비범한 시적 성취를 이루고 있다. 하느님은 사실상 재현할 수 없는 초월적 대상이기 때문이다. 바로 그러한 한계에 부딪히면서 시적 성취는 더 커진다. "당신의 아들의 딸"은 성모 마리아가 하나의 피조물로서 자신의 창조주를 낳은 불가사의를 함유한다.

2) 성모 마리아의 두 눈을 가리킨다.

3) 봄(visione)의 개념은 고대부터 중세를 거쳐 단테에 이르기까지 저승의 구조를 받치는 근본적인 개념이다. 봄은 본다는 행위와 보인다는 상태를 함께 가리키면서 구원으로 나아가려는 의지와 그 계기, 그리고 구원의 주체가 구원을 이끄는 것까지 포괄한다. 봄에 관련된 고대의 예는 베르길리우스의 『아이네이스』에서 분명하게 나타난다. "저 위의 빛을 향해 갈 간힌 영혼들"(『아이네이스』 VI. 680) 심연에서 위의 빛을 바라보는 시선과 몸짓은 계시록들(「요한의 묵시록」 21: 10, 「베드로 계시록」 5: 4 이하)이나 연옥에 대한 중세의 이상(異象)(『퍼시의 이상(Visio Furse)』, 『베티의 이상(Visio Vettini)』(9세기), 『트누구달의 이상(Visio Trugdali)』(12세기 중엽))에서, 그리고 악한 부자는 "음부에서 고통 중에 눈을 들어 멀리 아브라함과 그의 품에 있는 나사로를 본다."(「루가의 복음서」 16: 23)와 같은 구절에서 잘 나타난다. 이들이 단테와 연결된다는 역사적 증거는 없으나, 그러한 전통을 『신곡』이 반영하고 있는 것은 확실해 보인다.

4) 작가 단테의 고뇌가 고도의 시적 성취를 이루는 곳이다. 순례자는 다만 볼 뿐이다. 그 보는 행위는 이미 인간의 눈이 아니라 하느님의 은총이 덧씌워진, 하느님을 직관하는 것이라면, 단테는 그러한 순례자의 시각을 말로 재현할 수도, 기억할 수도 없음을 고백한다. 이렇게 인간으로서의 한계를 인정함으로써 정작 그는 재현할 수 없는 하나의 초월적 현실 혹은

대상을 재현할 수 있는 것으로 만드는 노력을 호소하고, 나아가 재현할 수 없음 그 자체를 전면화함으로써 초월적 대상을 부각시킨다.

5) 재현할 수 없고 기록할 수 없는 상태에 대한 묘사가 이어진다. 눈에 찍힌 표시가 햇살에 녹아 없어지듯, 예언가 시빌라(베르길리우스, 『아이네이스』 III, 441~451)는 예언을 나뭇잎에 써 두었다가 바람에 날려 보냈다. 마찬가지로 단테의 천국 경험은 깊은 흔적을 남겼으나 필멸에 속하는 어떤 것이다.

6) 재현할 수 없는 것을 재현하려는 노력이다. 그의 재현의 노력은 "영원한 빛을 응시하도록 허락하신 풍요의 은총"에 의해 가능해졌다. 지금 그는 재현할 수 없는 하느님의 모습을 보고 있거나 혹은 보았다고 생각한다. "보다"라는 동사와 그 행위는 이제 궁극에 다다른 순례자의 전부이며 그것을 글로 재현하는 단테가 의지하는 유일한 것이다. 그를 통해서 단테는 지성의 의지와 힘으로 나아가고자 하는데, 그 목적은 하느님의 신비를 보고 이해하려는 것이다. 지성의 눈을 더욱 크게 뜨면서 지성을 초월하는 존재를 보려는 모순이 작가 단테의 모습이다.

7) "아르고"는 황금 양털을 구하러 코르키스로 향하던 이아손이 탄 배다.(「지옥편」 18곡 참조) 배의 그림자가 지나가는 것을 보고 바다의 신 넵튠은 깜짝 놀라는데, 일찍이 그런 것이 바다에 출현한 적이 없었기 때문이다. 단테는 이 사건을 그의 시대로부터 이천오백 년 전에 일어난 것으로 설정하면서 그의 천국 경험이 대단히 오래전에 있었던 일이라고 호소한다. 다시 말해, 이천오백 년 전에 있었던 아르고의 항해가 순례의 끝에서 하느님의 존재를 본 그 순간("한순간")에 비해 더 쉽게 기억된다는 것이다. 넵튠이 자기 영역의 낯선 습격자를 올려다보며 놀란 모습, 그 이미지는 천국의 바다로 확장된다. 단테가 「천국편」 초입에서 글라우코스라는 또 다른 바다 신을 끌어들인 것도 그런 맥락으로 읽을 수 있다.

8) 하느님의 모습("그 유일한 모습")은 불변하지만, 여기서는 순례자가 변하는 대로 변하는 것처럼 보인다. 그것은 신성한 존재를 인간이 완전하게 포착할 수 없다는 진리를 말하는 것이다. 순례자의 지성은 하느님 안으로 차츰차츰 스며들고 점점 다른 모습으로 변해 간다. 순례자는 이제 인간도, 하느님도 아닌, 그 무엇이 되어 간다. 그에 따라 하느님을 인지하는 방식과 그 결과도 달라지는 것이다. 「천국편」 33곡 76~96에서도 같은 내용이 언급되었다.

9) 『신곡』의 마지막 구절은 하느님을 담고 있다. 하느님의 존재는 「천국편」

의 처음 구절뿐만 아니라 『신곡』을 여는 「지옥편」의 첫 곡(1곡 16~18)을 채운다. 「지옥편」과 「연옥편」처럼 「천국편」 역시 "별들"이라는 말과 함께 끝을 맺는다. 매번 순례자의 눈은 별들에 고정된다. 모든 사람은 하느님의 별에 눈을 고정시켰을 것이다. 왜냐하면 거기에 행복이 있고, 누구나 행복해지고 싶어하기에.

작품 해설

대부분의 작가들이 그러하듯, 단테 알리기에리가 『단테 알리기에리의 코메디아(*La Comedia di Dante Alighieri*)』('신곡'의 원래 제목)를 쓴 것은 하나의 운명이었다. 대략 1304년 무렵 「지옥편」을 구상하기 시작했으니, 단테가 유랑을 스스로의 운명으로 받아들일 때였다. 그때부터 그가 세상을 뜬 1321년까지 유랑은 끝나지 않았고, 『코메디아』는 유랑을 자양분으로 삼아 한 권의 책으로 세상에 남았다. 그의 몸은 아직도 피렌체가 아닌 라벤나에 누워 있어 유랑은 여전히 지속되고, 그의 책도 유랑의 운명을 이어받아 그 힘을 발휘하면서 시간과 공간을 넘어 우리에게까지 전해진다.

단테는 평생의 반을 유랑으로 보냈다. 유랑자 단테에게 피렌체는 양면을 지닌 곳이었다. 피렌체는 단테의 삶의 터전이었다. 단테는 1265년 피렌체에서 태어나 그곳에서 반평생을 보냈다. 현재의 피렌체보다 훨씬 작았던 당시의 도시 곳곳에는 단테의 기억과 애정이 스며들었다. 피렌체는 단테가 브루네토 라티니 아래서 고전과 인문주의 학문을 익히고 귀도 카발칸티와 어울리며 새로운 문학을 세워 나가던 곳이었고, 베아트리체의 영원한 사랑을 만난 곳이자 냉혹한 현실 정치에 뛰어들어 이상을 실천하던 곳이었다. 그러나 피렌체는 또한 거역의 장소였다. 단테는 피렌체의 정의와 번영을 위해 목소리를 내다가 추방당했고 일생 동안 명예로운 귀환을 요청받지 못했다. 『코메디아』는 피렌체에 대한 단테의 사랑과 분노, 그리고 거기로 돌아가고 싶은 간절한 소망을 담고 있다. 사실상 『코메디아』는 13세기와 14세기의 피렌체의 역사이며, 그와 함께한 단테 자신의 체험과 기억에 관한 책이다.

단테의 학문은 그가 이미 중세의 안정된 품에서 벗어나 근대의 활기찬 여명으로 한 걸음 나섰던 지식인이었음을 말해 준다. 『코메디아』에 나타난 단테는 로마의 시인 베르길리우스를 아버지처럼 숭상했으며, 자신이 호메로스, 호라티우스, 오비디우스, 루카누스, 그리고 베르길리우스와 같은 고전 문학 작가들에 이어 여섯 번째 자리에 오르기를 원했고 또 그렇다고 자부했다. 우주에 대한 단테의 지식은 비록 중세 천문학 체계에 터를 둔 것이었으나 놀랍도록 정교하고 원대하며, 어디까지나 인간 가치에 연루되어 있었다. 마찬가지로 그의 신학은 고전 문학이나 과학에서 만날 수 있는 이성의 원리들과 어긋나지 않았다. 당시 라틴어에 비해 속어에 불과했던 피렌체어를 창작에 동원하고 비극 대신 희극의 형식과 정신을 차용하며 다양한 계급과 성향의 인간들을 등장시킨 것도 『코메디아』의 작가 단테를 실천적 지식인으로 보게 해 주는 단서들이다.

이런 측면에서 『코메디아』는 물론 단테의 삶 전체를 물들인 구원을 향한 소망은 종교의 차원에서 이해하는 데 그칠 수 없다. 『코메디아』의 환상은 그대로 현실로 내려서고 천국의 구원은 현실의 구원으로 이어진다. 특히 「천국편」에서 단테가 펼쳐 보인 신학적 지식은 사실 신이 아니라 인간에 대한 지식이자 깨달음이다. 그래서 그의 문학을 기독교 문학이라고 부른다면 거기서 '기독교'라는 한정사를 떼어 내든지 '문학'에 부속시켜야 하고, 『코메디아』를 신학의 해설서라고 부른다면 신학보다는 아무래도 인간학으로 대체해야 좋을 듯이 보이는 것이다.

『코메디아』는 문학의 본령을 세우는 문학 텍스트로 제 얼굴을 더 확연히 드러낸다. 그동안 『코메디아』에 대한 신학적 접근은 단테 학자들에게 정통의 길이었다. 그것은 구원이라는 개념을 현실 세계에 적용하지 못했던 탓이었으리라. 신학적 차원에서 구원은 이루어지는 무엇이며 받는 무엇이다. 그런 피동의 개념은 자연스레 구원의 주체를 따로 두는 사고를 형성한다. 그래서 구원의 주체는 절대자로 상정되며 구원은 완성으로 이해되기 마련이다. 그러나 구원을 추구하는 주체, 즉 필멸의 인간의 입장에서 볼 때 구원이란 늘 미완의 과제로 남을 수밖에 없다. 그렇기에 문학 텍스트로서 『코메디아』는 우리에게 구원의 길을 제시하기보다는 구원의 길에 동참하기를 권하는 것이다. 이때 문학은 『코메디아』를 끝없이 새로운 얼굴로 나타나게 만들고 독자로서 우리는 구원의 의미를 끊임없이 되물으며 유한한 삶의 의미를 확장시켜 나간다.

단테의 문학은 베아트리체의 사랑(그 안에 단테의 사랑도 들어 있을)으로 이루어져 있다. 젊은 시절 단테는 베아트리체의 사랑을 얻지 못한 나머지 언어에 대한 사랑으로 방향을 돌리고 그를 통해 베아트리체의 사랑을 얻기로 결심한다. 사랑의 주제는 단테 문학의 전부가 되고 베아트리체는 사랑의 화신으로 단테의 삶과 문학을 이끈다. 『새로운 인생』을 쓰던 시절 단테는 사랑이 불어올 때 받아 적고 사랑이 안에서 불러 주는 대로 드러내며(「연옥편」 24곡 52~54) 언어를 주조하던, 당시 새로운 문학을 선도하던 작가였다. 베아트리체가 죽고 현실 정치를 겪고 유랑의 길을 떠나 『코메디아』를 쓰던 단테에게도 사랑은 변함없이 제자리를 지키고 있었다. 『새로운 인생』에서 선언된 단테의 존재 방식은 『코메디아』의 기반을 이루면서 문학의 진정한 가치를 우리 앞에 내놓는 것이다. 단테의 전기를 쓴 R.W.B. 루이스의 말을 빌면 단테에게 "새로운 삶"이란 시인으로서의 삶, 즉 시를 쓰는 가운데 자기 존재의 위대한 목적을 찾을 수 있었던 한 인간의 삶이었다.

보에티우스의 『철학의 위안』은 베아트리체가 죽은 뒤 단테가 마음을 철학에 의존하며 빠져 든 책이다. 그와 함께 아리스토텔레스의 철학과 중세 신학을 종합한 토마스 아퀴나스의 『신학대전』을 통해 단테는 새로운 시인으로 거듭나고자 했다. 『코메디아』에서 단테는 "변한 목소리와 또 다른 양털을 지닌 시인으로"(「천국편」 25곡 7) 돌아올 것이라고, 자기를 거부한 피렌체 사람들에게 이르지만, 그는 이미 거듭난 시인으로서 『코메디아』를 쓰고 있었다. 1290년대 중반부터 뛰어든 피렌체의 정치와 행정, 그리고 거기서 비롯된 패배와 유랑은 보편적 사랑과 권력에 대한 물음을 갖게 만들었던 것이다. 단테에게 사랑은 그의 영혼을 세상에 퍼뜨리고 세상을 긍정적으로 만드는 힘이었고, 권력은 그 힘을 행사하는 하나의 방법이며 절차였다.

『새로운 인생』이 열정적 서정시와 산문이라면, 그리고『향연』과『속어론』, 『제정론』이 절제된 탐구서들이라면, 『코메디아』는 환상적 서사시라고 할 만하다. 『코메디아』는 또 다른 세계로의 기행문이다. 단테는, 프랜시스 퍼거슨의 입을 빌면, 그의 시대에 감히 누구도 흉내 낼 수 없었고 그 이후로도 아무도 능가하지 못한 다양하고 섬세한 사실주의적 필치로 인간을 자유롭게 묘사했다. 서양 문학에서는 보기 드물게 단테는 문학에 자신의 영혼과 목소리 이외에 다른 영혼과 목소리를 담았다. 단테는 타자에 대한 감수성이 예외적으로 뛰어난 작가였다.

작가란 또 다른 세계를 여행하고 안내하고 묘사하는 존재라고 할 때, '또 다른 세계'란 가능 세계이며 타자의 세계다. 그리고『코메디아』를 환상적 서사시라고 할 때 '환상'은 바로 또 다른 세계를 창조하는 능력이자 재료를 뜻한다. 글자 그대로 창조자로서 단테는 한 권의 책에 또 다른 세계들을 정교하고 원대하게 담아냈다. 그의 말대로 영원한 빛 깊숙한 곳에서 우주에 조각조각 흩어진 모든 것을 바라보고 이를 한 권의 책 속에 사랑으로 묶어 낸 것이다(「천국편」 33곡 85~87). 그렇게 묶어 낸 세계는 그가 창조한 환상의 세계지만, 그것이 살아 숨 쉬는 곳은 바로 현실의 세계다. 사실주의란 말이 단테에게 어울리는 것은 그의 환상이 현실과 직접 닿기 때문이다.

　과연『코메디아』에는 처음부터 끝까지 죽음 이후의 세계가 펼쳐지지만 거기서 만나는 이들은 실존 인물들이며, 그것도 대부분 단테의 언저리에 살던 이들이다.『코메디아』는 다양한 죄와 벌의 유형들, 섬세한 인간 성격과 심리들, 생동감 넘치는 묘사들을 통해 현실을 적절하게 재현한다. 단테는 살고 사랑하고 투쟁하면서 어떤 이들은 동지로 어떤 이들은 적으로 대했다. 교황 보니파키우스 8세는 교황으로서 넘보지 말아야 할 세속적 권력을 탐한, 교회의 부패와 탐욕의 대표자였다.『제정론』에서 단테는 "나의 왕국은 이 세상에 있지 않다."라고 그리스도가 필라테(본디오 빌라도) 앞에서 했던 선언을 인용하면서 정신적인 권력과 세속적인 권력을 구별하고 또한 종합하려 했다. 단테의 이상은 보편적인 권력의 성립과 행사였으며, 그것이 선악을 가르는 하나의 기준이었다. 보편적인 권력은 그 자체로 하나의 '권력'이 될 수 있으나,『코메디아』에 등장하는 지극히 다양한 선과 악의 유형들은 단테가 생각하는 보편이 획일화되거나 강압적이지 않고 그 대신 맥락에 따라 유연하게 모습을 바꾸는 것임을 알 수 있게 해 준다.

　『코메디아』를 떠받치는 형식과 구조는 놀랍도록 치밀하고 웅장한 건축물을 상기시킨다.『코메디아』는「지옥편」과「연옥편」,「천국편」으로 이루어진 방대한 서사시다. 각각 서른세 편의 독립된 곡(canto)으로 구성되며,「지옥편」에는 서곡이 추가되어 모두 100곡을 이룬다. 곡 하나하나는 대체로 140행 안팎에 달하며, 모든 행은 11음절로 구성되고 전체 14,233행에 이른다. 각운이 꺽쇠가 엇갈리듯 짜인 삼연체 형식은 아쉽게도 번역에서 도저히 살릴 수 없지만, 그 효과는 단순한 형식적 기교를 넘어선다. 그것은 각운으로 반복되는 음과 율동을 통해 이미지와 개념의 연쇄를 보장하고 단테가 제시하는 세계의 완전성을 받쳐 준다.『코메디아』를 제대로 읽기 위해서 이탈리아어를 따로 배웠던 수많은 시인들은 바로 오묘하게 짜인 리듬과 강세에 저들의 몸을 적시고자 했던 것이다.

단테가『코메디아』를 당시의 공식 언어였던 라틴어가 아니라 지방 속어들 중 하나인 피렌체어로 썼다는 점은 큰 의미를 지닌다.『속어론』에서 단테는 문학 언어로서 속어가 라틴어보다 우월하다고 주장한다. 언어는 단테의 사랑의 대상이자 터였다. 그는 피렌체어가 몸에 밴 피렌체 작가였다. 라틴어가 학문과 문화를 지배하던 시절에서 그의 주장은 파격적이었고 그의 실천은 능력을 좀먹는 아쉬운 것으로 비쳤다. 그러나 피렌체의 언어가 그를 보편적이고 영원한 가치를 밴 고전 시인으로 만드는 데 결정적이었음은 의심할 여지가 없다.『코메디아』가 나온 이래 이탈리아 사람들은 굳이 그리스와 로마의 고전을 찾지 않아도 될 정도였다. 속어를 채택함으로써『코메디아』는 일상을 살아가는 일반 독자의 반응을 얻을 수 있었다. 속어는 독자의 수준에 맞추어졌던 것이기에 독자와의 대화를 통해 도덕의식을 환기하는 효과를 낳았다. 또『코메디아』와 함께 이탈리아의 '국어'는 순식간에 확립되었고, 이후 근간은 바뀌지 않았다. 이 놀라운 사건의 한가운데에는 보편적 인간에 대한 작가의 경건한 성찰과 재현이 자리하고 있다. 그것은 구원의 의미를 자신의 당대 현실에서 추구하는,

역사의식을 지닌 지식인의 역할을 수행한 것이었다. 그것이 단테가 추구한 구원의 실질적 의미일 것이다.

단테는 1300년 부활절 주간에 죽음 이후의 세계로 순례를 떠난다. 그의 순례는 금요일에 시작하여 지옥에서 사흘, 연옥에서 사흘, 천국에서 하루를 머문다. 그리스도의 수난과 부활의 사이클에 맞춰 단테 자신이 구원의 여정을 걷고 있는 것이다. 단테는 「지옥편」과 「연옥편」, 「천국편」의 첫머리에서 시간을 제시한다. 정확히 단테는 1300년 3월 25일 부활절 목요일 밤에 여행을 시작하여 4월 1일 목요일 아침에 마친다. 1300년은 보니파키우스 8세가 선포한 성년(聖年)이다. 또한 한 해에서 이 시기는 태양이 양자리에 위치하고 그리스도의 잉태와 부활이 이루어진 때이며 하느님이 우주를 창조한 때다. 구원을 향한 순례자의 소망이 가장 큰 화답을 얻는 때인 것이다.

목요일 밤, 단테는 잠에서 깨어나 어두운 숲에서 길을 잃고 서 있는 자신을 발견한다. 세상의 온갖 악을 대면한 작가 단테 앞에 그가 아버지처럼 존경하던 베르길리우스가 길잡이로 나타나고, 그들은 함께 지옥과 연옥을 돌아본다. 그들의 눈에 비친 지옥은 죄와 벌의 인과성이 비정할 정도로 엄격하게 적용되는 곳이었다. 단테의 지옥 묘사는 더 할 수 없이 사실적이고 구체적이다. 「지옥편」의 글자들에서는 피가 흘러내리고 악취가 풍기며 비명 소리가 들리는 듯하다. 지옥은 죄와 벌의 영원한 지속을 담은 세계이기에 희망 없는 삶의 의미가 무엇인지 우리에게 잘 가르쳐 준다. 그러나 그 가르침을 주는 것이 죽음이라는 것을 생각하면, 단테의 순례는 죽음 이후를 삶과 연결시키는 것임을 알 수 있다.

　지옥이 형벌의 영원성을 상징하듯 깔때기 모양으로 땅속에 내리꽂힌 모양임에 비해, 연옥은 바다 위로 솟아오른 하나의 산이다. 끊임없이 오르고 또 오르면 마침내 구원을 얻을 수 있는 기회와 도전의 장소다. 연옥에 배치된 망령들은 저들이 받는 벌이 유한한 것을 알기에 그 끝에 올 달콤한 구원의 순간을 고대하며 기다리고 또 기다린다. 연옥의 망령들이 형벌을 받는 기간을 단축해 주는 가장 효과적인 수단은 바로 현실 세계에서 그들을 위해 진정으로 빌어 주는 기도다. 그렇기 때문에 연옥도 죽음 이후의 세계이지만, 지옥과 천국에 비해 현실 세계에 더 직접적으로 연결된다.

　단테는 연옥의 정상에서 베아트리체를 새로운 길잡이로 삼고 베르길리우스를 떠나보낸다. 베아트리체는 레테 강과 에우노에 강에서 몸을 씻은 단테를 데리고 천국으로 날아오른다. 천국의 순수한 기쁨을 똑바로 바라보고 이해하기에 너무나 부족한 단테는 오직 은총과 의지를 통해 천국의 여러 하늘들을 거쳐 최고의 하늘에 이른다. 천국에서 단테는 신학과 철학의 지식을 동원하여 그 자신과 그 밖에 역사와 세계에 대한 성찰과 반성을 수행한다. 궁극에서 단테는 하느님의 빛으로 해체되는데, 그 자체가 바로 절대적 구원의 경지다.

　『코메디아』는 이러한 순례를 마치고 집으로 돌아온 작가 단테가 기억을 되살려 기록한 글이다. 『코메디아』를 읽으면서 우리는 순례하는 단테와 기록하는 단테를 동시에 만난다. 우리는 단테가 순례를 하는 중에도 자기가 보고 들은 것을 잘 기억하고 묘사할 수 있도록 기원하는 모습을 자주 볼 수 있다. 물론 이러한 모든 것은 작가 단테가 만들어 낸 허구의 일들이다. 단테는 스스로 순례자가 되어 죽음 이후의 세계를 순례하고 돌아와 그 기록을 남긴 것으로 설정하고 있는 것이다. 『코메디아』라는 텍스트의 경계를 「천국편」 33곡이 아니라 그 텍스트가 발산하는 함축된 의미와 세계들을 포함하는 것으로 본다면, 우리는 『코메디아』를 읽으면서 거기에 등장하는 순례자 단테뿐만 아니라 그를 쓰는 작가 단테를 상상해야 한다. 그럴 때 『코메디아』는 순례라는 허구적 상황에 그치지 않고 작가 단테의 현실과, 나아가 그를 읽는 독자들의 현실에 깊이 관여하는 문학이 된다.

그렇게 볼 때 천국에서 구원받은 영혼들은 우리가 생각할 수 있는 완벽한 시민들이며 그들이 이룬 공동체는 곧 천국이라 불리는 곳이다. 천국의 자리는 반드시 죽음 이후에 설정될 필요가 없으며, 바로 지금 여기서 실현 가능한 무엇이다. 단테의 환상은 단테의 유토피아를 열린 공간으로 정의할 수 있도록 해 준다. 또 다른 세계로 떠나는 환상 여행은 보편적 이념과 그 공동체가 현실 세계에서 이루어질 수 있는 조건 및 그 가능태를 제시하는 것이었다.

보편성은 작가 단테를 우리에게까지 데려다주는 유일한 조건이다. 피렌체의 언어를 구사한 피렌체의 시인이었으나 그의 문학은 곧바로 이탈리아 반도에 퍼졌고, 그는 유럽의 시인이 되었으며 마침내 세계적 시인이 되었다. 단테가 셰익스피어와 괴테와 함께 세계문학을 대표하는 인물로 공인된 것은 오래된 일이다. 그런데 그렇게 세계문학을 대표하는 자리에 오르게 된 것이 서양 근대의 발전과 일치한다는 점, 그러나 정작 단테는 중세와 근대의 경계 위에 서 있었다는 점은 어떤 음험한 생각을 하게 만든다. 혹시 우리는 '근대화된 단테'를 만나고 있는 것이 아닌가.

누구나 『코메디아』를 인류의 대표적인 고전으로 평가하기에 주저하지 않을 것이다. 고전이란 무엇인가? 무엇보다 고전은 오랜 시간 동안 수많은 경쟁을 물리치고 보편적인 가치를 유지하며 살아남은 텍스트를 말한다. 그런 측면에서 『코메디아』를 당연히 고전이라고 말하는 것은 '아직' 잘못된 진술이다. 지금까지 서구 세계에서 살아남았던 것은 사실이지만, 이제 비(非)서구 세계에서도 살아남을 것인지를 검증받는 한에서 보편적 가치를 지닌 진정한 고전이 될 수 있는 것이다. 비서구 세계에서 지금까지 살아남은 『코메디아』가 진정한 의미에서 비서구의 맥락을 겪었다고 볼 수는 없다. 말하자면 서구라는 특수한 세계에서 인정된 문학 가치가 비서구 세계에 강요되거나 혹은 비서구 세계가 그것을 자발적으로 수입하거나 하면서 살아남은 것처럼 보일 수 있었다. 그래서 우리는 앞으로도 『코메디아』가 살아남을 수 있는지 물어야 하는 것이다. 이 물음 앞에서 서구든 비서구든 모든 『코메디아』의 독자들은 자유롭지 않다.

우리가 단테를 알게 된 것은 개화기의 일이었다. 일본을 통한 개화와 근대화의 길을 걷던 때에 단테는 단편적으로 소개되었고 참조되었다. 때로는 민족 계몽의 표본으로, 때로는 자유연애의 장려자로, 때로는 애국자의 전형으로, 또 때로는 서구 문명의 대표자로, 단테는 해방 이전 시기까지 면면히 모습을 드러냈다. 아마 단테를 직접 읽은 경험은 없었고 일본을 통한 중재가 전부였을 것이다. 아쉽게 단테를 본격적으로 연구한 기록도 찾을 길이 없다. 해방 이후 쏟아져 나온 수많은 '세계문학전집'들에서 단테는 단골 메뉴였다. 그러나 이탈리아어 원전에서 번역한 예는 찾아보기 힘들뿐만 아니라 원전을 충분히 소화하지 못하거나 축약한 것들이 대부분이었다. 그럼에도 단테는 항상 고전의 대표 목록에 올랐다. '세계문학'으로 인정된 '고전'은 중역본이건 축약본이건 상관없이 어떻게든 읽어야 한다는, 그래야 진정한 문학을 접할 수 있다는 강박 같은 것도 있었던 것 같다. 그것은 서구 고전에 대한 맹목적인 경외와 다르지 않았다. 그러나 이제 우리는 단테를 직접 만나면서 이전과는 다른 방식으로 단테를 들여다볼 때를 맞이하고 있다.

"신곡—단테 알리기에리의 코메디아" 이것이 이 번역서의 제목이다. 동아시아에서 이 책은 '신곡'이라는 제목으로 널리 알려져 왔지만, 이번에 그것을 극복할 필요에서 다른 대안을 병기했다. 병기한 부제 '단테 알리기에리의 코메디아'는 바로 단테 자신이 부여한 제목이었다. 단테는 자신의 이름을 내세우면서 자신의 '코메디아'를 스스로 썼음을 강조한다. 그 자신이 순례자로 등장하고 그 자신이 작가라는 사실을 각인시키는 것이었다. 이 번역서의 표지에 단테 알리기에리의 이름이 제목과 글쓴이로 나란히 박혀 있는 것을 보면서 우리는 여러 겹으로 둘러싸인 하나의 세계를 떠올린다. 단테는 순례자와 작가로서 텍스트 『코메디아』의 안팎을 드나들면서 환상과 현실의 경계를 쉼 없이 무너뜨린다. 그런데 이러한 함의

가 깃든 제목에서 '단테 알리기에리의'라는 속격이 떨어져 나가고 그 대신 '성스러운(divine, 神)'이라는 뜻이 달라붙었다. 우리가 익히 알고 있는 '신곡'이라는 제목은 그렇게 새롭게 만들어진 제목 'Divina commedia'의 일본식 번역어다. 『코메디아』가 지극히 거룩하지 않다는 것이 아니라, '단테 알리기에리의'라는 속격이 떨어져 나간 것이 못내 아쉽다. 더욱이 일본의 번역은 '성스러운'은 살렸으되 '코메디아'의 의미는 방기하고 말았다.

'코메디아(comedía)'는 우리말로 옮기기 어려운 단어다. '코메디아'는 현대 이탈리아어로 '콤메디아(commedia)'로 변했다. 그것은 글자 그대로 '희극'을 의미한다. 그러나 '희극'이라는 단어가 단테 시절에 지녔던 뜻을 그대로 함유하고 있지는 않은 듯하다. 단테가 '코메디아'라고 부른 것은 그가 칸 그란데 델라 스칼라에게 보낸 서신에서 밝혔듯, 『코메디아』는 슬픈 시작에서 시작하여 행복한 결말에 이르기 때문이다. 작가의 의도는 그렇다 치고, 그 밖에 '코메디아'의 의미를 유추해 보는 방향은 여럿이다. 「지옥편」과 「연옥편」, 「천국편」은 완성되는 즉시 유포되었다. 그들을 읽으면서 당시 독자들은 한판 잔치를 벌이는 기분을 맛보았을 것이다. 그도 그럴 것이 지옥에서 그 끔찍한 형벌의 현장을 둘러보면서 도덕적 긴장을 맛보고 연옥이라는 기회의 땅에서 도전 의식을 키우며 천국의 완전성을 희구하며 희망을 갖는 동안 독자들은 그 세계들이 더 이상 죽음 이후의 세계가 아니며, 이 모든 것들이 현실에서 일어나는 일이라고 느끼게 되기 때문이다. 더욱이 『코메디아』는 대중의 언어로 쓰였기에 그 효과가 더

증폭되었을 것이다. 『코메디아』의 언어는 사랑과 구원을 향해 열린 언어이며 모든 사람들을 불러 모아 사랑과 구원을 논하고 실천하도록 마련한 광장의 언어이다.

이 번역서의 제목으로 '희극'이라는 용어를 전격적으로 채택하는 일은 잠시 보류했다. '코메디아'라는 원어를 그대로 씀으로써 그것이 지닌 의미를 반추해 볼 기회를 우선 갖는 것이 좋다고 생각했기 때문이다. 시간이 흐르면 '희극'이든 다른 무엇이든, '코메디아'의 적절한 번역어가 우리 안에 스며들 것이다. 윌리엄 블레이크의 그림들을 삽입한 것도 『코메디아』에 새롭게 다가서게 하려는 의도의 하나였다. 말년의 블레이크는 『코메디아』에 심취하여 102점의 그림을 남겼다. 그의 그림들은 단테를 독특한 방식으로 해석하고 재현한 결과들이다. 그들을 들여다보면 『코메디아』의 세계가 이렇게 보일 수도 있다는 사실이 신기하고 그에 놀라게 된다. 이 책에서 블레이크의 그림을 전적으로 채용하여 『코메디아』를 장식한 것은 『코메디아』의 세계를 전통적인 방식이 아니라 새로운 시각으로 바라보고 재구성하는 데 도움을 주기 위한 것이다. 분명 블레이크의 그림들은 그가 『코메디아』의 상징 세계를 도상 세계로 재현해 놓은 결과들이다. 그러나 단테의 글과 블레이크의 그림들을 시간적 연속성을 뛰어넘어 하나의 공간에 병치해 놓을 때 우리는 단테의 글이 블레이크의 그림으로 재현될 뿐 아니라 거꾸로 블레이크의 그림이 단테의 글로 재현되는 광경을 목격한다. 그것은 『코메디아』의 다양한 해석 방향을 놓고 단테와 블레이크를 서로 겨루게 만드는 일이며 『코메디아』의 열린 언어를 작동시키는 일이다.

우리가 『코메디아』를 읽는 동안에도 단테는 계속해서 『코메디아』를 쓴다. 쓰는 것은 다분히 현재적인 일이며 반복적인 일이다. 그의 펜이 종이 위를 달리는 속도는 우리가 그의 글을 읽는 속도에 비례한다. 우리가 그의 글을 읽는 동안 그는 자신의 세계를 펼쳐 낸다. 그리고 읽을 때마다 새로운 세계를 펼쳐 낼 것이다. 그렇게 그의 펼침은 우리의 수용과 동시에 일어난다. 어느 것이 먼저랄 것도 없이, 그의 펼침과 우리의 수용은 서로에게 영향을 준다. 마치 천 명의 독자들을 위해 천 번을 새로 쓰듯이, 천 명의 독자들은 천 개의 또 다른 세계를 만나는 것이다. 이런 기막힌 『코메디아』의 세계는 단테의 작가적 능력으로 창조되었으며 그것에 부응하는 독자의 발랄한 의지에서 거듭 되살아난다. 나의 번역서는 그러한 맥락에서 의미를 지닌다.

『코메디아』에는 작가 단테의 자전적 경험과 고뇌가 곳곳에 가지런히 박혀서 반짝인다. 『코메디아』는 고대와 중세의 지식들을 웅장하게 쌓아 올린 건축물을 연상시킨다. 『코메디아』는 또한 단테의 사랑을 무한정으로 펼치는 강물과 같다. 『코메디아』를 쓰던 망명 시절의 단테는 정녕 행복했을 것이다. 그것은 그가 사랑의 언어를 소유했기 때문이다. 그의 사랑은 아주 큰 개념으로 이해해야 할 무엇이다. 그것은 모든 대립을 녹이고 모든 것의 자리를 부드럽게 만들며 서로 나누고 통하게 하는 포용의 뜻으로 이해된다. 그러나 그러한 보편적인 차원의 개념을 담고 있다고 해서 『코메디아』를 절대무변의 지고한 대상으로 대할 필요는 없다. 오히려 『코메디아』

자체는 그러한 자리를 거부함으로써 사랑의 언어를 유지할 수 있기에 우리는 다만 『코메디아』의 언어가 삶 사이에 퍼져 나가고 삶을 포용하는 과정에 들어가는 것으로 『코메디아』를 제대로 읽을 수 있는 것이다. 그래서 『코메디아』 읽기는 즐거우면서도 괴로운 작업이다.

앞서 나와 있는 여러 편의 번역들에도 불구하고 우리나라에서 『코메디아』를 읽는다는 것, 그것도 단테와 만나는 과정으로 읽기가 참으로 어려웠다는 얘기를 주위에서 많이 들었다. 정교한 규칙과 세밀한 장치들로 이루어진 원문 자체의 해독이 어렵기도 하지만, 이를 다시 다른 언어로 완벽하게 옮긴다는 것은 사실상 불가능하다. 단테로부터 시간과 공간의 측면에서 멀리 떨어질수록 그 어려움은 더해 간다. 어려움이 더해 갈수록 더 많은 역주와 해제가 필요해진다. 더 많은 역주와 해제들이 쌓일 때마다 새로 나오는 번역서들은 그들을 참조해야 한다. 이제 『코메디아』는 아무나 읽을 수 없는, 특별한 지식을 갖춘 독자라야 접근할 수 있는 텍스트가 된다. 방대한 단테 백과사전이 나올 정도다. 원래 『코메디아』는 일반 독자들이 쉽게 읽고 음미할 수 있도록 쓰인 텍스트였다. T. S. 엘리엇은 『코메디아』를 보편적인 고전 문학으로 만들어 준 가장 두드러진 특징이 바로 가독성에 있다고 보았다. 가독성이란, 『코메디아』가 번역 과정에 실릴 때에도 가령 셰익스피어의 글에 비해 그 의미가 월등한 정도로 잘 보존되기 때문에 비단 이탈리아어를 아는 독자들뿐만 아니라 번역어로 읽는 독자들까지 원문을 쉽게 맛볼 수 있다는 것이다.

나는 두 가지를 생각하며 이 책을 우리말로 옮기고 주(註)

를 달았다. 하나는 『코메디아』의 언어를 잘 살린다는 것과, 다른 하나는 무엇보다 독자가 단테를 만나도록 하겠다는 것이었다. 1554년 브라질 원주민들이 카니발을 벌이면서 평소에 존경하던 포르투갈의 주교를 잡아먹은 일이 있었다. 서구인이 보기에는 야만적이고 끔찍한 사건이었지만, 원주민들에게 존경하는 사람을 먹는 행위는 그 힘과 덕을 흡수하려는 경건한 행위였다. 예수 그리스도의 피와 살을 먹는 것이 그분을 닮으려는 인간의 오랜 염원을 표현한 의식인 것과 다르지 않다. 번역은 그런 것이다. 나는 단테의 피를 빨아 먹으면서 더 강한 단테를 재생시키고 그에게 새로운 삶을 부여하는 뱀파이어의 역할을 하고자 했다. 이는 단테를 일방적으로 수용하기보다는 단테와 서로 스며들어 공동의 새로운 삶을 일으키고자 하는 것이었다. 단테를 진정으로 존경하기 때문에 그의 몸과 피를 먹는 카니발리즘에 참여하는 일이었다.

그래도 번역하면서 원전에 담긴 영혼에 색칠을 하는 것이 내내 두려웠다. 그러나 『코메디아』가 나온 지 700년이 지나는 동안 수없이 많은 해석들이 『코메디아』의 책갈피를 채웠고, 그들이 단테의 문학을 살찌웠으면 살찌웠지 결코 훼손하지는 않았을 것이라고 추정한다. 나 역시 이런저런 판본들과 번역들과 주석들을 참고하면서, 또 단테의 감수성과 믿음 그리고 지식을 느끼고 믿고 이해하려 애쓰면서, 단테를 지금 여기의 현재적 상황에서 살려 내고자 했다. 번역은 원전의 아우라를 변용하기 마련이지만, 달리 생각하면 아우라는 차이를 지닌 채 반복되어 나타날 때 그것이 지녔던 일회적인 경험을 특수한 경험들로 바꿀 수 있다. 아우라 자체는 이미 어느 곳에도 있다. 복수(複數)의 아우라가 긍정적인 의미를 갖는 시대에 우리는 살고 있다. 나는 나의 번역이 『코메디아』의 아우라를 보존하는 동시에 해체하고 발산시키기를 바란다. 그것이 순례자 단테가 궁극의 구원에서 해체되었지만 작가 단테는 그 모든 과정을 기억하며 재현했던 것의 의미일 것이다. 나의 바람이 이루어진다면 독자들은 스스로의 경험과 상상 속에서 단테의 순례에 동행할 수 있으리라 생각한다. 아무쪼록 오래된 글이 오롯이 부활하여 부드럽게 자리하기를 빌어 본다.

2007년 여름
박상진

작가 연보

1265년	5월 말, 이탈리아 피렌체에서 아버지 알리기에로 디 벨린치오네 달리기에리와 어머니 가브리엘라 델리 아바티 사이에서 태어난다. 여동생이 있다.
1266년	3월 26일, 산 조반니 성당에서 세례를 받는다.
1270~1275년	어머니가 사망한다.
1274년	5월, 베아트리체 포르티나리를 처음으로 만난다. 베아트리체는 평생 단테의 영혼을 이끈 천사이며 창작의 영감을 제공한 샘물과 같은 존재로 남는다.
1277년 무렵	부근의 교사들에게서 가르침을 받는다. 가정교사를 둔 것으로 보인다. 무엇보다 당대의 최고의 인문주의자로 이름을 떨친 브루네토 라티니에게서 수사학과 고전 문학을 배운다. 라티니는 1280년대에 단테에게 문화, 정치, 인간의 측면에서 지대한 영향을 끼친다. 젬마 디 마네토 도나티와 약혼한다. 한편 어린 시절 단테는 피렌체 도시와 외부 지역을 누비

며 시각적 상상력을 키운다.

1278년   아버지가 라파 디 키아리시모 치아투피와 재혼한다. 아들과 두 딸을 둔다.

1280년   아버지의 사촌 제리 델 벨로가 살해된다.

1281년(혹은 1282년)   아버지가 사망한다.

1283년   베아트리체와 두 번째로 만난다. 문학 수업과 창작 활동을 시작한다. 단테가 "최고의 친구"라고 부른, 진보적 성향의 시인 귀도 카발칸티와 교제한다. '청신체(淸新體)'라 불리는 새로운 창작 집단을 만들고 서신을 교환한다. 산타 크로체 수도원에서 인문학을 공부한다.

1285년(혹은 1290년)   젬마 도나티와 결혼한다. 이후 아들 다섯과 딸 하나를 둔다.

1286년 여름~1287년 봄   볼로냐에 거주한다.

1287년(혹은 1292년이나 1297년)   아들 피에트로가 출생한다.

1289년   6월 11일, 캄팔디노 전투에 기병으로 참전한다.(「연옥편」 5곡 85~129)

1289년   8월 16일, 카프로나 토벌에 참여한다.

1290년   6월 9일, 베아트리체가 사망한다. 보에티우스의 『철학의 위안』, 키케로의 『우정론』, 호라티우스의 『시론』을 접한다. 문학 수업과 창작 외에 철학과 신학을 탐구한다. 아리스토텔레스와 토마스 아퀴나스에 심취한다. 또한 현실 정치로 눈을 돌리기 시작한다.

1290년(혹은 1292년이나 1297년)   아들 야코포가 출생한다.

1294년   교황 보니파키우스 8세가 즉위한다.

1294년 혹은 1292년	1283년경부터 써 온 베아트리체를 향한 사랑의 글들을 모아 『새로운 인생』을 완성한다. 스승 브루네토 라티니가 사망한다. 헝가리 왕이자 나폴리 왕가 후계자인 샤를 마르텔과 교류한다.
1295년	문인들도 참여할 수 있었던 의사와 약사 길드에 가입하여 본격적으로 정치 활동을 시작한다. 1302년 피렌체에서 추방될 때까지 정치에 깊이 간여한다.
1295년 11월~1296년 4월	피렌체의 36인 위원회 위원이 된다. 이후 피렌체를 떠날 때까지 재정적으로는 열악한 상황이었다.
1296년	피렌체의 100인 위원회 위원이 된다.
1299년	딸 안토니아(나중에 베아트리체로 고침)가 출생한다.
1300년	당시 피렌체를 지배하고 있던 궬피 당이 체르키 가문이 이끄는 백당과 도나티 가문이 이끄는 흑당으로 나뉜다. 단테가 속해 있던 백당이 집권하여 단테는 6월 15일부터 8월 15일까지 최고위원이 맡는 등 권력의 중심에 선다. 귀도 카발칸티가 사망한다.
1300년	4월 22일, 교황 보니파키우스 8세가 성년(聖年)을 선포한다. 이 성년의 부활절 주간은 『신곡』에서 순례자 단테가 지옥과 연옥, 천국을 여행하는 시간으로 설정된다.
1300년	5월 7일, 궬피 당을 대표하여 산 지미냐노에 대사로 파견된다.
1301년	4월 1일~9월 15일, 다시 100인 위원회 위원으로 선출된다.

1301년	6월, 교황 보니파키우스 8세가 토스카나 남부의 토지를 손에 넣기 위해 피렌체에 군대를 요청한다. 교황은 이미 5월에 샤를 발루아의 군대를 동원한 상태였다. 6월 9일 열린 피렌체 위원회에서 단테는 반대 연설을 한다. 이어 6월 19일, 위원회에서 보니파키우스 8세의 요청이 가결된다. 10월, 샤를 발루아를 거두어 달라고 요청하기 위해 로마 교황청 특사로 파견되었다가 억류된다.
1301년	11월 1일, 샤를 발루아가 피렌체에 입성하고 백당이 흑당에 패배한다.
1302년	1월 27일, 궐석 재판에서 공금 횡령과 뇌물의 죄목으로 벌금 5000피오리나와 함께 2년간 추방 선고를 받는다. 이어 3월 10일 열린 후속 재판에서 피렌체 영토에서 체포될 경우 사형에 처한다는 선고를 받는다. 피렌체로 돌아가던 도중 선고 내용을 전해 들은 단테는 이때부터 정처 없는 유랑 생활을 시작한다. 베로나와 라벤나에서는 비교적 안정된 생활을 하며 집필에 전념한다. 유랑 생활은 『향연』에 자세히 묘사되어있으며 『신곡』에서도 많은 부분이 소개되어 있다.
1302년	가을, 스카르페타 델리 오르델라피의 손님으로 포를리에 머무른다.
1303년 5월~1304년 3월	바르톨로메오 델라 스칼라의 손님으로 베로나에 머무른다.
1303년	아레초에서 모인 망명자들 집회에서 12인 위원회

위원으로 선출된다. 10월 11일, 보니파키우스 8세가 프랑스 왕 필리프 4세에게 모욕을 당한 끝에 사망한다.

1303~1304년   『속어론』을 집필한다. 문학 언어로 속어가 라틴어보다 낫다는 주장을 편다.

1304년   백당 망명자들의 지도자로 활동한다. 4월, 피렌체로 귀환하려는 희망을 품고 베로나를 떠난다. 그러나 일생 동안 귀환은 이루어지지 않는다.

1304년   7월 20일 기벨리니와 연합한 궬피 백당이 피렌체 근교 라스트라에서 흑당에 참패한다. 단테는 이 전투에 참가하지 않았다.

1304~1306년   트레비소(게라르다 다 카미노의 손님), 베네치아, 파도바에 체류한다.

1304년(혹은 1305년)   파도바에서 당대의 화가 조토를 만난다.

1304~1307년   『향연』을 집필한다.

1304~1308년   『신곡』 중 「지옥편」을 구상한다.

1305년   6월 5일, 클레멘트 5세 교황이 즉위한다.

1306년 가을~1307년   모로엘로 말라스피나의 보호를 받으며 루니쟈나에 머무른다.

1306~1309년   「지옥편」을 집필한다.

1308년   룩셈부르크의 하인리히 7세가 신성로마제국 황제로 즉위한다. 델라 스칼라 가문의 보호를 받으며 베로나에 체류한다. 하인리히 7세를 모델로 하여 진정한 권력이 무엇인지를 생각하며 『제정론』을 구상한다.

1308년 초~1309년 3월   '젠투카'(「연옥편」 24곡)의 호의로 루카에

(아마 가족들과 함께) 체류한다. 「지옥편」집필에 집
중하여 완성한다.

1309년	3월, 피렌체 망명자들이 모두 루카에서 추방된다.
1308~1312년	「연옥편」을 구상하고 집필한다.
1309년	교황 클레멘트 5세가 교황청을 로마에서 아비뇽으로 옮긴다.
1309~1310년	(빌라니와 보카치오와 같은 이들의 기록에 의하면) 파리에 체류한 것으로 보인다. 신학에 관련한 대논쟁을 벌인다. 옥스퍼드도 방문한 것으로 추정된다.
1310년	하인리히 7세에게 편지를 보낸다. 직접 만났을 것으로 추정된다. 단테는 하인리히 7세가 이탈리아 반도의 분쟁을 종식시키고 자신도 피렌체로 돌아갈 수 있으리라 생각한다. 10월부터 1311년 1월까지 토리노, 아스티, 밀라노에서 황제 하인리히 7세를 보좌한다.
1311년 1~12월	카센티노에 머물며 「연옥편」을 집필한다. 하인리히 7세를 받아들이지 않는 피렌체를 격렬하게 비난한다.
1312년	4월 피사에서 어린 소년 페트라르카를 만난다. 페트라르카는 단테와 함께 이탈리아 르네상스의 뿌리를 이룬 시인으로 성장한다. 그해 4월부터 1318년까지 칸그란데 델라 스칼라의 초청으로 베로나에 체류한다.
1313년	8월 24일, 하인리히 7세가 말라리아에 걸려 사망한다. 『제정론』을 집필한다. 교황과 황제의 이상적인

권력 관계를 논의한다.

1314년	4월 20일, 교황 클레멘트 5세가 사망한다.
1314년	교황청을 로마로 다시 옮길 것을 주장한다.
1314년 말	「지옥편」을 출판한다.
1315년	10월, 피렌체를 지배하던 흑당으로부터 죄를 공개적으로 인정하고 벌금을 내는 조건으로 사면과 귀환을 제의받지만 자신을 보편적인 시인으로 선언하여 제의를 거절한다. 이 때문에 추방과 종신형을 다시 선고받는다. 이 판결이 가족에게까지 확대하여 적용된다.
1315년	가을, 「연옥편」을 출판한다.
1315년	「천국편」을 집필하기 시작한다.
1318년 초	베로나를 떠나 라벤나에서 가족들과 합류한다.
1320년	1월 20일, 베로나에서 자신의 저작 『물과 땅의 문제』에 대해 강연하며 과학자의 면모도 보인다.
1320년	「천국편」을 완성한다. 완성되자마자 「천국편」이 즉시 배포된다. 라벤나의 생활을 즐기던 단테는 라벤나 외교 사절로 베네치아에 파견된다.
1321년	9월 13일 밤, 귀도 다 폴렌타의 사신으로 베네치아를 방문하고 돌아오는 길에 병을 얻어 사망한다. 산 피에트로 성당에서 장례식이 성대하게 치러지고 산 피에르 마조레(현재는 산 프란체스코) 교회에 안장된다. 사망 후에도 이십 년 동안 단테는 피렌체의 공적이었다. 1373년 10월, 피렌체는 당대 가장 뛰어난 단테 연구가였던 보카치오의 단테 강연을 승인한다.

이는 피렌체가 단테를 귀환시키려는, 현재까지 이어
지는 꾸준한 노력의 첫 걸음이었다.

세계문학전집 **152**

신곡 천국편—단테 알리기에리의 코메디아

1판 1쇄 펴냄 2007년 8월 5일
1판 55쇄 펴냄 2024년 7월 17일

지은이 단테 알리기에리
옮긴이 박상진
그린이 윌리엄 블레이크
발행인 박근섭, 박상준
펴낸곳 (주)민음사

출판등록 1966. 5. 19. (제 16-490호)
서울특별시 강남구 도산대로1길 62(신사동) 강남출판문화센터 5층 (우편번호 06027)
대표전화 02-515-2000 팩시밀리 02-515-2007
www.minumsa.com

© 박상진, 2007. Printed in Seoul, Korea

ISBN 978-89-374-6152-1 04800
ISBN 978-89-374-6000-5 (세트)

세계문학전집 목록

1·2 변신 이야기 오비디우스 · 이윤기 옮김 서울대 권장도서 100선

3 햄릿 셰익스피어 · 최종철 옮김 서울대 권장도서 100선 | 미국대학위원회 선정 SAT 추천도서

4 변신 · 시골의사 카프카 · 전영애 옮김 서울대 권장도서 100선

5 동물농장 오웰 · 도정일 옮김 미국대학위원회 선정 SAT 추천도서 | 《타임》 선정 현대 100대 영문소설

6 허클베리 핀의 모험 트웨인 · 김욱동 옮김 《뉴스위크》 선정 100대 명저

7 암흑의 핵심 콘래드 · 이상옥 옮김 미국대학위원회 선정 SAT 추천도서 | 《뉴스위크》 선정 10대 명저

8 토니오 크뢰거 · 트리스탄 · 베네치아에서의 죽음 토마스 만 · 안삼환 외 옮김 노벨 문학상 수상 작가

9 문학이란 무엇인가 사르트르 · 정명환 옮김

10 한국단편문학선 1 김동인 외 · 이남호 엮음 국립중앙도서관 선정 청소년 권장도서

11·12 인간의 굴레에서 서머싯 몸 · 송무 옮김

13 이반 데니소비치, 수용소의 하루 솔제니친 · 이영의 옮김 노벨 문학상 수상 작가

14 너새니얼 호손 단편선 호손 · 천승걸 옮김

15 나의 미카엘 오즈 · 최창모 옮김

16·17 중국신화전설 위앤커 · 전인초, 김선자 옮김

18 고리오 영감 발자크 · 박영근 옮김

19 파리대왕 골딩 · 유종호 옮김 노벨 문학상 수상 작가 | 《타임》 선정 현대 100대 영문소설

20 한국단편문학선 2 김동리 외 · 이남호 엮음

21·22 파우스트 괴테 · 정서웅 옮김 서울대 권장도서 100선 | 미국대학위원회 선정 SAT 추천도서

23·24 빌헬름 마이스터의 수업시대 괴테 · 안삼환 옮김

25 젊은 베르테르의 슬픔 괴테 · 박찬기 옮김 논술 및 수능에 출제된 책(1998~2005)

26 이피게니에 · 스텔라 괴테 · 박찬기 외 옮김

27 다섯째 아이 레싱 · 정덕애 옮김 노벨 문학상 수상 작가

28 삶의 한가운데 린저 · 박찬일 옮김

29 농담 쿤데라 · 방미경 옮김

30 야성의 부름 런던 · 권택영 옮김

31 아메리칸 제임스 · 최경도 옮김

32·33 양철북 그라스 · 장희창 옮김 노벨 문학상 수상 작가 | 서울대 권장도서 100선

34·35 백년의 고독 마르케스 · 조구호 옮김 노벨 문학상 수상 작가 | 서울대 권장도서 100선

36 마담 보바리 플로베르 · 김화영 옮김 서울대 권장도서 100선

37 거미여인의 키스 푸익 · 송병선 옮김

38 달과 6펜스 서머싯 몸 · 송무 옮김

39 폴란드의 풍차 지오노 · 박인철 옮김

40·41 독일어 시간 렌츠 · 정서웅 옮김

42 말테의 수기 릴케 · 문현미 옮김

43 고도를 기다리며 베케트 · 오증자 옮김 노벨 문학상 수상 작가 | 서울대 권장도서 100선

44 데미안 헤세 · 전영애 옮김 노벨 문학상 수상 작가

45 젊은 예술가의 초상 조이스 · 이상옥 옮김 서울대 권장도서 100선

46 카탈로니아 찬가 오웰 · 정영목 옮김

47 호밀밭의 파수꾼 샐린저 · 정영목 옮김 《타임》 선정 현대 100대 영문소설 | 미국대학위원회 선정 SAT 추천도서 | 《뉴스위크》 선정 100대 명저 | BBC 선정 꼭 읽어야 할 책

48·49 파르마의 수도원 스탕달 · 원윤수, 임미경 옮김

50 수레바퀴 아래서 헤세 · 김이섭 옮김 노벨 문학상 수상 작가 | 국립중앙도서관 선정 청소년 권장도서

51·52 내 이름은 빨강 파묵 · 이난아 옮김 노벨 문학상 수상 작가

53 오셀로 셰익스피어 · 최종철 옮김 서울대 권장도서 100선

54 조서 르 클레지오 · 김윤진 옮김 노벨 문학상 수상 작가

55 모래의 여자 아베 코보 · 김난주 옮김

56·57 부덴브로크 가의 사람들 토마스 만 · 홍성광 옮김 노벨 문학상 수상 작가

58 싯다르타 헤세 · 박병덕 옮김 노벨 문학상 수상 작가

59·60 아들과 연인 로렌스 · 정상준 옮김 《뉴스위크》 선정 100대 명저

61 설국 가와바타 야스나리 · 유숙자 옮김 노벨 문학상 수상 작가 | 서울대 권장도서 100선

62 벨킨 이야기 · 스페이드 여왕 푸슈킨 · 최선 옮김

63·64 넙치 그라스 · 김재혁 옮김 노벨 문학상 수상 작가

65 소망 없는 불행 한트케 · 윤용호 옮김 노벨 문학상 수상 작가

66 나르치스와 골드문트 헤세 · 임홍배 옮김 노벨 문학상 수상 작가

67 황야의 이리 헤세 · 김누리 옮김 노벨 문학상 수상 작가

68 페테르부르크 이야기 고골 · 조주관 옮김

69 밤으로의 긴 여로 오닐 · 민승남 옮김 노벨 문학상 수상 작가 | 미국대학위원회 선정 SAT 추천도서

70 체호프 단편선 체호프 · 박현섭 옮김

71 버스 정류장 가오싱젠 · 오수경 옮김 노벨 문학상 수상 작가

72 구운몽 김만중 · 송성욱 옮김 서울대 권장도서 100선 | 국립중앙도서관 선정 청소년 권장도서

73 대머리 여가수 이오네스코 · 오세곤 옮김

74 이솝 우화집 이솝 · 유종호 옮김 논술 및 수능에 출제된 책(1998~2005)

75 위대한 개츠비 피츠제럴드 · 김욱동 옮김 《타임》 선정 현대 100대 영문소설

76 푸른 꽃 노발리스 · 김재혁 옮김

77 1984 오웰 · 정회성 옮김 《타임》 선정 현대 100대 영문소설 | 《뉴스위크》 선정 100대 명저

78·79 영혼의 집 아옌데 · 권미선 옮김

80 첫사랑 투르게네프 · 이항재 옮김

81 내가 죽어 누워 있을 때 포크너 · 김명주 옮김 노벨 문학상 수상 작가

82 런던 스케치 레싱 · 서숙 옮김 노벨 문학상 수상 작가

83 팡세 파스칼 · 이환 옮김

84 질투 로브그리예 · 박이문, 박희원 옮김

85·86 채털리 부인의 연인 로렌스 · 이인규 옮김

87 그 후 나쓰메 소세키 · 윤상인 옮김

88 오만과 편견 오스틴 · 윤지관, 전승희 옮김 미국대학위원회 선정 SAT 추천도서

89·90 부활 톨스토이 · 연진희 옮김 논술 및 수능에 출제된 책(1998~2005)

91 방드르디, 태평양의 끝 투르니에 · 김화영 옮김

92 미겔 스트리트 나이폴 · 이상옥 옮김 노벨 문학상 수상 작가

93 페드로 파라모 룰포 · 정창 옮김

94 차라투스트라는 이렇게 말했다 니체 · 장희창 옮김 국립중앙도서관 선정 청소년 권장도서

95·96 적과 흑 스탕달 · 이동렬 옮김 국립중앙도서관 선정 청소년 권장도서

97·98 콜레라 시대의 사랑 마르케스 · 송병선 옮김 노벨 문학상 수상 작가 | BBC 선정 꼭 읽어야 할 책

99 맥베스 셰익스피어 · 최종철 옮김 서울대 권장도서 100선 | 미국대학위원회 선정 SAT 추천도서

100 춘향전 작자 미상 · 송성욱 풀어 옮김 서울대 권장도서 100선

101 페르디두르케 곰브로비치 · 윤진 옮김

102 포르노그라피아 곰브로비치 · 임미경 옮김

103 인간 실격 다자이 오사무 · 김춘미 옮김

104 네루다의 우편배달부 스카르메타 · 우석균 옮김

105·106 이탈리아 기행 괴테·박찬기 외 옮김

107 나무 위의 남작 칼비노·이현경 옮김

108 달콤 쌉싸름한 초콜릿 에스키벨·권미선 옮김

109·110 제인 에어 C. 브론테·유종호 옮김 BBC 선정 꼭 읽어야 할 책

111 크눌프 헤세·이노은 옮김 노벨 문학상 수상 작가

112 시계태엽 오렌지 버지스·박시영 옮김 《타임》 선정 현대 100대 영문소설 | 《뉴스위크》 선정 100대 명저

113·114 파리의 노트르담 위고·정기수 옮김 미국대학위원회 선정 SAT 추천도서

115 새로운 인생 단테·박우수 옮김

116·117 로드 짐 콘래드·이상옥 옮김 《뉴스위크》 선정 100대 명저

118 폭풍의 언덕 E. 브론테·김종길 옮김 미국대학위원회 선정 SAT 추천도서

119 텔크테에서의 만남 그라스·안삼환 옮김 노벨 문학상 수상 작가

120 검찰관 고골·조주관 옮김

121 안개 우나무노·조민현 옮김

122 나사의 회전 제임스·최경도 옮김 미국대학위원회 선정 SAT 추천도서

123 피츠제럴드 단편선 1 피츠제럴드·김욱동 옮김

124 목화밭의 고독 속에서 콜테스·임수현 옮김

125 돼지꿈 황석영

126 라셀라스 존슨·이인규 옮김

127 리어 왕 셰익스피어·최종철 옮김 서울대 권장도서 100선 | 《뉴스위크》 선정 100대 명저

128·129 쿠오 바디스 시엔키에비츠·최성은 옮김 노벨 문학상 수상 작가

130 자기만의 방·3기니 울프·이미애 옮김

131 시르트의 바닷가 그라크·송진석 옮김

132 이성과 감성 오스틴·윤지관 옮김

133 바덴바덴에서의 여름 치프킨·이장욱 옮김

134 새로운 인생 파묵·이난아 옮김 노벨 문학상 수상 작가

135·136 무지개 로렌스·김정매 옮김

137 인생의 베일 서머싯 몸·황소연 옮김

138 보이지 않는 도시들 칼비노·이현경 옮김

139·140·141 연초 도매상 바스·이운경 옮김 《타임》 선정 현대 100대 영문소설

142·143 플로스 강의 물방앗간 엘리엇·한애경, 이봉지 옮김 미국대학위원회 선정 SAT 추천도서

144 연인 뒤라스·김인환 옮김

145·146 이름 없는 주드 하디·정종화 옮김

147 제49호 품목의 경매 핀천·김성곤 옮김 《타임》 선정 현대 100대 영문소설

148 성역 포크너·이진준 옮김 노벨 문학상 수상 작가 | 퓰리처상 수상 작가

149 무진기행 김승옥

150·151·152 신곡(지옥편·연옥편·천국편) 단테·박상진 옮김 《뉴스위크》 선정 100대 명저

153 구덩이 플라토노프·정보라 옮김

154·155·156 카라마조프가의 형제들 도스토옙스키·김연경 옮김

157 지상의 양식 지드·김화영 옮김 노벨 문학상 수상 작가

158 밤의 군대들 메일러·권택영 옮김 퓰리처상 수상 작가

159 주홍 글자 호손·김욱동 옮김 서울대 권장도서 100선 | 미국대학위원회 선정 SAT 추천도서

160 깊은 강 엔도 슈사쿠·유숙자 옮김

161 욕망이라는 이름의 전차 윌리엄스·김소임 옮김

162 마사 퀘스트 레싱·나영균 옮김 노벨 문학상 수상 작가

163·164 운명의 딸 아옌데·권미선 옮김

165 모렐의 발명 비오이 카사레스·송병선 옮김

166 삼국유사 일연·김원중 옮김 서울대 권장도서 100선

167 풀잎은 노래한다 레싱·이태동 옮김 노벨 문학상 수상 작가

168 파리의 우울 보들레르·윤영애 옮김

169 포스트맨은 벨을 두 번 울린다 케인·이만식 옮김

170 썩은 잎 마르케스·송병선 옮김 노벨 문학상 수상 작가

171 모든 것이 산산이 부서지다 아체베·조규형 옮김 《타임》 선정 현대 100대 영문소설

172 한여름 밤의 꿈 셰익스피어·최종철 옮김 미국대학위원회 선정 SAT 추천도서

173 로미오와 줄리엣 셰익스피어·최종철 옮김 미국대학위원회 선정 SAT 추천도서

174·175 분노의 포도 스타인벡·김승욱 옮김 노벨 문학상 수상 작가 | 《타임》 선정 현대 100대 영문소설

176·177 괴테와의 대화 에커만·장희창 옮김

178 그물을 헤치고 머독·유종호 옮김 《타임》 선정 현대 100대 영문소설

179 브람스를 좋아하세요... 사강·김남주 옮김

180 카타리나 블룸의 잃어버린 명예 하인리히 뵐·김연수 옮김 노벨 문학상 수상 작가

181·182 에덴의 동쪽 스타인벡·정회성 옮김 노벨 문학상 수상 작가

183 순수의 시대 워튼·송은주 옮김 《뉴스위크》 선정 100대 명저 | 퓰리처상 수상작

184 도둑 일기 주네·박형섭 옮김

185 나자 브르통·오생근 옮김

186·187 캐치-22 헬러·안정효 옮김 《타임》 선정 현대 100대 영문소설

188 솔로호프 단편선 솔로호프·이항재 옮김 노벨 문학상 수상 작가

189 말 사르트르·정명환 옮김

190·191 보이지 않는 인간 엘리슨·조영환 옮김 《타임》 선정 현대 100대 영문소설

192 왑샷 가문 연대기 치버·김승욱 옮김 퓰리처상 수상 작가

193 왑샷 가문 몰락기 치버·김승욱 옮김 퓰리처상 수상 작가

194 필립과 다른 사람들 노터봄·지명숙 옮김

195·196 하드리아누스 황제의 회상록 유르스나르·곽광수 옮김

197·198 소피의 선택 스타이런·한정아 옮김 퓰리처상 수상 작가

199 피츠제럴드 단편선 2 피츠제럴드·한은경 옮김

200 홍길동전 허균·김탁환 옮김

201 요술 부지깽이 쿠버·양윤희 옮김

202 북호텔 다비·원윤수 옮김

203 톰 소여의 모험 트웨인·김욱동 옮김

204 금오신화 김시습·이지하 옮김

205·206 테스 하디·정종화 옮김 미국대학위원회 선정 SAT 추천도서 | BBC 선정 꼭 읽어야 할 책

207 브루스터플레이스의 여자들 네일러·이소영 옮김

208 더 이상 평안은 없다 아체베·이소영 옮김

209 그레인지 코플랜드의 세 번째 인생 워커·김시현 옮김 퓰리처상 수상 작가

210 어느 시골 신부의 일기 베르나노스·정영란 옮김

211 타라스 불바 고골·조주관 옮김

212·213 위대한 유산 디킨스·이인규 옮김 서울대 권장도서 100선 | BBC 선정 꼭 읽어야 할 책

214 면도날 서머싯 몸·안진환 옮김

215·216 성채 크로닌·이은정 옮김

217 오이디푸스 왕 소포클레스·강대진 옮김 서울대 권장도서 100선

218 세일즈맨의 죽음 밀러·강유나 옮김

219·220·221 안나 카레니나 톨스토이·연진희 옮김 서울대 권장도서 100선

222 오스카 와일드 작품선 와일드·정영목 옮김

223 벨아미 모파상·송덕호 옮김

224 파스쿠알 두아르테 가족 호세 셀라·정동섭 옮김 노벨 문학상 수상 작가

225 시칠리아에서의 대화 비토리니·김운찬 옮김

226·227 길 위에서 케루악·이만식 옮김 《타임》 선정 현대 100대 영문소설 | 《뉴스위크》 선정 100대 명저

228 우리 시대의 영웅 레르몬토프·오정미 옮김

229 아우라 푸엔테스·송상기 옮김

230 클링조어의 마지막 여름 헤세·황승환 옮김 노벨 문학상 수상 작가

231 리스본의 겨울 무뇨스 몰리나·나송주 옮김

232 뻐꾸기 둥지 위로 날아간 새 키지·정회성 옮김 《타임》 선정 현대 100대 영문소설

233 페널티킥 앞에 선 골키퍼의 불안 한트케·윤용호 옮김 노벨 문학상 수상 작가

234 참을 수 없는 존재의 가벼움 쿤데라·이재룡 옮김

235·236 바다여, 바다여 머독·최옥영 옮김

237 한 줌의 먼지 에벌린 워·안진환 옮김 《타임》 선정 현대 100대 영문소설

238 뜨거운 양철 지붕 위의 고양이·유리 동물원 윌리엄스·김소임 옮김 퓰리처상 수상작

239 지하로부터의 수기 도스토옙스키·김연경 옮김

240 키메라 바스·이운경 옮김

241 반쪼가리 자작 칼비노·이현경 옮김

242 벌집 호세 셀라·남진희 옮김 노벨 문학상 수상 작가

243 불멸 쿤데라·김병욱 옮김

244·245 파우스트 박사 토마스 만·임홍배, 박병덕 옮김 노벨 문학상 수상 작가

246 사랑할 때와 죽을 때 레마르크·장희창 옮김

247 누가 버지니아 울프를 두려워하랴? 올비·강유나 옮김

248 인형의 집 입센·안미란 옮김

249 위폐범들 지드·원윤수 옮김 노벨 문학상 수상 작가

250 무정 이광수·정영훈 책임 편집 서울대 권장도서 100선

251·252 의지와 운명 푸엔테스·김현철 옮김

253 폭력적인 삶 파솔리니·이승수 옮김

254 거장과 마르가리타 불가코프·정보라 옮김

255·256 경이로운 도시 멘도사·김현철 옮김

257 야콥을 둘러싼 추측들 욘존·손대영 옮김

258 왕자와 거지 트웨인·김욱동 옮김

259 존재하지 않는 기사 칼비노·이현경 옮김

260·261 눈먼 암살자 애트우드·차은정 옮김 《타임》 선정 현대 100대 영문소설

262 베니스의 상인 셰익스피어·최종철 옮김

263 말리나 바흐만·남정애 옮김

264 사볼타 사건의 진실 멘도사·권미선 옮김

265 뒤렌마트 희곡선 뒤렌마트·김혜숙 옮김

266 이방인 카뮈·김화영 옮김 노벨 문학상 수상 작가 | 미국대학위원회 선정 SAT 추천도서

267 페스트 카뮈·김화영 옮김 노벨 문학상 수상 작가 | 국립중앙도서관 선정 청소년 권장도서

268 검은 튤립 뒤마·송진석 옮김

269·270 베를린 알렉산더 광장 되블린·김재혁 옮김

271 하얀 성 파묵·이난아 옮김 노벨 문학상 수상 작가

272 푸슈킨 선집 푸슈킨·최선 옮김

273·274 유리알 유희 헤세·이영임 옮김 노벨 문학상 수상 작가

275 픽션들 보르헤스 · 송병선 옮김 서울대 권장도서 100선

276 신의 화살 아체베 · 이소영 옮김

277 빌헬름 텔 · 간계와 사랑 실러 · 홍성광 옮김

278 노인과 바다 헤밍웨이 · 김욱동 옮김 노벨 문학상 수상 작가 | 퓰리처상 수상작

279 무기여 잘 있어라 헤밍웨이 · 김욱동 옮김 미국대학위원회 선정 SAT 추천도서

280 태양은 다시 떠오른다 헤밍웨이 · 김욱동 옮김 《타임》 선정 현대 100대 영문 소설

281 알레프 보르헤스 · 송병선 옮김

282 일곱 박공의 집 호손 · 정소영 옮김

283 에마 오스틴 · 윤지관, 김영희 옮김

284·285 죄와 벌 도스토옙스키 · 김연경 옮김 미국대학위원회 선정 SAT 추천도서

286 시련 밀러 · 최영 옮김

287 모두가 나의 아들 밀러 · 최영 옮김

288·289 누구를 위하여 종은 울리나 헤밍웨이 · 김욱동 옮김 노벨 문학상 수상 작가

290 구르브 연락 없다 멘도사 · 정창 옮김

291·292·293 데카메론 보카치오 · 박상진 옮김

294 나누어진 하늘 볼프 · 전영애 옮김

295·296 제브데트 씨와 아들들 파묵 · 이난아 옮김 노벨 문학상 수상 작가

297·298 여인의 초상 제임스 · 최경도 옮김 미국대학위원회 선정 SAT 추천도서

299 압살롬, 압살롬! 포크너 · 이태동 옮김 노벨 문학상 수상 작가

300 이상 소설 전집 이상 · 권영민 책임 편집

301·302·303·304·305 레 미제라블 위고 · 정기수 옮김

306 관객모독 한트케 · 윤용호 옮김 노벨 문학상 수상 작가

307 더블린 사람들 조이스 · 이종일 옮김

308 에드거 앨런 포 단편선 앨런 포 · 전승희 옮김 미국대학위원회 선정 SAT 추천도서

309 보이체크 · 당통의 죽음 뷔히너 · 홍성광 옮김

310 노르웨이의 숲 무라카미 하루키 · 양억관 옮김

311 운명론자 자크와 그의 주인 디드로 · 김희영 옮김

312·313 헤밍웨이 단편선 헤밍웨이 · 김욱동 옮김 노벨 문학상 수상 작가

314 피라미드 골딩 · 안지현 옮김 노벨 문학상 수상 작가

315 닫힌 방 · 악마와 선한 신 사르트르 · 지영래 옮김

316 등대로 울프 · 이미애 옮김 《타임》 선정 현대 100대 영문소설 | 《뉴스위크》 선정 100대 명저

317·318 한국 희곡선 송영 외 · 양승국 엮음

319 여자의 일생 모파상 · 이동렬 옮김

320 의식 노터봄 · 김영중 옮김

321 육체의 악마 라디게 · 원윤수 옮김

322·323 감정 교육 플로베르 · 지영화 옮김

324 불타는 평원 룰포 · 정창 옮김

325 위대한 몬느 알랭푸르니에 · 박영근 옮김

326 라쇼몬 아쿠타가와 류노스케 · 서은혜 옮김

327 반바지 당나귀 보스코 · 정영란 옮김

328 정복자들 말로 · 최윤주 옮김

329·330 우리 동네 아이들 마흐푸즈 · 배혜경 옮김 노벨 문학상 수상 작가

331·332 개선문 레마르크 · 장희창 옮김

333 사바나의 개미 언덕 아체베 · 이소영 옮김

334 게걸음으로 그라스 · 장희창 옮김 노벨 문학상 수상 작가

335 코스모스 곰브로비치 · 최성은 옮김

336 좁은 문 · 전원교향곡 · 배덕자 지드 · 동성식 옮김 노벨 문학상 수상 작가

337·338 암 병동 솔제니친 · 이영의 옮김 노벨 문학상 수상 작가

339 피의 꽃잎들 응구기 와 시옹오 · 왕은철 옮김

340 운명 케르테스 · 유진일 옮김 노벨 문학상 수상 작가

341·342 벌거벗은 자와 죽은 자 메일러 · 이운경 옮김 퓰리처상 수상 작가

343 시지프 신화 카뮈 · 김화영 옮김 노벨 문학상 수상 작가

344 뇌우 차오위 · 오수경 옮김

345 모옌 중단편선 모옌 · 심규호, 유소영 옮김 노벨 문학상 수상 작가

346 일야서 한사오궁 · 심규호, 유소영 옮김

347 상속자들 골딩 · 안지현 옮김 노벨 문학상 수상 작가

348 설득 오스틴 · 전승희 옮김

349 히로시마 내 사랑 뒤라스 · 방미경 옮김

350 오 헨리 단편선 오 헨리 · 김희용 옮김

351·352 올리버 트위스트 디킨스 · 이인규 옮김

353·354·355·356 전쟁과 평화 톨스토이 · 연진희 옮김

357 다시 찾은 브라이즈헤드 에벌린 워 · 백지민 옮김

358 아무도 대령에게 편지하지 않다 마르케스 · 송병선 옮김

359 사양 다자이 오사무 · 유숙자 옮김

360 좌절 케르테스 · 한경민 옮김 노벨 문학상 수상 작가

361·362 닥터 지바고 파스테르나크 · 김연경 옮김 노벨 문학상 수상 작가

363 노생거 사원 오스틴 · 윤지관 옮김

364 개구리 모옌 · 심규호, 유소영 옮김 노벨 문학상 수상 작가

365 마왕 투르니에 · 이원복 옮김 공쿠르상 수상 작가

366 맨스필드 파크 오스틴 · 김영희 옮김

367 이선 프롬 이디스 워튼 · 김욱동 옮김 퓰리처상 수상 작가

368 여름 이디스 워튼 · 김욱동 옮김 퓰리처상 수상 작가

369·370·371 나는 고백한다 자우메 카브레 · 권가람 옮김

372·373·374 태엽 감는 새 연대기 무라카미 하루키 · 김난주 옮김

375·376 대사들 제임스 · 정소영 옮김

377 족장의 가을 마르케스 · 송병선 옮김 노벨 문학상 수상 작가

378 핏빛 자오선 매카시 · 김시현 옮김

379 모두 다 예쁜 말들 매카시 · 김시현 옮김

380 국경을 넘어 매카시 · 김시현 옮김

381 평원의 도시들 매카시 · 김시현 옮김

382 만년 다자이 오사무 · 유숙자 옮김

383 반항하는 인간 카뮈 · 김화영 옮김 노벨 문학상 수상 작가

384·385·386 악령 도스토옙스키 · 김연경 옮김

387 태평양을 막는 제방 뒤라스 · 윤진 옮김

388 남아 있는 나날 가즈오 이시구로 · 송은경 옮김

389 앙리 브륄라르의 생애 스탕달 · 원윤수 옮김

390 찻집 라오서 · 오수경 옮김

391 태어나지 않은 아이를 위한 기도 케르테스 · 이상동 옮김 노벨 문학상 수상 작가

392·393 서머싯 몸 단편선 서머싯 몸 · 황소연 옮김

394 케이크와 맥주 서머싯 몸 · 황소연 옮김

395 월든 소로·정회성 옮김

396 모래 사나이 E. T. A. 호프만·신동화 옮김

397·398 검은 책 오르한 파묵·이난아 옮김 노벨 문학상 수상 작가

399 방랑자들 올가 토카르추크·최성은 옮김 노벨 문학상 수상 작가

400 시여, 침을 뱉어라 김수영·이영준 엮음

401·402 환락의 집 이디스 워튼·전승희 옮김

403 달려라 메로스 다자이 오사무·유숙자 옮김

404 아버지와 자식 투르게네프·연진희 옮김

405 청부 살인자의 성모 바예호·송병선 옮김

406 세피아빛 초상 아옌데·조영실 옮김

407·408·409·410 사기 열전 사마천·김원중 옮김 서울대 권장도서 100선

411 이상 시 전집 이상·권영민 책임 편집

412 어둠 속의 사건 발자크·이동렬 옮김

413 태평천하 채만식·권영민 책임 편집

414·415 노스트로모 콘래드·이미애 옮김

416·417 제르미날 졸라·강충권 옮김

418 명인 가와바타 야스나리·유숙자 옮김 노벨 문학상 수상 작가

419 핀처 마틴 골딩·백지민 옮김 노벨 문학상 수상 작가

420 사라진·샤베르 대령 발자크·선영아 옮김

421 빅 서 케루악·김재성 옮김

422 코뿔소 이오네스코·박형섭 옮김

423 블랙박스 오즈·윤성덕, 김영화 옮김

424·425 고양이 눈 애트우드·차은정 옮김

426·427 도둑 신부 애트우드·이은선 옮김

428 슈니츨러 작품선 슈니츨러·신동화 옮김

429·430 세계의 끝과 하드보일드 원더랜드 무라카미 하루키·김난주 옮김

431 멜랑콜리아 I-II 욘 포세·손화수 옮김 노벨 문학상 수상 작가

432 도적들 실러·홍성광 옮김

433 예브게니 오네긴·대위의 딸 푸시킨·최선 옮김

434·435 초대받은 여자 보부아르·강초롱 옮김

436·437 미들마치 엘리엇·이미애 옮김

438 이반 일리치의 죽음 톨스토이·김연경 옮김

439·440 캔터베리 이야기 초서·이동일, 이동춘 옮김

441·442 아소무아르 졸라·윤진 옮김

443 가난한 사람들 도스토옙스키·이항재 옮김

세계문학전집은 계속 간행됩니다.